La mort à marée basse

Pieter Aspe

La mort
à marée basse

ROMAN

Traduit du néerlandais
par Marie Belina-Podgaetsky et Emmanuèle Sandron

Albin Michel

Toute ressemblance avec des personnes ou des situations existantes serait purement fortuite.

Édition originale :
DOOD TIJ

À Bolleke

« *Fato prudentia minor* »
L'instinct obscurcit tout
(Devise de la famille Giovo,
parodiant une citation de Virgile)

« *Aut rerum fato prudentia major* »
L'instinct seul éclaire
Les Géorgiques, VIRGILE

Prologue

« Tu sais ce qui t'attend si tu ne me donnes pas ce que je veux... »

Un sourire abject déforma le visage de l'homme. Il avait le temps, toute la journée s'il le fallait. Personne ne viendrait les déranger. Ils avaient passé un marché. C'était à lui seul qu'il appartenait de définir l'horaire et la nature des prestations de la jeune femme.

Disposé à la laisser mijoter un peu, il entreprit de passer le décor en revue, effleurant des yeux le papier peint défraîchi qui diffusait dans la pièce une odeur de renfermé. Sauf à compter les chiures de mouches qui constellaient l'ampoule du plafond, l'inventaire ne prenait en vérité pas plus de deux secondes. Une garde-robe sans âme, une chaise boiteuse, une paire de tables de chevet, le grand lit. Paresseux et blasé, son regard erra un moment avant de se reporter sur la pièce maîtresse du mobilier.

« Alors ? »

Assise au bord du matelas, le buste penché en avant, elle continuait à contempler le sol d'un air prostré. Ses mains étaient jointes en prière sous son menton, ses lèvres pincées, exsangues, son visage crispé en une expression de douleur. Moins d'une semaine s'était écoulée depuis la dernière visite du gros dégueulasse. Ce jour-là aussi, elle avait essayé de le repousser. « Allons, allons, sois raisonnable, lui avait-il susurré à l'oreille. Une petite partie de jambes en l'air n'a jamais tué personne... C'est dans l'épreuve que l'être humain puise sa force... » Lorsque, son désir assouvi, il l'avait enfin laissée, elle s'était juré de l'envoyer au diable la prochaine fois, mais le prix à payer était trop fort. Elle était à sa merci.

« Je ferai de mon mieux », dit-elle d'une voix éteinte.

Il la déshabilla du regard. Telle qu'elle était là, avec son jeans informe et son T-shirt lâche, le dos voûté, les épaules affaissées, on avait peine à imaginer la splendide créature qui se cambrerait bientôt sous lui. D'un regard digne de Barbe bleue, il descendit jusqu'à la courbure de ses reins. Le tissu trop court livrait à sa convoitise la saillie d'une hanche et un rectangle de peau à l'éclat marbré. Il suivit la ligne exquise des vertèbres de celle qui le faisait si bien fantasmer et ferma les yeux pour redessiner l'arrondi de ses seins, la partie de ce corps qu'il préférait entre toutes. Il pouvait y consacrer des heures entières, mais jamais avant d'avoir exploré chaque centimètre carré du dos. Ah ! La sentir frissonner de dégoût sous la pulpe de ses doigts ! Il adorait ça... Le désir lui gonflait enfin l'entrejambe.

Il alla fermer les rideaux.

Un filet de soleil s'infiltra entre leurs pans, coupant à la diagonale la pénombre lugubre qui avait envahi la chambre.

« Voilà ! Je bande ! » lança-t-il depuis la fenêtre.

Les yeux toujours rivés au sol, elle vit la lumière qui la séparait encore de lui pâlir dans l'ombre d'un nuage, puis s'éclipser totalement. Le matelas s'affaissa. Les doigts de l'homme se posèrent sur sa peau, glissèrent le long de sa colonne, remontèrent en s'attardant sur chaque vertèbre. Réprimant un frisson, elle déporta son regard vers la table de chevet où son réveil de voyage émiettait le silence de son tic-tac obstiné. Elle fixa patiemment la trotteuse. Au cinquième tour de cadran, il lui plaquerait les épaules sur le matelas et lui pincerait les seins de plus en plus fort jusqu'à ce qu'elle se torde de douleur et qu'elle le supplie d'arrêter. « Bien, dirait-il alors. Je suis prêt, ma petite salope. »

Trois... quatre... cinq...

Le rituel ne varia pas d'un iota.

Au signal convenu, elle se releva, retira un à un ses vêtements, puis se rallongea sur les draps, jambes écartées, coudes au corps. Elle ferma les yeux. Lorsqu'il s'écrasa sur elle en ahanant comme un bœuf, elle tourna la tête de côté et pensa de toutes ses forces à l'homme qu'elle chérissait, à sa tendresse quand il lui faisait l'amour. Fragile lueur de réconfort, aussitôt soufflée par le souvenir des moments d'intimité qu'ils avaient partagés autrefois dans ce lit où elle consentait à livrer son corps aux appétits pervers d'un autre. Elle étouffa un gémissement.

« Ça t'excite, hein, ma salope ! haleta-t-il au creux de son oreille. Ça vous fait toutes jouir ! »

Elle se mordit les lèvres, priant pour qu'il ne prenne pas l'envie à ce connard de lui entortiller la langue dans la bouche. Ce vœu-là fut exaucé. Pressé d'en finir, il allait et venait en elle avec une rage mécanique. Comme souvent ces derniers temps, la partie s'annonçait laborieuse. Le cœur au bord des lèvres, elle contracta les muscles de son bas-ventre et ceintura l'homme de ses cuisses. Les halètements se firent plus saccadés. Encore quelques coups de reins, et il s'affaisserait.

Six, sept, huit… Enfin !

Elle allait encore devoir prendre la pose quelques minutes sous l'objectif de la caméra, puis elle en serait quitte. Pour un jour, une semaine, peut-être un mois. Il avait pour principe de ne jamais lui indiquer la durée de son sursis. La seule et unique fois où elle s'était risquée à l'interroger sur ses intentions, ce salaud était revenu le lendemain, le surlendemain et ainsi de suite, deux semaines durant. Depuis, elle ne posait plus aucune question.

À la seconde où il aurait débarrassé le plancher, elle irait se servir un double whisky et avalerait les deux somnifères qu'elle avait pris l'habitude de placer dans le tiroir de sa table de nuit. L'oubli était son seul salut face à la vague de dégoût qui la submergeait après chaque départ du monstre.

1

Malgré les nuages noirs qui voilaient la lune par intermittence et les annonces de monsieur Météo, la température n'avait pas baissé d'un degré dans le centre de Bruges. Accompagné en sourdine par le clapotis de la fontaine, un bourdonnement joyeux montait des terrasses bondées du *Zand*, conférant aux lieux un petit air de vacances à Saint-Trop'. Patrouillant au pas autour de la place, un véhicule barré d'une ligne bleue rappelait aux noctambules que la police veillait au grain.

« Je n'aurais rien contre un peu d'action, soupira l'un des deux agents.

– Tu ferais mieux de demander ta mutation à Bruxelles, se moqua l'autre. D'ici à ce que le crime coure le long des canaux, les poules auront des dents.

– On rentre au bercail ?

– Affirmatif. »

La voiture obliqua dans la rue des Siliques. Les taches rouges de ses feux arrière se délayèrent dans l'obscurité, halos tremblotants sur toile impressionniste : *Bruges, Belle de nuit.*

Au même moment, une jeune fille de dix-sept, dix-huit ans gagnait en chancelant la sortie d'un bar branché de la place. Parvenue sur le trottoir, elle apostropha le jeune homme qui l'accompagnait.

« Ce que tu peux être rabat-joie, Steven ! La soirée commençait à peine !

– Tu ferais mieux de rentrer, Miriam.

– Je vois pas pourquoi.

– Tu es bourrée !

– Qui ça, moi ?! » susurra-t-elle, les lèvres entrouvertes sur un sourire aguicheur.

Elle lui coula un de ces regards brillants de promesses qui auraient fait tourner la tête à plus d'un.

« Je te raccompagne un bout de chemin ? »

La jeune fille se rembrunit. Steven s'avança vers elle et posa timidement le bras sur son épaule.

« C'est gentil, mais je n'ai pas besoin de baby-sitter.

– On se voit demain, alors ?

– Peut-être... »

Steven eut à peine le temps de sentir un baiser effleurer ses lèvres que déjà elle lui tournait le dos et s'éloignait dans l'ombre.

Si tu te figures que je vais jouer les petites filles modèles, tu te fourres le doigt dans l'œil ! Pour une fois que j'ai quartier libre !

« Miriam ! »

Elle s'immobilisa.

« Tu ne veux vraiment pas que je te ramène chez toi ? »

Eh ben voilà ! Tu vois que tu sais parler aux femmes quand tu veux !

Elle fit volte-face et revint sur ses pas en tortillant des hanches.

« Pourquoi pas, minauda-t-elle en se collant à lui. Tu pourrais monter prendre un dernier verre... »

Sa proposition fit naître un sourire nigaud chez l'intéressé.

« Ben, heu, je dis pas non, mais il faut que je sois rentré à deux heures. »

Miriam jeta un coup d'œil à sa montre : il leur restait vingt minutes. *Je n'ai rien contre un petit coup à la sauvette, mais faut pas pousser !*

« Tant pis ! » laissa-t-elle tomber d'un air faussement indifférent.

Steven pesa rapidement le pour et le contre. Son bulletin de fin d'année n'était pas franchement convaincant. En revanche, la menace avec laquelle son paternel l'avait accueilli au retour de sa dernière sortie, une petite heure après le couvre-feu, était sans équivoque. La perspective de se retrouver consigné à la maison pour les deux mois des vacances lui fit renoncer à la tentation.

« On peut remettre ça à demain, si tu veux.

– C'est ça, répondit Miriam en se détournant pour de bon. Je t'appelle ! »

Compte là-dessus et bois de l'eau ! bougonna-t-elle en longeant la fontaine qui gargouillait au centre du *Zand*. Secondé par une brise soudaine, le colosse de bronze lui souffla au visage un nuage de fines gouttelettes. Sa mauvaise humeur s'évapora comme par enchantement. Esquissant un pas de danse, elle se mit à fredonner.

« Kiss me, love me, do what you want with me. Cause I'm your baby… Tell me what you want from me, cause I'm your baby… And if you want me, I'll please you. Cause I'm your baby and I'll do everything to please you. So kiss me, love me, do what you want with me… »

Miriam remonta d'un pas léger la rue du Haut-Sablon jusqu'au Marché-aux-Œufs. Ravie de constater que la fête y battait encore son plein, elle fit des yeux le tour des terrasses. Une bande d'adolescents boutonneux en pantalons XXL l'apostrophèrent en vociférant comme des putois. *Merci bien, mais les morveux, j'ai suffisamment donné pour ce soir ! J'ai envie d'un homme, un vrai !*

Elle passa son chemin.

« Pour vingt millions ! Qu'est-ce qu'un stégosaure ? beuglait une télévision au fond d'un café.

– Un gars qui a des couilles au cul ! »

Miriam pencha la tête du côté du beuglement et s'approcha du bar. Accoudé à l'autre extrémité du zinc, un malabar coiffé d'une banane vertigineuse la mangeait des yeux en roulant des biscoteaux.

« Vous avez l'air de savoir de quoi vous causez ! dit-elle en visant le dragon qui ornait un de ses biceps. Ça fait un sacré bail que l'espèce a disparu. »

Sa réplique fit un flop. C'était à prévoir : le public se composait de pochetrons au bagage lexical limité et à l'humour épais, un troupeau de machos qui la prenaient sans doute pour une petite blonde sans cervelle juste bonne à sauter.

À leur décharge, les bières qu'elle avait éclusées sur le *Zand* devaient lui donner l'air passablement cruche, en plus de ralentir la marche de son cerveau. Mises à part les recommandations de son père (« Ne bois pas et garde tes distances avec les garçons ! ») et son arrivée en ville au bras de Steven, c'était le trou noir. Reçue avec mention, précisait son carnet de notes. Le sésame pour des vacances en toute liberté ! Et dire qu'en plus elle l'avait décroché sans se fouler, au grand dam de ses professeurs, qui trouvaient qu'elle se reposait sur ses lauriers et qu'elle manquait de maturité pour entrer à la fac... *La belle affaire ! Avec le fric de mon père, mon avenir est assuré !*

Monsieur Muscles prit place sur le tabouret voisin du sien. Parfaitement à l'aise, Miriam lui rendit son sourire enjôleur.

« On a fait des études, à ce que je vois, dit-elle d'une voix pâteuse.

– Diplômé en drague et baratin ! Oui, mademoiselle ! »

Une clameur monta vers le plafond.

Tous les regards se braquèrent dans leur direction.

« Alors vous savez combien ça a de pattes, un stégosaure ? »

Le clone d'Elvis consulta ses compagnons de beuverie du regard et retroussa les babines. *Bien roulée, la gamine, et pas farouche avec ça. Je vais me régaler !*

« Moi, j'en ai trois, ma jolie. Tu veux que je te montre la plus impressionnante ? »

Enhardi par l'hilarité générale, il avança la main vers la cuisse de la jeune imprudente, mais cette dernière l'avait vu venir et repoussa prestement les doigts baladeurs.

« Non, mais ça va pas la tête ?! Les vieux croulants mous du céleri, c'est pas mon truc ! »

Les rires se turent aussi sec. Des plis soucieux creusèrent le front dégarni du patron. À cinquante balais bien sonnés, il savait mieux que quiconque de quel bois se chauffe un pilier de comptoir. *Elle ne voit pas qu'elle joue avec le feu, la petite ?*

« Je vous appelle un taxi, mademoiselle, annonça-t-il d'un ton sans réplique.

– Vous déconnez, vous ? » répliqua-t-elle en sautant de son tabouret.

Victime de son jeune âge, Miriam méconnaissait cette règle empirique qui est pourtant le premier commandement de tout ivrogne aguerri aux vertiges de l'alcool : ne jamais, au grand jamais, picoler en position assise. Sentant ses jambes se dérober sous son corps, elle s'arrima des deux mains au comptoir pour ne pas s'écrouler comme une masse. Le tenancier secoua la tête d'un air affligé et composa le numéro de la société de taxis avec laquelle il avait ses habitudes.

« Montre-nous tes nibards ! » beugla l'ivrogne gominé.

Miriam le toisa des pieds à la tête avec un petit rire dédaigneux et souleva bien haut son T-shirt.

« Allô, taxi ABBA ? Georges à l'appareil. Vous pourriez envoyer une voiture au P'tit Coin ? »

La jeune fille avait oublié un léger détail : ce matin-là, à la demande expresse de ses copines de classe, elle n'avait pas mis de soutif, une blague de potache destinée à allumer leur professeur de géographie. Surnommé *Little Italy* en raison de la bottine au talon rehaussé qu'il portait pour compenser un handicap à la jambe, cet enseignant avait deux faibles notoirement connus. Le premier, Miriam. Le second, une paire de seins nus saillant sous un haut moulant, les seuls reliefs encore susceptibles d'émoustiller sa curiosité, pour reprendre mot pour mot la boutade qu'il avait eu la fâcheuse idée de glisser à un jeune collègue incapable de tenir sa langue. Depuis, les adolescents le chahutaient à la moindre occasion. Chaque fois qu'il avait le malheur de prononcer des termes évoquant une courbe de paysage, les filles scandaient à voix basse le prénom de Miriam, invite à laquelle cette dernière répondait en jouant les effarouchées, à la plus grande joie des éléments masculins de la classe.

Dans le bar, un silence interdit salua la prestation de la jeune fille. Totalement pris au dépourvu, chacun retenait son souffle, aussi parfaitement immobile qu'un taureau de corrida face aux jeux de muleta du matador. Retombant le premier sur ses pattes, Elvis-la-banane poussa un mugissement gaulois :

« La jupe, la jupe !!! »

Si les vapeurs de l'alcool se dissolvent généralement avec une horrible lenteur, certaines circonstances produisent dans le cerveau l'effet d'une violente bourrasque. Lorsqu'elle s'aperçut qu'elle offrait sa poitrine en spectacle à un parterre de parfaits inconnus en rut, Miriam dessaoula aussi sec. D'un même élan, elle réajusta son T-shirt, rafla son sac à dos qui traînait sur le comptoir et prit ses jambes à son cou.

« Vas-y, vieux ! » lança un des clients à l'Elvis de service.

Le patron regarda la jeune fille s'engouffrer dans la nuit et raccrocha le combiné en balançant la tête d'un air affligé.

« Je ne veux pas d'ennuis, King.

– Mêle-toi de tes fesses, Georges ! »

Confortablement calé dans sa chaise, le commissaire Van In observait le frénétique va-et-vient des professionnels en bleu de travail qui vidaient son bureau avec ordre et méthode.

« Ça te fait quel effet de quitter la maison ? »

Versavel rangea une tasse propre comme un sou neuf dans un carton et posa le torchon humide bien à plat sur le radiateur. Van In observa d'un air attendri son inutile manège. Depuis quelques jours, le thermomètre flirtait allègrement avec les trente-cinq degrés. En outre, il y avait belle lurette que le séchoir de fortune ne diffusait plus un pet d'air chaud : les autorités municipales n'avaient même pas attendu l'arrivée officielle du printemps pour ordonner la mise au repos de la chaudière.

« *Partir, c'est toujours mourir un peu**[1] », déclama l'inspecteur fraîchement promu, en la jouant mélodramatique.

Après des mois de valse-hésitation, le déménagement était enfin devenu réalité : en ce jour solennel, la Cellule spéciale de recherche émigrait vers ses nouveaux quartiers, dans un immeuble du quai Louis-Coiseau. Le mythique 204 de la rue des Siliques ne serait bientôt plus qu'un souvenir. *Il va nous manquer à tous les deux*, songea Versavel, qui y laissait aussi tous ses souvenirs de brigadier.

« En tout cas, on y gagne en espace.

– Mouais. Question de point de vue… »

Van In faisait bien entendu allusion à sa sacro-sainte liberté. Il ne pouvait s'empêcher de regretter le bon vieux temps où les effectifs de l'unité qu'il chapeautait se comptaient sur les doigts d'une seule main et où le 204 suffisait amplement à leurs besoins. Certes, la charge de travail était plus lourde à assumer, mais au moins il avait les coudées franches. *Ça t'avance à quoi, ces jérémiades ?!* lui souffla une petite voix intérieure. *Le bon vieux temps est derrière toi ! Tire un trait et regarde vers l'avant ! L'histoire continue…*

« Excusez-moi, commissaire. »

Van In se secoua. Encadré dans l'embrasure de la porte, Bruynooghe le saluait d'une main molle.

« Entre, Robert ! Désolé, je n'ai même plus une chaise à t'offrir… »

L'air grave, Bruynooghe balaya du regard les murs jaunis rendus à leur nudité primitive. Sur l'un d'eux se dessinait un rectangle blanc cassé de deux mètres sur un que le tableau d'affichage de Versavel avait protégé des ravages de la nicotine.

---

1. Les mots en italique suivis d'un astérisque sont en français dans l'original. (*Toutes les notes sont des traductrices.*)

« Ne me dis pas que les affaires reprennent ?
– J'ai bien peur que si, commissaire. »
Et merde ! pesta Van In. *Pourquoi faut-il toujours que la tartine s'écrase du côté de la confiture ?* Cela faisait des semaines qu'ils s'ennuyaient comme des rats morts, et voilà que du boulot leur tombait dessus au beau milieu du branle-bas de combat général.
« Cambriolage, braquage, meurtre ? »
Bruynooghe pensait à sa fille. Elle avait beau revendiquer haut et fort ses dix-huit ans, fêtés en grande pompe la semaine précédente, elle resterait à jamais à ses yeux la petite souris sans défense qui, à cinq ans, se hissait sur ses genoux en réclamant des câlins. L'imaginer à la place de l'adolescente qu'il avait laissée dans le couloir lui retournait les sangs.
« Viol, répondit-il en serrant les dents.
– Un viol ?
– Oui, commissaire. Et Mme Braet est en congé. »
La loi de Murphy ! pesta Van In.
Hilde Braet était le seul élément du corps de police revêtu du grade d'officier. En dépit d'indiscutables compétences, elle ne devait d'avoir gravi les échelons qu'à la volonté de l'homme fort de Bruges : le bourgmestre Moens. En la nommant, ce maniaque des relations publiques s'était doté d'un argument massue à opposer aux médisants qui affirmaient que la police était un nid de phallocrates. D'un commun accord avec la principale intéressée, il avait été convenu qu'elle prendrait en charge tous les dossiers d'abus sexuels. Autant dire que personne n'empiétait sur ses plates-bandes.
« On a déjà procédé à l'examen gynécologique ? »
Bruynooghe haussa les épaules.

« La gamine est sous le choc, commissaire. Je me voyais mal lui demander une chose pareille après ce qu'elle m'a raconté.

– OK, dit Van In. Dis-lui que j'arrive dans une minute.

– À vos ordres, commissaire. »

Bruynooghe émit un claquement de langue avant de tourner les talons. Il trouva la jeune fille recroquevillée sur elle-même. *Pauvre gosse !* se dit-il. *La justice est trop clémente avec les violeurs. Beaucoup trop…*

« Je crains que nous ne soyons plus assez équipés pour recueillir sa déposition, constata Versavel. Mon ordinateur est déjà dans le camion.

– J'appelle le gradé de permanence, répondit Van In en empoignant le téléphone. Il trouvera bien une bonne âme désœuvrée qui acceptera de nous céder son bureau. »

Un peu de son impatience dut voyager à travers le câble. À peine le temps d'envoyer un silencieux « Décroche ! », et il obtint ce qu'il voulait.

Baptisé le Saint des Saints par les comiques de service, le bureau du commissaire en chef De Kee était réservé au cérémonial : les plus chanceux venaient y prendre le café, les autres, un bon savon. De mémoire de Van In, jamais encore cet espace sacré n'avait fait office de salle d'interrogatoire.

Versavel ramena à la vie le PC patronal d'un index respectueux.

« Comment s'appelle la victime ? demanda Van In.

– Miriam Dobbelaere. »

Van In alluma une cigarette et se coula confortablement dans le siège du souverain pontife.

« Dobbelaere… Non ! La fille de… ? »

Versavel hocha la tête.

« Et moi qui croyais que Kétounet nous faisait cette fleur par pure bonté d'âme ! »

Titulaire de la principale étude d'huissier de la ville, Antoon Dobbelaere appartenait au carré des plus grosses légumes du fertile potager brugeois et, par voie de conséquence, au cercle d'amis intimes du commissaire en chef.

« Je vais la chercher ?

– S'il te plaît, Guido. »

Pour Van In, c'était l'heure de vérité. Au même titre que l'ensemble de ses collègues inspecteurs et commissaires, il avait été prié de suivre un module de sensibilisation à l'accueil et aux techniques d'audition des victimes de violences sexuelles. Cela remontait à moins d'un an. Si les leçons étaient encore fraîches dans sa mémoire, il n'était pas certain du tout d'arriver à les mettre en pratique.

Lorsque Miriam Dobbelaere se présenta sur le seuil, son stress se mua en malaise. Visiblement aussi gênée que lui, elle s'avança d'un pas hésitant, comme à reculons. Son T-shirt était taché, ses genoux écorchés.

« Asseyez-vous, mademoiselle. Puis-je vous offrir quelque chose ? Un petit café, peut-être ?

– Ou un Coca ? » suggéra Versavel.

Je préfère, lui signifia Miriam d'un timide hochement de tête.

« Vous êtes venue toute seule ?

– Oui, commissaire. Mon père participait à une soirée d'anciens élèves hier. Il avait prévu de loger chez des amis. Il ne rentrera que dans la matinée. Je lui ai laissé un mot sur la table de la cuisine.

– Et votre mère ? Absente, elle aussi ?

– Elle vit à Rome. »

La nervosité de Van In augmenta d'un cran. *À tous les coups, on est bon pour l'accompagner nous-mêmes à l'hôpital !*

« Mes parents sont séparés depuis plus de huit ans », précisa Miriam pour combler le silence.

Van In l'observa à la dérobée, de ce regard fuyant d'adolescent gauche qu'il avait en présence des jolies femmes, même très jeunes. Car Miriam était séduisante, très séduisante. Malgré son visage défait, il émanait d'elle un charme ensorceleur, mélange de fraîcheur naïve et d'assurance… *Qui attise le désir des hommes…* Il baissa soudain les yeux, mort de honte. La psychologue qui leur avait dispensé la formation les avait pourtant mis en garde : « Consciemment ou non, beaucoup de gens considèrent l'apparence extérieure de la victime comme une cause directe du viol. Chez vous, messieurs, cette réaction tient pour ainsi dire d'une pulsion animale. Cela dit, tout espoir n'est pas perdu. En policier averti du danger, je suis sûre que vous parviendrez, l'heure venue, à dompter la bête en vous. »

Élève Van In, vous recevez le bonnet d'âne et vous reculez au dernier banc !

« Mon collègue m'a dit que vous souhaitiez déposer plainte, dit-il *ex abrupto.*

– Oui, répondit Miriam d'une voix blanche. Pour viol. La nuit passée. »

Van In aspira une bouffée de cigarette en fermant les yeux. L'adolescente avait prononcé à sa place le mot qui était resté coincé en travers de sa gorge, mais un autre l'attendait au tournant. Tôt ou tard, il allait devoir lui demander si son agresseur l'avait pénétrée. Question embarrassante, et totalement déplacée selon lui, mais à laquelle la procédure l'empêchait de couper. Selon les termes de la loi, pas de viol sans pénétration.

« Peut-être préféreriez-vous que nous… Enfin, je veux dire… »

Les mots se refusaient à lui. Versavel, qui lisait en lui comme dans un livre, se porta à son secours.

« Souhaitez-vous que nous demandions à une collègue de prendre le relais, mademoiselle ? »

L'adolescente releva le menton et plongea son regard dans celui du commissaire, puis se tourna vers l'inspecteur avec un sourire triste. Van In eut l'impression de sentir un bloc de glace fondre dans son dos.

« C'est très gentil, mais ça ira, répondit-elle d'un ton ferme. Je me sens en confiance avec vous.

– Je vais vous chercher votre Coca, dit Versavel d'une voix étranglée par l'émotion.

– Ramènes-en deux, Guido. Un maison pour moi, s'il te plaît !

– Vous allongez le mien aussi ? » tenta Miriam, parfaitement au courant des us et coutumes du commissariat.

« Le Coca pur, ils ne savent même pas quel goût ça peut avoir ! » aimait à répéter son père. Il dépensait d'ailleurs chaque année une petite fortune en achat de spiritueux et en frais de restaurant dans le but d'entretenir de bonnes relations de travail avec la police de Bruges. « Je soigne mes collaborateurs, un point c'est tout ! » répliquait-il aux gens de son entourage, son comptable au premier chef, qui l'incitaient à davantage de modération.

« S'il n'y a que ça pour vous faire plaisir, répondit Van In, je n'y vois pour ma part aucune objection. »

Versavel lui jeta un regard consterné.

« Si c'est la réaction de mon vieux qui vous inquiète, argumenta Miriam, je peux vous assurer qu'il sait à quoi s'en tenir.

– C'est bon, Guido. Deux Coca maison ! »

L'inspecteur mit une sourdine à ses principes. Après ce qu'elle venait de subir, un petit remontant ne pouvait pas lui faire de tort. Pour avoir vécu la même chose trente-huit ans auparavant, il savait dans quel état elle devait être. Il se revoyait encore, livré à lui-même, bouleversé de douleur et d'angoisse, grillant coup sur coup la moitié d'un paquet de cigarettes. La relative sensation d'apaisement qu'il en avait retirée sur le moment ne l'avait pas rendu accroc au tabac, bien au contraire. Après ce jour où ce brave tonton Seppe l'avait initié aux choses du sexe, plus jamais il n'avait touché à une sèche de sa vie.

Surpris en flagrant délit de sieste dans l'exercice de ses fonctions, l'agent préposé à l'accueil déployait des trésors de patience pour ne pas envoyer valser l'influent citoyen qui l'avait arraché à ses doux rêves en frappant comme un sourd au carreau. Ce malotru méritait pourtant une solide contredanse : il avait eu le toupet de garer sa Jaguar noisette au beau milieu du trottoir, pile devant le commissariat. *Je ne sais pas ce qui me retient d'appeler la fourrière,* fulminait intérieurement le planton. En réalité, il le savait très bien : nul ne verbalisait impunément Antoon Dobbelaere.

« Votre fille est entendue par le commissaire Van In, maître Dobbelaere.

– Comment ça, *entendue* ? »

Le devait-il à l'exercice de son métier d'huissier de justice ou à quelque prédisposition de caractère ? Antoon Dobbelaere avait l'art et la manière de mépriser les gens. Pour imposer le respect au menu fretin, il appliquait avec succès une recette toute militaire : un minimum de mots, simples mais rigoureusement choisis, débités sur le mode impératif et assaisonnés si possible d'une pincée d'ironie blessante.

« Vous voulez que je lui demande s'il peut vous recevoir ? »

Dobbelaere gratifia l'agent du coup d'œil glacial et menaçant qu'il réservait aux pauvres diables sans argent ni défense qui constituaient son principal fonds de commerce.

« J'exige de lui parler ! Séance tenante ! »

Le factionnaire composa l'extension du 204 sans moufter et attendit que l'un de ses occupants daigne abréger son supplice.

« C'est pour aujourd'hui ou pour demain ?! » aboya l'huissier de justice.

Serrant les mâchoires, l'agent raccrocha et forma en toute hâte le numéro de l'officier de permanence.

« Nous y sommes ! soupira-t-il en reposant le combiné sur son support. Le commissaire Van In se trouve dans le bureau du commissaire en chef. Je suis navré de vous avoir fait attendre, mais la Cellule spéciale de recherche est en plein démé…

– Épargnez-moi votre popote interne et appelez-le ! »

Muselé, l'agent improvisa un sourire forcé.

« Tout de suite, maître Dobbelaere », répondit-il en baissant humblement les yeux sur sa tablette. Pour quelqu'un qui avait failli arriver premier au concours annuel du cerbère de service, l'exploit valait une médaille.

Au moment où l'huissier de justice laissait enfin l'agent du comptoir retourner à sa léthargie, Miriam finissait de raconter à Van In le tragique déroulement des événements de la nuit. Elle n'avait omis aucun détail, pas même ceux de sa désastreuse prestation dans ce bar miteux où elle avait atterri.

« Vous avez une idée de la marque du véhicule ? lui demanda-t-il.

– Non. »

Van In déposa son stylo et se cala dans son siège. Dans un passé guère éloigné, n'importe quel flic aurait souri d'un air goguenard en prenant la déposition de la victime. Et il ne se serait pas gêné pour lui faire part de ses impressions personnelles : « Avouez que vous l'avez bien cherché ! »

Abandonnant là le cours de ses réflexions, il formula la question qui ressortait naturellement de l'épisode du P'tit Coin.

« Vous pensez que ça pourrait être celui qui vous a draguée ? Le gars à la banane ?

– Je ne sais pas. »

Miriam but une gorgée de Coca. Versavel s'était montré généreux.

La combinaison de sucre et d'alcool détendit la jeune fille et calma son anxiété. Elle essayait de ne pas penser à la réaction qu'aurait son père quand il apprendrait la vérité.

« En tout cas, il ne sentait pas l'alcool. »

Van In relut au hasard quelques lignes de la déposition de Miriam. « L'homme portait une cagoule en cuir et un jogging. Il ne m'a presque pas parlé. Quand il a eu fini, il m'a jetée hors de sa camionnette, rue du Paradis. »

Van In connaissait bien ce coin perdu du nord-est du cœur historique de Bruges, dans le quartier de la Poterie. L'agresseur aussi apparemment. De nuit comme de jour, on n'y rencontrait pas âme qui vive.

« Vous n'avez rien remarqué d'autre ? Un détail, une impression bizarre, n'importe quoi…

– Si. Il puait la mer. »

Le téléphone de De Kee donna de la voix. Van In ne prit même pas la peine de regarder le cadran. *Sa Seigneurie est joignable sur son portable en cas d'urgence !* décréta-t-il. *Je ne suis pas son secrétaire !*

« Un appel interne, observa prudemment Versavel.

– Je suis occupé ! »

L'inspecteur dressa les paumes en bouclier.

« C'est toi le boss, Pieter. »

À cette heure matinale, le calme régnait dans les locaux du commissariat. Levés au chant du coq, les agents attaquaient tranquillement les premières tâches administratives de la journée, chacun dans leur coin. Tout à coup, des bruits de pas ébranlèrent le couloir central. Cessant toute activité, la volaille se rassembla derrière les cloisons vitrées et tendit le cou à se le dévisser. Les premiers arrivés n'eurent que le temps d'apercevoir Antoon Dobbelaere leur filer sous le nez au pas de charge. Ils passèrent le mot aux suivants : « Ça va chauffer pour certains matricules... » De bureau en bureau, la rumeur se propagea comme un feu de paille au reste du poulailler.

« Même pas fichus de communiquer en interne : on nage en plein surréalisme ! » balança l'huissier de justice sans même un regard pour l'officier de garde qui lui collait aux basques. « Sentiment d'insécurité ! Criminalité galopante ! Inefficacité policière ! On croit parfois que les journalistes exagèrent, mais il suffit de vous voir à l'œuvre pour comprendre ceux qui votent un peu trop à droite ! »

Ravalant ses convictions politiques, l'officier se mit en devoir de défendre l'honorable institution qui l'employait.

« Je reconnais que l'incident est fâcheux, mais que voulez-vous ? Tout déménagement entraîne son lot de tracasseries… »

Excédé, Dobbelaere le rembarra d'un dédaigneux mouvement d'épaules. *Encore un qui dégaine les excuses plus vite que son ombre !*

Le gradé lui indiqua respectueusement la porte du bureau du commissaire en chef. L'huissier de justice actionna la poignée d'un coup sec et déboula sans crier gare dans la pièce.

« Papa ! »

Levée d'un bond, Miriam resta plantée au garde-à-vous devant sa chaise. Étonné de ne pas la voir se jeter dans les bras de son paternel, Versavel scruta le visage de la jeune fille. Un sentiment de crainte mêlée d'aversion s'y reflétait.

« Que fais-tu ici, Miriam ?

– Votre fille a été victime d'un viol », répondit Van In.

L'huissier de justice fit la sourde oreille.

« Tu aurais pu te donner la peine de m'appeler ! Tu ne sais plus te servir de ton portable ?! »

L'adolescente prit une mine candide.

« Votre correspondant n'est pas disponible pour le moment, fit-elle en parodiant la voix métallique du répondeur. Veuillez réessayer plus… »

Il l'attira contre lui. Elle se raidit.

« Je suis venu dès que j'ai lu ton mot sur la table de la cuisine. » Resserrant son étreinte, il darda un regard noir à Van In avant de poursuivre. « J'ignore ce que ces messieurs attendent de toi, mais, avant de nous embarquer dans quoi que ce soit, je veux que nous discutions ensemble des tenants et des aboutissants de cette affaire !

– Puis-je vous rappeler, maître Dobbelaere, qu'il ne s'agit nullement d'une *affaire* ?! Votre fille a été violée ! »

C'était typiquement le genre de réflexion qui mettait Antoon Dobbelaere hors de lui. Envoyé à l'usine à la fin de ses études secondaires, il avait dû longtemps se plier comme un pantin aux diktats de ceux qui tiraient les ficelles en haut lieu. Cadres supérieurs bardés de diplômes, fieffés imbéciles triés sur le volet en fonction de leur carte de parti, sombres incompétents nés avec une cuillère d'argent dans la bouche, il en avait soupé de cette engeance en col blanc et manchettes qui se croit autorisée à traiter les ouvriers comme des bêtes de somme dont on se débarrasse aux premiers signes de fatigue ! Il n'était pas de ceux qui se laissent mener sagement à l'abattoir ! Forçat le jour, étudiant en droit le soir, il avait repris étape par étape les rênes de sa destinée, éperonné d'une devise de son cru : « Pourquoi se laisser plumer quand on a l'étoffe d'un aigle ? » Imprimée en lettres de feu sur une bannière adhésive défraîchie par les ans, cette maxime trônait aujourd'hui encore au-dessus de son bureau, à l'endroit où d'autres accrochent leurs trophées universitaires. Autant dire que ce n'était pas un vulgaire poulet qui allait lui dicter sa conduite.

« Laissez-moi vous dire une bonne chose, commissaire, et ne m'obligez pas à me répéter ! »

Le cœur de Versavel s'arrêta de battre. Dobbelaere et Van In appartenaient l'un comme l'autre à cette espèce d'oiseaux qu'Alfred Hitchcock aurait pris un malin plaisir à isoler dans l'ascenseur capricieux d'un gratte-ciel.

« Laisse tomber, papa ! » intervint faiblement Miriam.

Elle avait plutôt intérêt à écourter l'entrevue. Deux mois auparavant, son père l'avait engueulée comme du poisson pourri pour une petite incartade de rien du tout, la menaçant de la priver d'argent de poche si elle enfreignait une fois de plus les règles de la maison. Elle ne donnait pas cher de sa peau s'il apprenait qu'elle avait profité de son absence pour guindailler toute la nuit.

La riposte de Van In réduisit ses espoirs à néant.

« Ici, c'est moi qui commande ! Veuillez sortir immédiatement de mon bureau et laissez votre fille...

– *Ma* fille, comme vous dites si bien, fera exactement ce que *je* lui dirai de faire ! »

À ce point de l'échange, Van In regretta amèrement de n'en être qu'à son premier apéro de la journée. Un ou deux degrés d'alcool en plus dans le sang lui auraient insufflé le cran nécessaire pour une expulsion *manu militari.* À défaut d'un second remontant, il appela la loi en renfort.

« En l'occurrence, vous n'avez pas voix au chapitre. Si Miriam souhaite déposer plainte, légalement, elle est libre de le faire ! »

Van In comptait bien réussir à persuader la jeune fille de ne pas en rester là, quitte à opposer à l'autorité morale du père celle du policier au service de l'ordre et de la justice.

« Sans doute, commissaire, mais ne perdez pas de vue qu'elle est mineure. »

En clair : « Jusqu'à nouvel ordre, elle vit sous mon toit. Entêtez-vous à la monter contre moi, et c'est elle qui en fera les frais. »

Ce chantage plaça Van In devant un cas de conscience. *Si je cède, non seulement je laisse un violeur gambader dans la nature, mais jamais justice ne pourra être rendue à Miriam. Si je l'emporte et que ce tordu met ses menaces à exécution, la vie de cette pauvre gamine deviendra un véritable enfer...*

« La balle est dans votre camp, mademoiselle Dobbelaere, débita-t-il en se faisant l'effet d'un dégonflé.

–J'ai combien de temps pour déposer plainte ? » demanda-t-elle.

C'est fichu, en conclut Van In, soudain aussi désespéré qu'un stagiaire du barreau qui loupe sa première plaidoirie.

« En théorie, tout le temps que vous voulez, mais dans votre cas, il est important de procéder à certains devoirs d'enquête dans les vingt-quatre heures qui suivent les...

–Je vous en prie, commissaire. J'ai besoin de temps pour réfléchir à tout ça », soupira-t-elle, la voix lasse.

Van In marqua une pause et prit son courage à deux mains.

« Bien sûr ! articula-t-il à grand-peine. Discutez-en à tête reposée avec votre père. Le principal, c'est que vous soyez sûre de votre décision. »

Rassurée, Miriam le remercia d'un clin d'œil discret qui lui mit un peu de baume au cœur.

« Si vous changez d'avis, n'hésitez pas à nous appeler, insista-t-il. De jour comme de nuit. »

Dobbelaere dodelina du chef.

« Je vous ai mal jugé, commissaire », fit-il, soudain tout miel.

Impassible comme la justice, Van In lui servit d'une voix monocorde un court extrait du répertoire politicien.

« Le devoir de la police est de se mettre à l'écoute et au service de chaque citoyen. »

Quelle mouche le pique ?! se demanda Versavel en fronçant les sourcils. N'y voyant goutte, l'huissier de justice opina du menton, un sourire condescendant vissé au coin de la bouche.

« Parfait ! Alors, rentrons ! »

Miriam lui emboîta docilement le pas.

« Café *or not* café ? » lança Versavel pour détendre l'atmosphère après le départ du triste couple.

That's the question, répliqua muettement Van In. Il siffla son verre d'un trait, alluma une cigarette et grommela un « ouais » désabusé.

Par égard pour son foie, il avait été à un cheveu de refuser. D'après son dernier bilan sanguin, ce vieux compagnon de route commençait à présenter de sérieux signes de fatigue. À tel point d'ailleurs que son médecin de famille – qui ne carburait pas au jus de fruits lui non plus – l'avait condamné au régime sec : « Qui veut voyager loin ménage sa monture. Allez-y mollo sur la caféine et limitez l'alcool à deux verres par jour ! »

Deux verres par jour ! ronchonna Van In pour la énième fois. *Comme si je pouvais faire de vieux os à ce train-là…*

La voix de Versavel le ramena sur terre.

« Ton café, Pieter ! Je me trompe ou tu te tracasses pour la jeune Dobbelaere ? »

Van In lui prit la tasse des mains.

« Avec ou sans plainte, je compte bien retrouver le salopard qui lui a fait ça ! »

Il étendit les jambes en poussant un soupir à fendre l'âme. Trente-deux ans s'étaient écoulés depuis ce jour maudit où il avait été témoin du viol d'une jeune fille. Gravée au fer rouge dans sa mémoire, cette scène d'une brutalité sans nom revenait souvent le hanter. Il lui suffisait de fermer les yeux pour entendre résonner dans sa tête les cris de la victime et ressentir dans chacun de ses muscles la morsure tétanisante de la panique. Aujourd'hui plus que jamais, il aurait vendu son âme au diable pour revenir en arrière et trouver en lui le courage d'intervenir.

2

D'un machinal coup de torchon, le tenancier du P'tit Coin redonna une vague apparence de propreté à la table où s'étaient installés ses deux premiers clients de la journée. La soirée de la veille avait été copieusement arrosée. En témoignaient encore les effluves de bière éventée qui voguaient au-dessus des taches de pils barbouillant le linoléum. Des relents de transpiration et de tabac refroidi parachevaient l'ambiance olfactive.

« Qu'est-ce que je vous sers, messieurs ?

– Deux cafés ! » commanda Van In d'autorité.

Versavel approuva en silence. Le patron étouffa un bâillement et repartit vers le zinc en traînant la patte.

« J'ai comme l'impression qu'il m'a reconnu, murmura l'inspecteur. Laissons tomber !

– Tu fréquentes ce genre de caberdouche ?!

– J'y effectue des visites de courtoisie policière. Nuance.

– En bleu de travail ? »

Évidemment ! lui signifia Versavel d'une mimique un brin exaspérée.

« Je te fiche mon billet qu'il n'a pas fait le rapprochement.

– Plutôt risqué comme pari. »

Van In sourit, goguenard.

« Au contraire, c'est dans la poche ! Je défie quiconque de reconnaître le poulet sous ton déguisement de civil. »

À court d'arguments, Versavel se contenta de hausser les épaules. L'idée d'enquêter incognito sur le viol de Miriam ne lui disait rien qui vaille. L'entreprise était en effet aussi hasardeuse qu'inutile : probants ou non, des éléments de preuve obtenus de manière irrégulière ne valaient juridiquement pas un clou. Il avait tout essayé pour convaincre Van In de renoncer à son projet, mais autant laver la tête d'un âne. L'obstination à faire justice, fût-ce au mépris de la loi, constituait chez le commissaire une marque de fabrique. *Jusque-là, rien de nouveau sous le soleil de Bruges,* ironisa Versavel, *mais j'aimerais quand même bien comprendre pourquoi il prend ce dossier tellement à cœur...*

« Ça fera quatre-vingts francs[1] », annonça le cafetier en déposant les cafés sur la table.

Van In extirpa un billet de cent de son portefeuille et se fendit d'un débonnaire « Gardez la monnaie ! »

Abandonnant aussitôt le simulacre de fouille entamé dans les profondeurs de sa poche, le patron le remercia d'une imperceptible inclinaison de la tête et rejoignit son poste d'observation au radar.

« C'est quoi, la suite du plan ? » s'enquit Versavel en portant sa tasse à la bouche.

Il suspendit son geste à mi-chemin, les narines froncées en une moue d'atroce dégoût. Une coulée de marc cuit souillait la porcelaine à l'endroit pile où il s'apprêtait à poser les lèvres.

1. Au passage à la monnaie unique, il fallait quarante francs belges pour un euro.

« On n'est pas aux pièces. Le temps d'absorber mon caoua, et j'appâte. »

« Que tu le veuilles ou non, je dois voir un gynéco de toute urgence ! »

Miriam dévisageait son père depuis le fond du canapé où elle se tenait pelotonnée, les genoux collés au menton.

« Je sais, ma chérie, mais c'est délicat… »

Antoon Dobbelaere voulait éviter que la justice ne s'en mêle, mais comment l'expliquer à Miriam sans entrer dans les détails ?

« Tu as peur que cette *affaire* ne salisse ton nom ?

– *Notre* nom, ma fille. Sois réaliste pour une fois ! La police n'a quasiment aucune chance de mettre la main sur celui qui t'a fait ça, et même si… »

Il hésita. Des collègues et des amis lui avaient déjà laissé entendre plus d'une fois que Miriam était plutôt délurée pour son âge. On l'avait vue traîner dans des cafés connus pour être des repaires de toxicos et avec des petits copains qui…

« Dis tout de suite que tu ne me crois pas ! »

Un silence embarrassé lui souffla la réponse. Miriam se cacha le visage dans les mains et se mit à sangloter tout bas.

De longues secondes s'écoulèrent, durant lesquelles l'huissier de justice resta complètement désemparé. Il aurait fallu qu'il la prenne dans ses bras, il s'en rendait compte, mais il s'en sentait tout à fait incapable.

« Ce serait encore pire si ce gars t'avait mise en cloque », bredouilla-t-il.

Miriam redressa lentement le front et lui déchargea un regard brûlant de reproches.

« C'est ça qui te fait flipper ? Ça ne t'effleure même pas l'esprit qu'il m'a peut-être refilé le sida ?! Remarque, ça t'arrangerait bien…

– Miriam ! »

Antoon Dobbelaere sentit fondre son sang-froid. Il ferma les yeux et expira lentement l'air contenu dans ses poumons.

« Ne dis pas de bêtises, ma chérie. Je ne veux que ton bonheur, tu le sais parfaitement ! »

Ses paroles appelaient à l'apaisement, mais il y avait dans sa voix ce léger vibrato que la jeune fille aurait décelé entre mille. Du temps où sa mère vivait encore à la maison, il ne se passait pas deux jours sans que monsieur ne leur fasse subir ses sautes d'humeur. De l'étincelle qui mettait le feu aux poudres jusqu'à l'explosion finale, ses crises de colère étaient réglées comme du papier à musique. Miriam connaissait la partition sur le bout des doigts. Elle prenait d'autant plus de plaisir à la jouer que le récit de ses performances agrémentait ses conversations téléphoniques avec Rome.

« Excuse-moi, papounet chéri, minauda-t-elle. Je sais bien que tu fais le maximum pour être un bon père ! Si ça peut te rassurer, je trouve que personne ne t'arrive à la cheville comme huissier de justice ! Pourtant, la concurrence est rude, dans ce milieu de charognards… »

Le faciès de Dobbelaere vira au cramoisi. Une inquiétante lueur se mit à danser dans la nuit noire de ses pupilles dilatées.

« Sale petite vipère ! lui cracha-t-il au visage. Ça se vautre dans le luxe sans un merci et ça se permet en prime de vous insulter ! Tu es comme ta mère, va ! Pourrie jusqu'à l'os ! »

Miriam s'arracha d'un bond au fauteuil et se campa farouchement face à lui.

« Pourrie peut-être, mais pas autant que tes cadeaux ! Attends voir… Un lecteur CD en plastoc tout neuf ? Tombé du camion, j'imagine ! Une télé dernier cri ? De récup, bien sûr ! D'ailleurs, si tu pouvais repasser chez son ancien proprio pour récupérer la télécommande, ça m'arrangerait !

– Si tu me cherches, tu vas me trouver !

– Et pour les vacances, merci du fond du cœur pour l'année dernière ! Un séjour cinq étoiles en Turquie, la classe ! Mes copines en bavent encore de jalousie. Ce qu'elles ne savent pas, c'est que tu l'avais troqué contre une vieille armoire saisie chez un pauvre type insolvable. Moi, ce prétendu luxe, ça me débecte autant que les huissiers véreux dans ton genre !

– Tu vas t'en prendre une ! » vociféra Dobbelaere en écartant bien haut les cinq doigts de la main.

Ne voyant rien venir, la jeune fille éclata d'un rire hystérique.

« Voleur ! Raté ! se mit-elle à chantonner. Tu n'es qu'un enfoiré ! »

Incapable de se retenir plus longtemps, Antoon Dobbelaere lui sauta à la gorge. Une folie furieuse incendiait son regard. Apeurée, Miriam tenta de reculer, mais la pression qu'il exerçait sur son cou lui fit perdre l'équilibre. Elle tomba à la renverse en l'entraînant dans sa chute. Sa tête heurta violemment le sol. Elle battit faiblement des paupières, puis sombra dans un trou noir.

Trois cafés plus tard, Van In réussissait enfin à amorcer la conversation avec le patron du P'tit Coin.

« Pour tout vous dire, je suis à la recherche d'un pote. Je crois me rappeler qu'il habite dans le coin…

– Comment il s'appelle, votre gars ? »

Le commissaire esquiva sans fioritures.

« On s'est rencontrés l'année dernière, à un festival de rock… »

Les sourcils en accent circonflexe, Versavel guetta la réaction du taulier. Van In avait l'allure passe-partout, d'accord, mais dans la peau d'un rocker, il faisait à peu près autant illusion que la moumoute d'un sosie d'Elvis made in Las Vegas. Il dut pourtant réviser son jugement. De l'autre côté du comptoir, ça mordait à l'hameçon :

« Ah, les festivals, j'adore ! Rien de tel que des riffs de guitare et un bon bain de foule pour retrouver sa jeunesse ! »

Van In opina avec un petit air de triomphe. Versavel se mordit les joues pour gommer toute trace du sourire qui menaçait de lui fendre la pipe. Un refrain connu lui trottait furieusement dans la tête : « Crois-en mon expérience, Guido, plus un mensonge est gros, mieux il passe ! »

Et l'autre de s'emballer :

« Je suis toujours étonné de voir la tronche des gens qui assistent à ce genre de concerts. Comme quoi, l'air ne fait pas la chanson.

– À qui le dites-vous ! Remarquez, avec le copain dont je vous parle, y a pas photo. Il porte une banane à faire pâlir de jalousie le King en personne et un dragon tatoué sur le biceps. Gauche, je crois. Ça vous dit quelque chose ?

– Pour ça oui, c'est King Kong !

– Pardon ? »

Un rire sonore secoua le cafetier.

« C'est la vedette de mon bar. Je ne sais pas s'il est votre homme, mais il lui ressemble vachement, en tout cas ! »

Van In aspira une gorgée de café et arrondit les lèvres en cul-de-poule avec cet air pénétré que prennent les œnologues quand ils s'imprègnent les papilles d'un nectar divin.

« King Kong, remâcha-t-il lentement. Ça ne me dit rien du tout. C'est son nom de scène, je suppose…

– Bien sûr ! »

Délaissant son zinc, Georges se rapprocha pour leur parler de la légende du quartier. King Kong avait émigré aux États-Unis dans les années quatre-vingt. Convaincu de son potentiel de star, il avait écumé les castings à la recherche du rôle de sa vie. Un beau matin, fatigué de gaspiller son talent dans des productions à la noix, il avait plié bagages pour la Thaïlande. Il y était resté trois ans, pendant lesquels il avait été sorteur dans un lupanar de Bangkok. Depuis son retour en terre brugeoise, il menait une existence pépère aux crochets de l'État.

« C'est le client de rêve : la descente facile, du temps à perdre et un stock d'anecdotes à réveiller la libido d'un eunuque ! Le seul hic avec lui, c'est qu'il a tendance à partir en couille quand il est bourré.

– Alors là, plus de doute ! On parle bien du même zigoto ! »

Van In prit Versavel en aparté, une lueur espiègle dans les yeux.

« Tu n'aurais pas un petit biffeton pour moi ?

– Certainement, grinça l'inspecteur en mettant la main au portefeuille. Deux cents francs, ça t'ira ? »

Il allongea le pourboire sur la table.

« Je peux vous noter son adresse, proposa le patron en témoignage de sa reconnaissance. Il crèche à quelques rues d'ici.

– Génial ! s'exclama Van In. Vous croyez qu'il est chez lui en ce moment ? »

Georges se tourna vers le mur du bar où, sous couvert de donner l'heure, une horloge géante rehaussée de dorures rutilantes incitait le client à consommer sans pingrerie l'une de ces bonnes bières qui font la réputation de la Belgique.

« À mon avis, oui. Par contre, pour l'extirper du plumard, ça risque d'être coton. Dites-lui que c'est moi qui vous envoie s'il est de mauvais poil ! »

« C'est une bien vilaine chute que vous avez faite là, mademoiselle. Vous ne vous souvenez vraiment de rien ?

– Non », affirma Miriam.

Depuis l'âme sensible qui met tout l'hôpital sur le pied de guerre parce qu'elle s'est cassé un ongle, jusqu'aux irréductibles de la cigarette qui s'inquiètent un beau matin de cracher leurs poumons, les blouses blanches des urgences en entendent tous les jours des vertes et des pas mûres. À la longue, plus rien ne les étonne. Sauf bien sûr l'histoire de la stupide chute dans les escaliers…

« C'est grave, docteur ? » fit derrière eux la voix tendue d'Antoon Dobbelaere.

Son visage était blanc comme un bloc opératoire, ses mains n'en finissaient pas de sucrer les fraises et ses paupières palpitaient comme celles d'une chouette en pleine lumière.

« Je ne suis pas encore en mesure de me prononcer.

– Pourquoi ? »

L'animosité du ton fit tiquer le médecin. Tournant le dos à sa patiente, il ausculta l'huissier de justice d'un œil suspicieux. *Papa est fragile des nerfs, à ce que je vois. Je serais curieux de connaître sa version des faits !*

« Vous étiez là quand ça s'est passé ? »

La question raviva la colère d'Antoon Dobbelaere. D'un coup d'œil courroucé, il intima le silence à Miriam.

« Dites-moi simplement si sa blessure est grave ! »

Ma parole, c'est qu'il mordrait avec ça ! Voilà qui a au moins le mérite d'être clair.

« Votre fille ne présente à première vue aucun signe de lésion cérébrale. Sa plaie à la tête est superficielle. Je ne peux toutefois rien affirmer tant que je n'aurai pas les résultats du scanner en main. Par contre, ce qui m'inquiète, ce sont les ecchymoses qu'elle présente autour du cou.

– Des ecchymoses ? Comment ça ? »

C'est ça, fais l'andouille !

« Des bleus, si vous préférez un terme moins savant. Je me demande bien comment votre fille s'est fait ça.

– Aucune idée.

– Nous allons la garder en observation. Simple mesure de précaution. »

Van In tambourinait à la porte depuis dix bonnes minutes quand King Kong y pointa enfin sa mine de déterré, la braguette à mi-parcours et l'étiquette du T-shirt aux avant-postes.

« Y a le feu à la baraque ou quoi ?! »

Le commissaire lui braqua sa carte de service sous le nez sans l'ombre d'un sourire.

« Police ! On peut entrer ? »

King Kong passa les doigts dans sa banane avec une mimique de parfait ahuri et s'écarta pour leur céder le passage.

« Merci », bredouilla Van In, désarçonné au point de se demander s'ils ne s'étaient pas tout bonnement trompés d'adresse.

Vu la tronche de cuvette qu'il se paie, normal que le cerveau ait du mal à suivre.

« D'habitude, vos collègues en ont plutôt après ceux d'à côté.

– Je m'en fiche, de vos voisins ! C'est à vous que je veux causer !

– Bon ben, allons bavarder autour d'une jatte de café ! » envoya l'autre sans se départir de son flegme.

Van In en resta comme deux ronds de flan. Pivotant la tête d'un quart de tour, il adressa un regard en point d'interrogation à Versavel, qui lui rendit la pareille. Vu le personnage qu'on leur avait décrit, il s'était attendu au minimum à être gratifié de noms d'oiseaux.

Parvenu à la cuisine, leur hôte flanqua par terre la liasse de magazines qui monopolisait une place assise.

« Faites comme chez vous ! »

Il attrapa ensuite le pot de la cafetière et alla le remplir au robinet.

« Lait et sucre ? proposa-t-il, tout à son affaire.

– Ne vous dérangez pas, déclina Van In. Nous avons eu notre dose de caféine pour ce matin. »

King Kong déposa le récipient et se retourna, les babines largement retroussées sur deux rangées de dents d'un blanc éclatant.

« Ça tombe bien, j'ai de la pils au frais.

– Vous pourriez nous parler de Miriam Dobbelaere ?

– Connais pas. »

Ou il joue sacrément bien la comédie, ou il est aussi bas du front qu'il en a l'air. À moins qu'il n'ait vraiment rien à se reprocher… Il n'y a qu'un seul moyen d'en avoir le cœur net.

« Elle a été victime d'un viol, pas plus tard que cette nuit. Son agresseur portait une cagoule en cuir.

– Quand j'vous disais d'aller voir les voisins ! Les gadgets en cuir et les sauteries costumées, c'est leur grande spécialité, à ces tordus ! Et je peux vous dire qu'ils s'en donnent à cœur joie !

– Et vous, ça vous arrive d'être de la fête ?

– Vous m'avez bien regardé ?! »

King Kong tira à lui la porte du frigo et en sortit trois bouteilles de bière, qu'il décapsula chacune d'un coup de râtelier.

« Ils roulent en véhicule utilitaire, vos chers voisins ?

– En quoi ?

– En camionnette, traduisit Versavel.

– Les Duchnoque, en camionnette ?! Vous rigolez ! »

King Kong posa deux pintes sur la table, vida la sienne d'un trait et évacua le trop-plein de gaz qui obstruait sa tuyauterie dans un rot magistral.

« Ils n'ont même pas un clou rouillé pour se gratter le cul.

– Et vous, monsieur… ?

– Colombier. Patrick Colombier. »

L'inspecteur roula des yeux de merlan frit. Comme la majorité des Flamands, il associait plus volontiers les patronymes à consonance française aux gros bonnets de la finance ou de l'industrie qu'à la caricature d'Elvis qu'il avait en face de lui.

« Parfaitement, *Colombier* ! sourit l'hominidé, toutes dents dehors. Ça en jette, comme nom, hein ? »

Certes oui, répondit Versavel en son for intérieur. *Aussi seyant qu'un costume de groom sur un chimpanzé de cirque.*

Van In attrapa la bouteille qui lui était destinée et y noya son amertume. Non seulement sa seule et unique piste tournait en eau de boudin, mais il devait reconnaître que Versavel avait vu juste : démarrer une enquête sans une plainte en bonne et due forme revenait à partir au front sans fusil. *Impossible de retourner faire la tasse au P'tit Coin sans avoir l'air d'un con. Quant à dégoter un indice exploitable sur la scène du viol, autant chercher des crevettes grises pêchées du matin un jour de Saint-Sylvestre !*

« Si vous n'y voyez pas d'inconvénient, j'aurais encore une ou deux questions à vous poser.

– Faut voir. Qu'est-ce qu'on gagne ? » blagua Patrick Colombier en sortant une quatrième chope du frigo.

Quel mariolle ! soupira Van In. *On lui donnerait le bon Dieu sans confession !*

Une demi-heure plus tard, le commissaire et son fidèle inspecteur poursuivaient par acquit de conscience leurs pérégrinations *pedibus cum jambis* dans le quartier de la Poterie, direction la rue du Paradis.

L'interrogatoire de King Kong s'était terminé comme il avait commencé : en toute innocence. Non seulement il leur avait avoué tout net qu'il avait essayé d'emballer Miriam, mais il avait même poussé le bouchon jusqu'à plaider sa cause : « La nana m'a carrément montré ses nibards ! Mettez-vous à ma place ! » Du reste, il avait cité nommément une bonne demi-douzaine de compagnons de beuverie qui pourraient témoigner qu'il n'avait pas décollé du bar avant quatre heures du matin.

« Alors, ton impression sur le sieur Colombier ? demanda Van In à son coéquipier tandis qu'ils remontaient la rue Snaggaert.

– Trop décontracté pour être honnête.

– Alors là, tu m'en bouches un coin !

– Tu sous-titres ? »

Ça sentait la *vaninerie* à plein nez.

« Un beau mâle puissamment banané et pas farouche pour deux sous, ça devrait te donner envie de grimper aux lianes, non ? »

L'inspecteur se renfrogna. Van In alluma une cigarette et shoota avec désinvolture dans une canette de Coca qui entravait sa route. Le cylindre de métal s'en alla rebondir de pavé en pavé sous la mine pincée d'une honorable citoyenne qui faisait le guet derrière le voilage de sa fenêtre.

« Je te fiche mon billet que cette pisse-vinaigre est à deux doigts d'appeler les flics pour tapage diurne.

– Ça te ferait les pieds.

– Relax, Guido ! Tu ne vas quand même pas bouder pour une blague à deux balles !

– *Homo te absolvo.* Estime-toi heureux qu'on ait la peau dure à mon âge.

– Ou les reins solides…

– Ta vulgarité me laisse sans voix, Pieter.

– Navré, mais, hum, tu m'as tendu la perche. »

Chemin faisant, ils arrivaient devant le portail de la prestigieuse école hôtelière Spermalie où, veille de grandes vacances oblige, un attroupement de collégiennes en jupette affriolante caquetaient à qui mieux mieux. Amusés, ils les contournèrent, l'oreille aux aguets.

« Il paraît que sœur Maria va souvent rue du Paradis…, piaillait l'une d'entre elles. On dit que c'est l'endroit idéal pour se rapprocher du Seigneur. Ce serait pas plutôt pour s'envoyer au septième ciel… ? »

Des gloussements de poulailler en émoi ricochèrent sur les façades de la ruelle. Le duo d'enquêteurs suspendit sa marche en échangeant un regard de télépathe. Van In se retourna d'un bloc et revint sur ses pas.

« Salut les filles ! Je peux vous demander un truc ? »

La bavarde le toisa avec insolence.

« Pour cinq mille balles, tout ce que tu veux, mon chou. »

La basse-cour gloussa de plus belle.

« Je suis de la police, prononça gravement Van In.

– Oooh, vous entendez ça, les filles ?! Môssieur est de la police ! »

Van In ferma les yeux et prit une longue respiration. *Dire que dans une quinzaine années, j'aurai la même à la maison !* se désola-t-il en pensant à Sara, son adorable poussin.

« Quelque chose me trouble, reprit-il, très calme.

– Oooh ! Et tu crois que c'est réciproque, mon poulet ? »

Moins de cinq minutes plus tard, le tandem policier était reçu avec déférence par le directeur de l'établissement. Quinquagénaire à la silhouette élancée, M. Leblanc arborait avec fierté ce renflement abdominal qui, chez les hommes de pouvoir, passe plutôt pour un supplément de prestance que pour un excédent pondéral. Van In lui trouvait des airs de ressemblance avec l'un des acteurs de *La Grande Bouffe* dont il avait le nom sur le bout de la langue. *Oh, allez ! Le grand mince ballonné du bide qui souffre d'affreuses coliques et que les trois autres gavent de purée…*

« Le comportement de mes élèves est inexcusable, monsieur le commissaire. Je puis vous assurer que ces faits ne resteront pas imp…

– Inutile, monsieur le directeur. Je veux seulement leur parler. »

Légèrement contrarié qu'on se permette de lui couper le sifflet, M. Leblanc écarta les bras en soufflant un peu de son irritation par le nez.

« Comme vous voudrez. »

Il remonta la ceinture de son pantalon et alla ouvrir la porte.

« Nathalie ! » appela-t-il en penchant dans le couloir une face de généralissime constipé.

La collégienne qui avait prononcé le nom de la rue où Miriam avait été violée s'avança sans complexe au centre de la pièce.

« Assieds-toi, Nathalie ! » fit Van In.

Versavel eut la franche impression que la gamine s'en payait une bonne tranche. *Les temps changent*, pensa-t-il en se remémorant l'époque où il tremblait comme une feuille quand son paternel, féru de discipline et adepte inconditionnel du martinet, lui sonnait les cloches pour un oui ou pour un non. Moyennant un effort de concentration, il pouvait même sentir encore la brûlure du cuir sur ses fesses.

Visiblement décidé à ne pas se laisser voler la vedette, le directeur planta un regard sévère dans celui de son élève.

« Monsieur le commissaire a quelques questions à te poser, Nathalie. J'exige que tu y répondes en toute franchise. »

Il me les brise menu, avec ses grands airs ! s'impatienta Van In. *Encore un qui a l'orgueil plus gros que le ventre et qui profite de ses fonctions pour péter plus...*

« Michel Piccoli ! dit-il, avec l'exultation d'Archimède dans sa baignoire.

– Plaît-il ?

– Aucune importance », répondit-il d'un air sardonique.

Il venait de se repasser mentalement la scène dans laquelle Piccoli, chic et guindé, mais trop poli pour être honnête, délaisse ses convives d'orgie le temps d'égrener un chapelet sonore dans l'obscurité secrète du jardin. *M'est avis que le dirlo aurait besoin de lâcher la pression lui aussi. Et s'il allait voir dehors si j'y suis ?*

« Sauf votre respect, monsieur Leblanc, j'aimerais m'entretenir avec Nathalie en privé. »

Piqué au vif, le chef d'établissement toisa Versavel, l'air de dire : « Après vous ! » Non content de ne pas broncher d'un cheveu, ce dernier l'envoya promener lui aussi.

« Je suis les yeux et les oreilles du commissaire. »

Nathalie pouffa dans son poing.

Et moi, ceux de ce collège ! bisqua l'intéressé en son for intérieur. Bien décidé à laver l'affront, il s'efforça de garder bonne figure et battit en retraite pour mieux fourbir ses armes.

« Très bien, messieurs, je m'éclipse. Rejoignez-moi au restaurant dès que vous en aurez fini avec ces demoiselles ! »

Toi, tu nous mijotes un coup puant, flaira Van In. Il freina ses ardeurs :

« Inutile de vous mettre en frais, monsieur le directeur ! »

Cause toujours, ricana l'autre en refermant la porte derrière lui. *Menu trois étoiles et bouteilles de derrière les fagots : à la fin de l'envoi, je touche !*

Lorsque les deux incorruptibles fins gourmets franchirent la porte du collège dans l'autre sens, quatre heures de l'après-midi n'étaient pas loin de sonner.

« Pfiou ! soupira Van In en gonflant les joues. C'est ce que j'appelle manger à s'en faire péter la panse !

– Tu l'as dit, bouffi ! »

De la mise en bouche au dessert, le chef d'orchestre avait joué de tous les registres pour leur soutirer des confidences. Champagne, caviar et foie gras maison, salade tiède de langoustines aux parfums d'Orient, filets de barbue en habit de fenouil et symphonie de fruits exotiques en note finale ! Contrairement à ses invités, le pauvre n'avait fait que picorer. À la fin de l'envoi, il n'avait toujours pas le moindre indice sur la teneur des entretiens qui s'étaient déroulés dans le secret de son bureau.

« Assez perdu de temps ! décréta le commissaire dans un regain d'énergie. Allons voir si cette rue du Paradis a encore quelque chose d'intéressant à nous révéler. Avec un nom pareil, tous les espoirs sont permis ! »

En réalité, ce sentier étirait son gravier gris entre deux murailles de briques ternes d'où ne dépassaient que quelques rangées de cimes verdoyantes et de toits dominés par le clocher du Grand Séminaire.

« Voyons, Miriam marchait dans la rue Elisabeth-Zorghe quand son agresseur l'a enlevée », réfléchit tout haut Van In.

La déclaration de la jeune fille lui revint à la mémoire au mot près. « Il m'a mis son couteau sous la gorge et m'a forcée à m'asseoir à l'arrière de sa camionnette. Ensuite, il m'a attaché les mains à une barre de fer fixée au siège passager. Il a d'abord tourné à droite, dans la rue Snaggaert, puis à gauche. Là, il a coupé le moteur et il est venu me détacher. Ensuite, il m'a ordonné de retirer mon slip et de m'allonger. »

« Il a dû la suivre quand elle est sortie du café », avança Versavel.

Van In s'agenouilla pour inspecter les marques au sol. À peu près au milieu du sentier, une trace de pneus bien nette accrocha son regard.

« Pas la peine de compter sur Klaas Vermeulen pour le relevé d'empreinte. »

Chicanier dans l'âme, le technicien de la police scientifique refuserait à coup sûr d'intervenir sans ordonnance du parquet.

« On pourrait peut-être réaliser le moulage nous-mêmes ? » suggéra Versavel.

Van In redressa péniblement sa carcasse et alluma une cigarette. *Je préfère laisser les travaux pratiques aux experts.* La seule fois où il s'était essayé à cet exercice de haute précision, l'expérience avait tourné au fiasco : son bricolage criblé de bulles s'était cassé en mille morceaux au démoulage.

« Si je me souviens bien, Bruynooghe maîtrise assez bien la technique. Je l'appelle ?

– Bonne idée, Guido. »

Pendant que l'inspecteur pianotait le numéro de Bruynooghe sur le clavier de son portable, Van In partit à la recherche d'autres indices matériels. À la pensée que moins de vingt-quatre heures auparavant, une jeune fille se faisait violer sur le sol qu'il était en train de fouler, un sentiment de tristesse et de révolte mêlées l'envahit. Il le chassa en reportant son attention sur l'enquête. Miriam avait laissé son ami en plan sur le *Zand* à deux heures moins vingt. « J'avais l'impression que ma tête allait exploser. J'avais une soif pas possible. Alors, quand j'ai vu de la lumière briller aux fenêtres du P'tit Coin, je suis entrée. »

« Bruynooghe sera là dans un quart d'heure, annonça Versavel.

– Tu l'as mis au parfum ?

– Je n'en ai pas eu besoin. Dès qu'il a su ce qu'on attendait de lui, il n'a plus posé aucune question. »

Bruynooghe s'était mis à l'ouvrage sitôt arrivé, arborant le visage rayonnant du cycliste amateur qui remporte sa première course de kermesse. Il terminait à présent de dégager le moule de son empreinte avec d'infinies précautions.

« Je l'emmène ou je vous le laisse, commissaire ? » demanda-t-il en exhibant fièrement son chef-d'œuvre.

Miriam ne s'est pas défendue lorsque l'homme au masque de cuir s'est allongé sur elle, songeait Van In. L'acte en soi n'était pas bien grave, lui avait-elle confié. C'était la manière dont les choses s'étaient passées qui l'avait choquée. « Je ne suis plus une enfant », avait-elle ajouté avec un sourire bravache.

Il y a toutes sortes de façons de réagir à une expérience traumatisante, pensait-il. *Certains pleurent, d'autres se révoltent. Beaucoup ont besoin de temps, de beaucoup de temps pour remonter la pente. Je parie qu'elle est allongée dans son lit et qu'elle gamberge en fixant le plafond...*

« Commissaire ?! Qu'est-ce que j'en fais, de votre moule ? »

Van In s'extirpa de ses pensées.

« Mets-le dans le coffre de la bagnole, Robert. »

Versavel vint se placer à ses côtés.

« Nous sommes à pied, Pieter. »

Versavel n'avait jamais vu son ami triste à ce point. Quelque chose le bouleversait, mais quoi ?

« Je peux l'emmener chez moi, si vous voulez », proposa Bruynooghe.

L'inspecteur et lui échangèrent un regard qui en disait long.

« Excellente idée, Robert », dit Van In.

Il se retourna et chassa un caillou d'un coup de pied rageur. *Quel genre de père interdit à sa fille de déposer plainte pour viol avant d'avoir consulté son avocat ? À croire que les journalistes n'inventent rien de ces sordides tragédies familiales dont ils alimentent chaque jour leur rubrique de faits divers.*

« Robert vient de partir », l'informa Versavel après un moment.

Il posa son bras sur l'épaule de Van In et le poussa amicalement vers le chemin du retour. Parvenu au milieu du pont Snaggaert, le commissaire retrouva son légendaire esprit d'initiative :

« Tu es partant pour une mise au point à L'Estaminet ? Vu l'heure, ça ne vaut plus vraiment la peine de retourner au bureau.

– Ça sent les heures sup' à plein nez », répondit Versavel entre l'aigre et le doux.

Il ne comptait plus le nombre d'heures supplémentaires passées dans ce café « pour les besoins de l'enquête ».

« Miriam a appelé sa copine Nathalie aux aurores, avant même de se présenter au commissariat. Tu ne trouves pas ça étrange ?

– C'est sa meilleure amie, Pieter !

– Tu as sans doute raison… »

Aux dires de Nathalie, Miriam et elle étaient très proches. Elles se voyaient très souvent, même si elles ne fréquentaient pas la même école. *Reste que Nathalie n'avait pas l'air franchement émue par le sort de sa soi-disant meilleure amie,* releva Van In. *À moins que ce ne soit qu'une façade… Après tout, qu'est-ce qu'un vieux croûton comme moi comprend encore aux jeunes ?*

Au confluent de la rue Flamande et du quai du Miroir, il suspendit le cours de sa marche.

« Finalement, je n'ai aucune envie de traîner à L'Estaminet, laissa-t-il tomber sans crier gare. Ça t'embête si je te laisse ici ? »

Versavel faillit en tomber à la renverse. Conscient que l'heure était grave, il masqua son étonnement derrière un sourire et tourna bien vite la tête de côté. La librairie De Slegte lui offrit la diversion recherchée. Comme chaque année aux prémices de la belle saison, une affiche aux coloris criards avait fleuri en vitrine. Elle y étalait en long et en large son alléchante promesse : UN ÉTÉ SANG POUR SANG FRISSONS. Un court instant, le brigadier s'amusa à imaginer l'embarras du pauvre lecteur face à la cinquantaine de polars de Flandre et d'ailleurs qui avaient eu l'heur de plaire au jury. Tout danger de fou rire ou de sarcasme malvenus écarté, il revint à Van In.

« Penses-tu ! On se voit demain matin comme d'habitude. Même heure, nouvelle adresse !

– C'est ça. À demain, Guido ! »

Quittant son adjoint sur une poignée de main franche et virile, Van In s'éloigna par la rue des Pelletiers. Il longea la façade devant laquelle, trente-deux ans auparavant, il avait construit son premier château de sable, juché sur une impressionnante dune artificielle qu'un semi-remorque avait déversée sur le trottoir. L'entrepreneur responsable l'y avait laissée des semaines durant, sans que personne ne songeât un instant à le rappeler à l'ordre. *C'était le bon temps,* soupira Van In. *Aujourd'hui, qu'un tel fauteur de troubles s'avise d'encombrer leur rue au-delà d'une journée, et les riverains décrochent dare-dare leur combiné pour demander des comptes aux services communaux. Les plus obstinés mèneront campagne aussi longtemps que l'objet de leur courroux n'aura pas disparu de leur vue. Certains pousseront le zèle jusqu'à traîner devant les tribunaux ceux qu'ils estiment coupables du gravissime préjudice subi par leur petite personne, sous couvert de défendre les intérêts de la collectivité. C'est une impression de vieux grincheux, ou la tolérance est une vertu qui se perd ?*

Antoon Dobbelaere prenait le soleil au jardin lorsque la sonnerie du téléphone retentit à l'intérieur. Il se rua pour décrocher.

« Allô, Antoon Dobbelaere. »

Il identifia la voix à l'autre bout du fil à la première syllabe. Ses joues perdirent instantanément toute trace de sa séance de bronzette.

« Ce qui est arrivé à ma fille n'a aucun rapport avec nos affaires ! coupa-t-il d'une voix ferme.

– Tu oublies un peu vite les appels anonymes ! »

L'huissier de justice balaya la pièce du regard, s'attarda sur le monstrueux cactus vert bouteille qui dressait ses épines à côté du meuble du téléphone. Malgré le cruel manque d'eau – il ne l'avait pas arrosé une seule fois depuis que sa femme avait pris ses cliques et ses claques pour Rome –, ce trompe-la-mort s'empâtait comme un nabab.

« Chien qui aboie ne mord pas, mon cher Arnould.

– Proverbe n'est pas raison, mon bon Antoon.

– Daems n'a pas le profil d'un violeur. Je le connais comme si je l'avais fait. À supposer qu'il ait réellement l'intention de nous nuire, il le fera à visage découvert.

– Je ne demande qu'à te croire, mais…

– C'est l'évidence même, Arnould. Ces menaces téléphoniques sont l'œuvre d'un mauvais plaisant. Point final. »

Silence à l'autre bout du fil. Dehors, un merle sautillait sur la pelouse rabougrie, fouillant méticuleusement les mottes de terre sèche de la pointe de son bec.

« Je t'assure, poursuivit l'huissier de justice sur un mode badin. Il y a à peu près autant de chances que Daems soit impliqué dans cette histoire qu'un merle… »

… *déniche le moindre ver dans ce qu'il me reste de gazon*, acheva-t-il pour lui-même, cependant que l'oiseau de malheur s'envolait à tire-d'aile sous son regard médusé, tenant en son bec un lombric dodu.

« Tu disais, Antoon ?

– Rien. »

3

« Je te ressers, mon chéri ? » demanda Hannelore, la main tendue vers l'anse de la cafetière.

Un ange passa. Elle abandonna la pose et continua son petit déjeuner sans se formaliser. Van In avait passé la nuit à marmonner et à gigoter du fond de ses cauchemars, le front perlé de sueur. Mieux valait ne pas lui chercher des poux.

Flairant lui aussi chez son maître un passage à vide, Bob, leur dogue allemand, s'était rapproché de la table sur la pointe des coussinets. La tête penchée de côté, l'opportuniste reluquait l'assiette de Van In où se morfondaient depuis le début du repas deux belles tranches de salami. Il tendit discrètement le cou.

« Je t'ai vu, goulaf ! »

Hannelore lui administra une petite tape sur le museau. Le molosse s'assit sur son arrière-train sans lâcher des yeux l'objet de sa convoitise.

Étranger à son manège, Van In scrutait le miroir de son café comme une diseuse de bonne aventure sa boule de cristal. Mais, au lieu d'essayer d'y lire l'avenir, il y faisait défiler des images de ce passé qui croupissait depuis des années au fond de sa mémoire et que les événements de la veille avaient brusquement ramené à la surface. Plus nets que jamais, ces souvenirs avaient peuplé sa nuit de mauvais rêves et d'insomnies. Il était environ cinq heures du matin quand il avait fini par sombrer dans un sommeil sans fond, un sommeil dont Hannelore avait dû l'extirper au forceps pour qu'il n'ampute pas de moitié sa journée de garde.

« Tu couves quelque chose ?

– Non, non. Ça va.

– Qu'est-ce qui te turlupine ? »

Des miaulements se mêlèrent à la conversation. Rampant à leurs pieds, le petit Simon s'en venait réclamer sa part d'attention. Il s'accrocha aux chevilles de sa mère et monta le son.

« Je ne sais pas. »

Hannelore secoua la tête et hissa son fils à hauteur de bisous. Sarah brailla aussitôt à l'injustice.

Van In restait aussi immobile qu'une statue dans sa niche.

« J'appelle le commissariat pour te faire porter pâle », décréta la jeune femme.

Elle n'avait pas plus tôt achevé sa phrase que la sonnerie du téléphone arrachait un sursaut de frayeur aux petits comme aux grands. Hannelore chargea Simon en travers de son épaule comme un sac de pommes de terre et se hâta d'aller décrocher.

« Allô !

– Salut, Hannelore ! Pieter est dans les parages ?

– Façon de parler. »

Elle se libéra une main en se calant le combiné entre joue et clavicule et s'agenouilla près de Sarah dont les jérémiades redoublaient.

« Pieter ! C'est Guido. On dirait que ça urge. »

Van In opina mollement du menton, repoussa sa chaise et vint délester sa compagne du téléphone. La jeune femme souleva la pleureuse et regagna la table du petit déjeuner, un bébé sur chaque bras. *Il y en a au moins un ici qui ne perd pas le nord !* remarqua-t-elle, mi-figue, mi-raisin, en constatant la double disparition du salami et du chien.

Un étage plus haut, affalé de tout son long au pied du lit matrimonial laissé en pagaille, l'auteur du larcin se pourléchait les babines avant d'entamer son roupillon du matin. En théorie, il n'était pas censé mettre une patte dans la chambre de ses maîtres, mais leur vigilance s'était considérablement relâchée depuis l'arrivée des petits, tant et si bien qu'il y passait dorénavant le plus clair de ses journées, peinard et discret comme un loir.

« Mauvaises nouvelles ? » demanda Hannelore en entendant Van In raccrocher sur un « À tout de suite » sec et énergique.

« Tu dis ? »

Interloquée, elle le regarda plonger son couteau dans le ventre rond et doré de son petit pain, l'ouvrir en deux d'un habile tour de poignet, puis fixer d'un air interdit le vide mystérieux de son assiette. *Il devient dur de la feuille ou il le fait exprès pour me faire mousser ?* Elle pensa soudain à ses parents. Elle bouillonnant de rage, lui, attendant paisiblement que l'orage passe… M. Maertens avait toujours eu le chic pour faire la sourde oreille aux questions de sa moitié. Au fil du temps, elle en avait pris son parti, de sorte qu'ils échangeaient aujourd'hui plus de silences que de mots. *On ne se rapproche pas déjà de la case « vieux couple » ?! Si c'est ça, il n'a qu'à bien se tenir…* Elle respira à fond.

« Je disais : quelles nouvelles ?

– Plutôt bonnes », répondit Van In avec un sourire indéchiffrable.

Il se pencha par-dessus son assiette et lui vola un baiser.

« On a trouvé un cadavre sur la plage de Zeebrugge.

– Chouette alors, un cadavre !

– Bah ! Au point où j'en suis, toute distraction est bonne à prendre. Bon, je file. À ce soir, ma puce ! »

Versavel venait tout juste de garer la Golf devant l'entrée de la sacristie de l'église Saint-Jacques quand Van In déboucha de l'impasse du Poisson-Gras.

« Hé bien ! se réjouit l'inspecteur en l'entendant chantonner les premières strophes d'*O Fortuna*. On est d'humeur guillerette, ce matin ?

– On ne peut rien te cacher ! »

Van In enfourna sa carcasse dans l'espace non fumeur du véhicule et alluma une cigarette sans l'once d'un scrupule.

« Quand a-t-on découvert le corps ?

– Il y a un petit bout de temps, répondit le chauffeur, manière détournée de lui signifier qu'il avait encore un train de retard.

– Miriam ne s'est pas manifestée ? »

Juste avant de quitter le commissariat, obéissant à une intuition, Versavel avait chargé le préposé à la centrale de téléphoner à la jeune fille pour s'assurer qu'elle allait bien.

« On a essayé d'appeler chez elle, mais personne ne décroche.

– Quoi ?! À cette heure-ci ?

– J'ai envoyé une patrouille pour en avoir le cœur net. »

Un coup de téléphone doublé d'une visite à domicile pour prendre des nouvelles d'une victime, dans la police, c'était plutôt l'exception qui confirme la règle, mais puisque le commissaire se faisait de toute évidence un sang d'encre pour Miriam, Versavel avait jugé qu'une petite entorse à la routine s'imposait. Il ne s'était pas trompé. Subitement transformé en boule de nerfs, Van In expédia son mégot sur le bitume et arracha le micro de la radio.

« Hannelore nous rejoint ?

– Non. Elle a pris un jour de con… Allô ! Ici Van In ! Vous avez réussi à joindre Miriam Dobbelaere ? »

Le haut-parleur crachouilla.

« Un instant, commissaire. »

Au bout du pont de Scheepsdale, Versavel mit le cap sur la côte. D'après les informations en sa possession, c'était un retraité et son chien qui avaient découvert le cadavre, à 7 heures et 26 minutes, quelque part sur l'immense plage qui s'étirait devant le cordon de dunes séparant les stations balnéaires de Zeebrugge et de Blankenberge.

« Ils sont encore dans le cirage ou on ne parle pas le même flamand ?! »

L'inspecteur allongea nonchalamment le bras par la vitre et laissa le vent frais du matin couler entre ses doigts.

« ONA 2301 pour ONA 2365 !

– Pas trop tôt ! bougonna Van In en enfonçant l'interrupteur. J'écoute, over.

– D'après une voisine, Miriam Dobbelaere a été emmenée aux urgences de l'hôpital Saint-Jean.

– Comment ça ?! Que s'est-il passé ?

– Je n'en sais rien.

– Comment va-t-elle ? »

Un borborygme électrique interrompit un instant la liaison. Van In lui répondit par une salve de grognements injurieux.

« Comment va-t-elle ?

– Son état est rassurant.

– Bien reçu. Tenez-moi au courant. Terminé. »

Le commissaire s'abandonna au dossier de son siège et se planta une deuxième cigarette entre les lèvres. Son regard erra sur le polder et le village blanc de Lissewege qui s'étiraient paresseusement dans les rayons du levant. Dominant les prés, le clocher trapu de l'église dressait son moignon de briques dans des écharpes de brume chatoyantes. Il n'y avait pas un chat à des kilomètres à la ronde, ni le plus petit photographe amateur pour saisir sur le vif ce paysage de carte postale.

« On a une idée de l'identité de la victime ? »

Pas la moindre, fit Versavel de la tête.

« Circonstances du décès ?

– Patience… Je m'en voudrais de te gâcher la surprise. »

Au rond-point qui desservait Zeebrugge, l'inspecteur obliqua en souplesse vers le front de mer.

« Qui surveille la zone ?

– Une équipe de secouristes. »

Versavel rangea la Golf tout au bout de la digue, à l'un de ces rares endroits du littoral belge où le béton s'interrompt pour céder la place à quelques dunes. Aucune voie carrossable ne menait à la scène du crime. Ils allaient devoir la rejoindre à la seule force des mollets. Devant eux, la plage s'étendait à perte de vue entre ciel et mer, balayée par les criaillements des mouettes qui planaient comme des vautours au-dessus du cordon de déchets recrachés par les flots.

« C'est encore loin ? » râla Van In au bout de cent mètres à peine.

Pour un fumeur comme lui, une minute de marche dans le sable mou, même à la fraîche, c'était plus que suffisant pour ne plus avoir un poil de sec.

Versavel allongea l'index sur la tache rouge que formait au loin la Land Rover du service de sauvetage en mer.

« Dis donc, ce ne serait pas un brin prématuré d'écarter la thèse du suicide ?

– Je ne pense pas. À moins bien sûr que le type se soit enterré tout seul. »

« C'est lui ?! » demanda Van In en fixant avec épouvante le visage qui dépassait de quelques centimètres à peine au-dessus du sable.

Ou du moins ce que les mouettes avaient bien voulu en laisser : les joues n'étaient plus qu'une infâme charpie et les yeux, deux cavités sanguinolentes. Hormis le rectangle de bande adhésive plaqué sur la bouche – et encore –, rien n'avait échappé à la rapacité des volatiles.

« Vous avez réussi à l'identifier ? »

L'un des sauveteurs, un athlète vêtu d'un ciré en bout de course, ne résista pas à l'envie de lui rire au nez.

« Dans l'état où il est, sa femme ne le reconnaîtrait pas ! »

Celle-là, Van In, tu ne l'as pas volée ! Un enfant aurait pu deviner que, sauf à retrouver une pièce d'identité dans ses poches, seule l'autopsie permettrait de mettre un nom sur le cadavre. Van In alluma une cigarette et se gratta l'oreille. Il avait beau avoir vu des dizaines de macchabées mutilés au cours de sa carrière, ce visage en décomposition lui filait la chair de poule. La thèse criminelle ne faisait évidemment pas le moindre doute. Quant au scénario, il était d'une effroyable simplicité : le meurtrier s'était contenté d'enterrer sa victime à une dizaine de pas en deçà de la ligne de marée haute. En montant, la mer s'était chargée du reste. *Quelle fin atroce !* pensa Van In. *Je préfère ne pas savoir combien de temps a duré son calvaire.*

« Tirez-le de là ! lança-t-il à la cantonade. Et de grâce, couvrez-lui la tête ! »

Il s'en alla déambuler le long des dunes. Quelques foulées plus loin, ses pensées s'envolèrent d'elles-mêmes vers Miriam. Qu'avait-il donc bien pu lui arriver ?

« Pieter ! hurla Versavel, les mains en porte-voix. Le parquet ! »

Van In scruta le lointain. Alignées sur le ciel azur, six ombres grises progressaient dans leur direction, parmi lesquelles il eut la désagréable impression de reconnaître la silhouette en lame de couteau de Klaas Vermeulen. La mort dans l'âme, il rejoignit son bras droit au pas de gymnastique.

« Navré de te décevoir, mais c'est bien lui. Accompagné du procureur Beekman en personne.

– Fichtre ! »

Van In haletait comme après une course de haies.

« Tu as la vue drôlement perçante pour un senior. »

Versavel le toisa d'une moue dédaigneuse.

« Ce n'est pas demain la veille que j'aurai besoin de lunettes. En revanche, dans ton cas, une nouvelle paire de poumons, ce ne serait pas du luxe.

– Change de disque, mon vieux ! »

Un grésillement scélérat monta du ceinturon du brigadier, aussitôt suivi par la voix traînante de Vermeulen :

« ONA 2306 pour ONA 2962 ! »

Van In secoua la tête d'un air affligé.

« La prochaine fois, pense à mettre ton talkie-walkie en mode silencieux ! »

Démasqué, Versavel commença par faire l'innocent, pour renoncer aussitôt : ce n'était pas à un vieux singe qu'il allait apprendre à faire la grimace.

« N'empêche, ronchonna-t-il, mes yeux fonctionnent mieux que tes poumons !

– Et les miens mieux que ceux du macchabée ! »

Extirpé de son sarcophage de sable, le cadavre offrait à présent au ciel le vide sanglant de ses orbites. L'un des sauveteurs sacrifia son ciré pour lui en faire un linceul.

« Je t'en prie, Pieter, un peu de retenue.

– C'est toi qui as commencé ! »

Van In se tourna vers l'horizon. Son sourire malicieux s'étira d'une oreille à l'autre. Le procureur et ses hommes ne se trouvaient plus qu'à une centaine de mètres, distance depuis laquelle ils ressemblaient à s'y méprendre à une brochette de hors-la-loi patibulaires écrasés par le soleil du désert. Il ne manquait plus qu'Ennio Morricone pour orchestrer le concert grinçant des oiseaux de mer. Van In zooma tour à tour sur les six trombines. *Et merde ! Deux imbéciles pour le prix d'un !* jura-t-il en constatant qu'en plus de Vermeulen, Beekman était affublé du docteur Dupont. Les trois autres étaient inconnus au bataillon. *Espérons qu'ils relèveront le niveau...*

« Ça alors, s'exclama Versavel, mais c'est Bultinck ! Qu'est-ce qu'il fiche ici ?

– C'est lequel ?

– Tu ne connais pas Bultinck ?!

– Non. C'est un crime ? »

Commissaire adjoint à la police judiciaire de Bruges, Eddy Bultinck était ce que les flics belges appelaient un

« thermos-tartines-vivement-cinq-heures ». Depuis quelque temps, il ne s'aventurait presque plus jamais sur le terrain.

« Tout compte fait, corrigea Versavel, c'est logique que vous ne vous soyez jamais croisés. »

Il n'eut pas l'occasion de s'étendre davantage sur les états de service du personnage. Déjà, le procureur présentait à Van In ses plus cordiales salutations.

« Bien le bonjour, commissaire ! Je constate avec plaisir que vous vous êtes levés avec les poules, ce matin ! »

Les deux hommes auraient aussi bien pu se donner la bise. Ils s'en tinrent à une sobre poignée de main.

Bultinck tiqua. *On n'est pas sortis de l'auberge si le procureur et ce gars-là sont copains comme cochons !* Il tenta une discrète échappée, mais Beekman lui coupa la retraite :

« Messieurs, permettez-moi de vous présenter le commissaire adjoint Bultinck.

– Enchanté ! » dit l'intéressé.

Van In l'envoya balader d'un minimaliste signe de la tête. *Si Beekman s'imagine que je vais coopérer avec un planqué de la PJ, il peut aller se brosser. Je préférerais encore me coltiner un peloton de gendarmerie !*

Bultinck ramena à lui sa paume suspendue dans le vide.

« Je dois parler au légiste, prétexta-t-il pour se défiler.

– Excellente initiative ! persifla Van In. Dupont a un faible pour les imbéciles qui s'ignorent.

– Moi aussi », embraya Versavel avec un rictus félon.

Van In dodelina de la tête d'un air chagriné.

« *Tu quoque*, Guido ? »

Houspillés par la présence du procureur – lequel avait pris son courage à deux mains pour exposer à Van In son plan d'enquête –, Klaas Vermeulen et ses deux assistants s'activaient religieusement. Les mains dans les poches, mais l'œil aux aguets, Bultinck et le médecin légiste suivaient les opérations en discutant le bout de gras.

« Alors, docteur, vos conclusions ?

– Mort par noyade. Ça se voit comme le nez au milieu de la figure.

– Je dirais même plus ! Ça crève les...

– Alors ça ! Visez-moi ce qu'il avait en bouche ! » s'écria Vermeulen.

Il venait de retirer à la pince le morceau d'autocollant qui bâillonnait la victime et brandissait entre ses doigts une balle en caoutchouc. Van In identifia l'objet au premier regard. Il faisait partie de la panoplie de gadgets dont dominants et dominés se servent pour pimenter leurs petites séances de sévices corporels. À la différence de l'« esclave » qui peut, s'il le souhaite, recracher la balle pour implorer grâce, le supplicié de la plage n'avait pas eu la moindre chance d'échapper au châtiment concocté par son bourreau. La vision de ce qu'avaient dû être ses derniers instants s'imposa à Van In dans toute son horreur. L'eau de mer qui commençait à s'infiltrer dans ses narines... L'impitoyable va-et-vient des vagues... À chaque nouvel assaut, son menton désespérément tendu vers le ciel... *Brrr, je ne souhaiterais pas ça à mon pire ennemi...*

« Bon, revenons-en à nos moutons ! » dit-il à Beekman.

Les techniciens de la police scientifique s'employaient à présent à dérouler sur la plage des mètres de ruban blanc et bleu censé préserver des piétinements et de la curiosité des promeneurs le moindre indice matériel miraculeusement sauvé des eaux. Aussi peu pressés de quitter le théâtre du drame qu'un soiffard le zinc de son bistrot, les volontaires du service de sauvetage se remettaient de leurs émotions en sirotant à tour de rôle le contenu d'une providentielle flasque en argent. Pendant ce temps, entre procureur et commissaire, la discussion s'envenimait…

« Non, Jozef ! Je ne marche pas ! »

Il doit être fameusement en pétard pour appeler Beekman par son prénom dans l'exercice de ses fonctions, s'inquiéta Versavel, qui suivait la passe d'armes à distance respectable. Heureusement, Bultinck et les autres étaient bien trop occupés à tailler la bavette pour prêter attention à leur différend.

« Je te rappelle que la fusion des polices te pend au nez, Pieter. Il est plus que temps que tu apprennes à coopérer avec tes futurs collègues ! Et Bultinck compte parmi mes meilleurs éléments. Sans compter que la PJ dispose de moyens…

– Arrête ton char, Jozef ! Tu es le premier à dire que ces gars-là se croient plus malins que tout le monde ! Quant à ton Bultinck, entre nous, tu peux toujours rêver pour que je me le coltine ! De toute façon, la seule chose qui compte pour moi, c'est de mettre le violeur de Miriam Dobbelaere sous les verrous. Donne-moi les moyens d'y arriver et fiche-moi la paix avec ces couillonnades ! »

Beekman avait beau être un magistrat de la nouvelle école, il ne pouvait pas tolérer une telle marque d'irrespect et d'insubordination, même de la part d'un Pieter Van In.

« Remettons les pendules à l'heure, commissaire ! Jusqu'à preuve du contraire, c'est au ministère public – en l'occurrence à moi – qu'il appartient de…

– Et lui, là !? T'irais pas lui remonter sa pendule ? »

Surgi de nulle part, un baigneur ventripotent s'en allait gaiement piquer une brasse, le nez et la zigounette à la brise. Beekman n'était pas encore revenu de sa surprise que Van In mettait déjà les voiles vers la voiture, poussé dans le dos par la colère. Se détachant sans une once de regret du spectacle – le protagoniste n'avait rien d'un Apollon –, Versavel prit congé d'un rapide signe de tête et s'élança à la poursuite de son boss.

« On peut savoir ce qui te prend ?

– Il me prend que Beekman n'a plus toutes les frites dans le même panier ! Non mais, franchement, me demander à moi de collaborer avec un m'as-tu-vu de la PJ ! Tu imagines ?!

– J'imagine surtout qu'il n'a pas le choix. »

Arrivé sur la digue, Van In secoua le sable de ses souliers comme l'apôtre refoulé la poussière de ses sandales. La rage en plus.

« Beekman doit parfois rendre service à ses petits copains de parti, ajouta Versavel en s'installant au gouvernail de la Golf. Ne vous en déplaise à tous les deux…

– Ne me dis pas qu'il copine avec ce Bultinck !

– Tout ce que je sais, c'est que ce bonhomme-là traîne une drôle de réputation… »

Versavel réveilla le moteur, enclencha la marche arrière et braqua à bâbord toute. Van In attendit qu'il ait achevé sa manœuvre et largué les amarres pour relancer le sujet.

« Au fait, d'où tu le connais, ce clown ?

– Ses parents tenaient une épicerie dans notre quartier.

– Ah ah ! Vous copiniez, vous aussi !

– Pas précisément. J'ai fait mes six années de primaire avec son frangin, André. Ni lui ni Eddy n'étaient très appréciés, si tu veux tout savoir. »

Et pour cause : éternels premiers de classe, les frères Bultinck collectionnaient les bonnes notes comme d'autres les billes ou les timbres. Ordre de papa-maman. Les épiciers nourrissaient en effet de grandes ambitions pour leurs fistons : chirurgien, avocat ou même, ultime consécration, ministre ! La vie en avait bien sûr décidé autrement. À l'âge de quinze ans, André avait fait des pieds et des mains pour entrer en apprentissage chez un joailler. Quant à son cadet, d'un piston à l'autre, il avait fini par atterrir à la PJ Pour les parents, cette double déconvenue avait signifié le début de la fin. Torturé par les cancans du voisinage, le père avait fait une attaque cardiaque. Après avoir cédé leur commerce pour une bouchée de pain à un couple de jeunes gens, les épiciers déchus avaient acquis à la périphérie de la ville une maison mitoyenne toute grise où ils coulaient depuis des jours moroses, cloîtrés dans l'attente de la mort, seule capable de les délivrer de leurs souffrances.

« Heureusement pour Eddy que son père connaissait du beau linge ! »

Ainsi tourne le monde, songea Van In.

« Avoue quand même que j'ai un flair infaillible pour repérer les génies ratés ! »

Versavel sourit.

« Vu le nombre de bourdes qu'il a accumulées dans les années nonante, on pourrait même le qualifier de calamité ambulante. Ils auraient dû le virer à l'époque, mais bon…

– Comment se débrouille-t-il pour être dans les petits papiers de Beekman ?

– Excellente question… Et toi, comment fais-tu ? »

Ils éclatèrent de rire. Van In alluma une cigarette et se cala confortablement dans son siège. *Sacré Guido, heureusement qu'il est là pour me rappeler que tout est relatif…*

« On fait quoi maintenant ? s'informa Versavel après une pause.

– Devine !

– Un crochet par l'hôpital ? »

Van In acquiesça. Une expression d'inquiétude assombrit son visage.

« Tu me prêtes cinq cents balles, Guido ? » demanda le commissaire en arrivant dans le hall de l'hôpital.

Versavel tâta sa poche revolver.

« Je n'ai pas plus petit qu'un billet de mille.

– Ce n'est pas grave, ça ira ! »

Van In cueillit le billet entre le pouce et l'index et gagna d'un pas décidé l'échoppe du fleuriste.

« Tu me dégottes le numéro de la chambre de Miriam en attendant ? »

Versavel s'exécuta sans rouspéter. Il savait mieux que personne que, s'il y avait bien un mal dont jamais Van In ne guérirait, outre sa dèche chronique, c'était son allergie aux hôpitaux.

Miriam éclata d'un rire franc. La porte de sa chambre venait de s'ouvrir sur un bouquet monumental couronné de deux touffes de cheveux.

« Commissaire ! s'exclama-t-elle lorsque la bobine de Van In émergea d'un océan de pétales. Vous n'auriez pas dû !

– Au contraire, c'est la moindre des choses !

– Venez vous asseoir ! »

Miriam se coucha sur le côté. Un pansement camouflait les ecchymoses de son cou. Juste au-dessus de son oreille gauche, une couture noirâtre et boursouflée barrait un petit rectangle de peau laiteuse.

« J'ai appris que vous aviez eu un acci…

– Par pitié, commissaire, épargnez-moi les *vous* !

– D'accord, mais seulement si tu laisses tomber le commissaire et si tu m'appelles Pieter.

– Marché conclu, Pieter. *Give me five !* »

Van In se fit violence pour lui toper dans la main. Il avait une sainte horreur de ces simagrées.

« Et si on commençait par lui trouver un vase, à ce magnifique bouquet ! Je ne voudrais surtout pas qu'il se fane prématurément ! »

Le ton exagérément enjoué de la jeune fille mit la puce à l'oreille du commissaire. Il jeta un regard par en dessous à Versavel, qui comprit le message et s'éclipsa sans mot dire.

« J'aurais quelques questions à te poser, Miriam. Ça ne t'ennuie pas ?

– M'ennuyer ?! Bien sûr que non ! »

Qu'est-ce qu'il me veut encore ? Et puis d'abord, comment a-t-il appris que j'étais ici ? Il me surveille ou quoi ?

« J'attends mon autorisation de sortie d'une minute à l'autre, annonça-t-elle tout à trac.

– Tu m'en vois ravi.

– Trois points de suture et quelques bleus. Il y a pire !

– Tu es tombée ? »

Miriam hocha la tête.

« Léontine me chante sur tous les tons de ne pas courir dans la maison.

– Qui c'est, cette Léontine ?

– Notre femme de ménage. Papa lui a déjà répété je ne sais combien de fois de ne pas cirer les sols toutes les semaines, mais elle est de la vieille école, et têtue comme pas deux, avec ça. Si elle ne voit pas son reflet dans le carrelage, elle en fait une maladie… »

Van In décrocha. Il en avait assez entendu pour comprendre qu'elle le menait en bateau et qu'il perdrait son temps à essayer de lui faire admettre le fin mot de l'histoire.

« Tu as parlé au médecin de ce qui t'est arrivé avant ça ? »

Plus elle repoussait l'examen gynécologique, plus les chances d'identifier son violeur s'amenuisaient.

Miriam le regarda droit dans les yeux. Elle s'était attendue à ce qu'il remette le sujet sur le tapis. Sa décision était prise. Elle devait fêter ses dix-huit ans dans moins de six semaines et, pour la première fois de sa vie, son père allait lui offrir un *vrai* cadeau d'anniversaire : un cabriolet BMW. Il le lui avait promis le matin même, en échange de son silence.

« Je préfère tourner la page, Pieter. Après tout, ce n'est pas un drame. J'ai toute la vie devant moi. Elle me réserve sans doute des épreuves bien pires que celle-là. »

Van In tombait des nues.

« Tu as été violée, Miriam. C'est une épreuve terrible, surtout pour une fille de ton âge. »

Une lueur amusée brilla dans le regard de l'adolescente.

« Vous ne croyez tout de même pas que j'étais encore vierge ?! »

Van In baissa les yeux. Qu'une victime de viol arrive à envisager les choses avec une telle désinvolture, cela relevait pour lui de l'inconcevable. Avait-il tant vieilli ? Ou avait-elle tout inventé ? Se pouvait-il qu'« on » ait raison d'affirmer que les femmes…

« *Ceci n'est pas un vase** », claironna Versavel à point nommé.

Ses bras ployaient sous le poids d'une monstruosité en métal chromé qu'une infirmière dévouée avait fini par dénicher dans le fatras poussiéreux d'un cagibi. Sur le socle qui supportait la coupe, une plaquette gravée glorifiait la victoire qu'une équipe de médecins fans de ballon rond avait offerte à l'hôpital *in illo tempore.*

« J'ose espérer que le bouquet de mademoiselle ne s'y sentira pas trop à l'étroit ! »

La jeune fille rit aux éclats. Van In oublia une fraction de seconde l'arrière-goût amer que lui laissait leur discussion pour esquisser un sourire.

« Tu me promets d'y réfléchir encore un peu ? lui demanda-t-il tandis que Versavel arrangeait les fleurs.

– Promis !

– Et tu m'appelles si tu changes d'avis.

– Sans faute ! »

Miriam se redressa sur son oreiller, attira le commissaire à elle et lui planta par surprise un bisou sonore sur la joue.

« Encore merci pour les fleurs ! »

Lorsque Van In s'engouffra sur le coup de dix-sept heures trente dans l'impasse du Poisson-Gras, un parfum de garrigue lui mit l'eau à la bouche. Les papilles en émoi, il explora d'une main fébrile la poche de son pantalon et en sortit sa clé. Deux mois auparavant, il s'était procuré un quartier de bœuf auprès d'un ami marchand de bétail. Pas l'un de ces malheureux bovins gonflés aux hormones, mais une jeune bête bien en muscle, nourrie exclusivement à l'herbe des pâturages.

Il ouvrit la porte en toute hâte et se rua au jardin. Hannelore y avait dressé le couvert pour deux. Posée sur un plat à côté du barbecue, une belle entrecôte rouge vif n'attendait que son retour pour mêler son délicieux fumet aux herbes de Provence qui crépitaient déjà sur les braises.

« Tu es un amour ! » dit-il en soudant ses lèvres à celles de sa chère et tendre.

Hannelore lui rendit baiser et compliment et s'en alla déposer la viande sur le gril. Il remarqua alors – mieux vaut tard que jamais – qu'elle portait une petite robe en coton aussi léger que l'air.

« Je m'occupe de l'apéro ? » proposa-t-il.

Réservées à une grande occasion, deux bouteilles de saint-julien se languissaient dans la fraîcheur du cellier. *Mes jolies, votre heure a sonné !* se dit-il en admirant l'innocent strip-tease qu'Hannelore lui offrait avec la complicité du contre-jour. Il ferma les yeux pour humer les arômes de grillade qui se diffusaient dans la douceur estivale du soir. Les enfants dormaient à l'étage, Bob jouait les chiens invisibles… En un mot comme en cent, toutes les conditions étaient réunies pour faire de lui le plus heureux des hommes.

4

Antoon Dobbelaere referma son journal et le défroissa du plat de la main avant de se servir une tasse de thé. Le macabre fait divers de Zeebrugge-plage s'étalait à la une de tous les journaux, y compris ceux qui s'autoproclamaient sérieux et de qualité. Titres mis à part, les journalistes y déversaient une prose si désespérante d'uniformité qu'on était bien obligé de penser que chacun avait pompé sur le voisin. L'huissier de justice tartina un toast de beurre et de confiture et y planta les dents sans grand appétit. Il rouvrit ensuite le quotidien pour réexaminer l'article de la première page. Imprimé en caractères gras, le nom de la victime aimanta son regard. Il pinça les lèvres. À considérer l'enchaînement des faits, il paraissait clair que Daems avait juré de leur faire payer au centuple le mal qu'ils lui avaient fait. Abandonnant son petit déjeuner, il se dirigea vers la cuisine pour se rafraîchir les mains sous l'eau froide.

« Vous ne vous sentez pas bien, monsieur ? »

Armée de sa balayette et de sa pelle, Léontine se découpait dans l'encadrement de la porte. Elle était vêtue de son éternelle robe-tablier à fleurs sous laquelle un épais panty brun flottait en plis disgracieux.

« C'est cette chaleur, Léontine. On en viendrait presque à regretter la mauvaise saison.

– À qui le dites-vous, monsieur ! De mon temps, les hivers étaient plus rigoureux et les étés moins chauds. On ne sait vraiment plus à quel saint se vouer ! Si vous voulez mon avis, ça vient des fusées qu'on envoie dans le ciel ! »

Elle se pencha pour ramasser un mouton de poussière qui vagabondait sur le sol.

« Et Mlle Miriam ? se hasarda-t-elle à demander. Comment va-t-elle ? »

Elle se méfiait des sautes d'humeur de son patron comme de la peste. Dieu lui était témoin qu'il lui en avait fait voir de toutes les couleurs au fil de ses décennies de bons et loyaux services.

« On ne peut mieux, Léontine, on ne peut mieux ! Elle devrait rentrer à la maison dans le courant de la journée.

– Dieu tout-puissant ! »

Laïc enragé, Dobbelaere n'appréciait pas qu'on évoque Dieu en sa présence, et encore moins sous son toit. Pour cette fois, et parce que c'était Léontine, il ferma les yeux.

« Je crois que je vais rester à la maison aujourd'hui. »

La petite femme fronça les sourcils. Comme toutes les maniaques de la propreté, elle ne supportait pas qu'on traîne dans ses pieds quand elle faisait le ménage.

« Vous n'oubliez pas qu'on est lundi ?

– Je n'oublie pas. »

Le lundi était employé à faire briller les vitres et reluire le sol du salon. Ce rituel sacré ne souffrait aucune exception.

« Je me ferai aussi petit que possible », assura-t-il docilement.

Il se sécha les mains et fila se réfugier au jardin, seul endroit de la propriété d'où Léontine ne le délogerait pas. Il se mit à gamberger. *Combien de temps avant que le meurtrier ne remette le couvert ? Qui sera la prochaine victime ? L'incident des balles de ping-pong a marqué un tournant dans le comportement de Daems. Il est visiblement résolu à faire table rase du passé, mais jusqu'où ira-t-il ?*

« Tadadam ! lança Versavel en ouvrant d'un geste solennel la porte du nouveau bureau. Alors, tu en penses quoi ? »

– Fantastique ! Époustouflant ! J'appelle de ce pas notre vénéré bourgmestre pour le congratuler ! »

Van In se planta une cigarette entre les lèvres en secouant la tête, l'air désabusé. Il lui faudrait pas mal de temps avant de prendre ses marques dans ce nouvel environnement. Versavel attendit patiemment qu'il ait fait le tour de la pièce pour pointer le plafond du doigt, un sourire goguenard figé sur le visage.

« Des détecteurs de fumée, Pieter… »

Van In haussa mollement les épaules et prit place derrière son bureau. Si la pièce ne dépassait pas en superficie les quarante-cinq mètres carrés, la hauteur de plafond avait en revanche de quoi donner le vertige. Même le fumeur le plus invétéré aurait été incapable de vicier à lui tout seul un tel volume d'air. Recouverts de fibre de verre et peints d'un blanc immaculé, les murs risquaient par contre d'être soumis à rude épreuve.

« Je me sens comme un lion au pôle Nord, Guido.

– Je l'aurais parié ! »

Contrairement à la plupart des êtres cultivés, non seulement Versavel ne se formalisait pas des métaphores ridicules qu'affectionnait son ami, mais il se laissait volontiers prendre au jeu.

« Raison pour laquelle je me suis procuré un kit de survie spécial grand froid, ajouta-t-il en ouvrant le tiroir supérieur de l'armoire à archives. Si tu ne t'acclimates pas à ton nouveau biotope avec ça, je mange mon képi ! »

Il amena au jour une pile de cendriers jetables et une bouteille de genièvre Filliers.

« Alors, rassuré ?

– Faut voir... Il y a de vrais verres dans ton kit ? »

Eddy Bultinck passait en revue les procès-verbaux que ses collaborateurs lui avaient transmis le matin même. L'enquête de voisinage à Zeebrugge n'avait heureusement rien donné. Le commissaire adjoint saisit le téléphone qui trônait sur son bureau et composa le numéro de Dobbelaere.

Bruynooghe avait une pêche d'enfer ce matin-là. Depuis quelque temps, tout semblait lui réussir. Il venait d'être promu au grade de brigadier sur recommandation du commissaire Van In. La satisfaction qu'il retirait de cet avancement et de sa substantielle revalorisation salariale n'était toutefois rien en comparaison de la fierté que lui procurait son fils. Sven terminait en effet sa première année de médecine à la prestigieuse université catholique de Louvain. Le premier universitaire de la famille ! Même bon-papa qui, grâce à ses fonctions de premier clerc de notaire, était considéré comme l'intellectuel de la famille, n'avait pas réussi un tel tour de force. Quelques jours auparavant, alors qu'il évoquait pour la énième fois le sujet, Van In avait lâché le mot « atavisme ». Le brigadier s'était jeté sur la première encyclopédie venue, pour en ressortir comblé. *Qui sait ce que mon patrimoine génétique nous réserve encore comme surprise !* jubila Bruynooghe en posant la photo de son épouse à côté de son ordinateur. Son regard erra un moment par la fenêtre. *Et aujourd'hui, cerise sur le gâteau, un bureau rien qu'à moi ! Mon vieux Robert, tous tes rêves se réalisent !*

« Pas mal, les nouveaux locaux, hein ? »

Carine Neels ôta ses lunettes de soleil et admira son reflet dans la vitre. Elle avait le moral au beau fixe, elle aussi. Pour fêter le nouveau montant inscrit au bas de sa fiche de salaire, elle s'était offert de nouvelles armes de séduction : un soutien-gorge de toute beauté, plus trois charmantes petites culottes en soie. « Vous ne préférez pas un string ? » s'était étonnée la vendeuse. *Un string ! Et puis quoi encore ?! Comme si j'avais besoin de ces ficelles qui scient l'entre-fesse à chaque pas pour être sexy !*

Bruynooghe détourna le regard pour le porter vers le cadre depuis lequel sa femme lui souriait. Si Carine était apparue dix ans plus tôt dans sa vie, son matériel génétique aurait vraisemblablement connu un tout autre destin.

« Tu tombes bien, lui fit-il observer. Van In vient d'arriver. »

Carine Neels répondit par un geste désinvolte. Elle connaissait bien Pieter. Un jour comme celui-là il ne fallait pas s'attendre à battre des records de productivité.

« Dis, Robert, tu veux bien faire le café à ma place ?

– En quel honneur ?!

– Oh, allez ! Tu sais bien que tout le monde préfère le tien. »

Carine s'apprêtait à le convaincre de son plus joli sourire, mais cela aussi, le brigadier le fit à sa place.

Van In tapotait le clavier de son nouvel ordinateur comme un élève de l'école de musique s'essayant pour la première fois au piano.

« Je me demande si cette stupide machine pourrait nous retrouver le pedigree du gorille.

– Colombier ? »

Versavel alluma son PC et manipula sa souris comme un chef d'orchestre sa baguette.

« Alors, que dit la Pythie ? demanda Van In en quittant son siège pour rejoindre Versavel.

– Minute, papillon !

– Il a un talent fou pour faire poireauter son monde, ton Big Brother ! »

Il n'avait pas fini sa phrase que les informations apparaissaient à l'écran : PATRICK, URBAIN, LIEVEN, COLOMBIER. Né à Dudzele le 15.11.1959. Adresse : 5, ruelle de l'Égout, 8000 Bruges. Condamné pour recel en 1994 et placé en liberté conditionnelle le 23.12.1996.

« Pas de viol ?

– Non.

– Dommage », soupira Van In.

Il allait devoir chercher une autre excuse pour retourner cuisiner son suspect.

« On en revient toujours au même point, Pieter. Sans plainte, on est dans l'impasse. »

L'inspecteur s'attela à la paperasse tandis que Van In se mettait à arpenter la pièce comme un ours en cage. Il fumait avec l'enthousiasme d'une locomotive à vapeur.

L'aluminium du cendrier avait déjà disparu sous les mégots quand une sonnerie retentit dans le silence. Versavel leva les yeux vers les détecteurs de fumée. Fausse alerte. Un bourdonnement saccadé montait du fax. Il alla se camper devant la machine.

« C'est quoi ? demanda Van In

– Le rapport d'autopsie de Dupont. »

Versavel détacha la missive d'un coup sec et la remit à son supérieur.

« Voyons voir ce qu'il nous a pondu ce coup-ci… »

Les rapports du docteur Dupont se distinguaient surtout par leur absence de précision et de pertinence. Quand bien même ils présentaient un quelconque intérêt, Van In était obligé de s'armer d'un dictionnaire pour les déchiffrer. Le légiste mettait en effet un point d'honneur à les truffer d'un latin de cuisine qui devait faire bondir Vésale dans sa tombe. À première vue, ce rapport-ci paraissait un peu plus consistant que la moyenne. Le médecin était même parvenu à identifier la victime ! Le contraire eût tout de même été étonnant, car tous les journaux de Flandre relayaient l'information : Carlos Minne, quarante-deux ans, ancien chef de cabinet adjoint au ministère de la Justice et membre de la commission des mises en liberté conditionnelle depuis 1999. La suite n'était qu'une redite des constatations effectuées sur la plage. Carlos Minne était mort par noyade, pieds et poings liés. Des coups violents infligés *ante mortem* lui avaient défoncé le crâne en plusieurs endroits, ce qui « laissait supposer qu'il avait vraisemblablement perdu connaissance », en Dupont dans le texte. L'heure du décès oscillait entre quatre et six heures du matin, une fourchette qui correspondait effectivement aux horaires de marée haute. Suivaient quelques paragraphes de charabia dans lesquels le légiste s'attachait à décrire dans le détail chacune des contusions crâniennes. Van In s'épargna cette laborieuse lecture et reconstitua le scénario du crime, cousu de fil blanc : l'assassin avait attiré sa victime sur la plage, après quoi il l'avait assommée, ligotée et ensevelie dans le sable. Afin de parer à toute éventualité, il lui avait coincé une balle de caoutchouc entre les dents et scellé les lèvres à l'aide de scotch de déménageur.

« Le *modus operandi* SEMBLE évoquer un règlement de compte mafieux », griffonna Van In à même le fax. Quand on connaît un peu les us et coutumes du milieu, on sait que ses hommes de main ont recours à un éventail restreint de procédures standard. Si leur préférence va généralement à des méthodes simples et expéditives, ils n'en accordent pas moins un soin tout particulier à la symbolique. Parmi leurs recettes favorites, la cravate sicilienne : réservée aux balances, elle consiste à leur trancher la gorge d'une oreille à l'autre, puis à faire ressortir leur langue par l'entaille ainsi pratiquée. Autre grand classique, la technique dite du « coffré prémoulé » : placer sa victime ventre à terre, lui ligoter les poignets aux chevilles à l'aide d'une corde de bonne longueur en veillant à la tendre de manière à ce que la colonne vertébrale se recourbe légèrement, mais pas trop : l'angle que les jambes forment avec le sol ne doit pas dépasser quarante-cinq degrés. Laisser la victime s'étrangler, insérer son cadavre prémoulé dans le coffre de votre voiture, puis rouler jusqu'à un endroit isolé pour décharger en toute discrétion. À une époque, Van In avait compulsé des dizaines d'ouvrages et d'études sur le sujet. Si sa mémoire ne le trompait pas, l'ensablé de Zeebrugge avait eu droit à une exécution totalement inédite.

« Avec un nom pareil, pas étonnant qu'il ait fini enseveli sous les eaux », ironisa-t-il soudainement.

Versavel haussa les épaules et posa le fax dans le bac en plastique qu'un autocollant apposé par les soins de Carine destinait noir sur blanc au courrier sortant. L'incessant va-et-vient de Van In commençait doucement à lui taper sur les nerfs. Il se mit en devoir de lui administrer sa dose de tranquillisant.

« Excuse-moi, mais tu vas devoir éclairer ma lanterne », dit-il en dirigeant ses pas vers l'armoire à archives.

Il s'empara de la bouteille de Filliers, remplit un verre à moitié et le tendit au commissaire. L'effet calmant fut immédiat.

« Guido ! "Minne", comme dans "*Minnewater*" ! Le bassin enchanté où nasillent les cygnes du Béguinage, la légende de la belle Minna ensevelie sous les eaux… Tu y es ou je dois te faire un dessin ?

– Si tu devais dessiner le lac d'Amour pour les brochures de la ville, plus jamais les couples ne viendraient y jeter de piécette. »

Ce petit échange eut le mérite de détendre l'atmosphère. Van In siffla son genièvre comme si c'était de l'eau de Spa, retourna s'asseoir à son bureau en attrapant au passage le flacon thérapeutique et s'en administra une nouvelle dose.

Le front de Versavel se creusa de plis soucieux. Si le commissaire continuait sur sa lancée, il n'y aurait bientôt plus qu'à fermer boutique. Il l'observa du coin de l'œil. *Qu'est-ce qu'il est encore en train de manigancer ?* Subitement, il lui revint à l'esprit une nouvelle d'Edgar Allan Poe où l'un des deux personnages retrace le cheminement de la pensée de l'autre par associations d'idées. Il se prêta au même exercice en trois coups de cuillère à pot : *Minnewater*, Minne, commission des mises en liberté conditionnelle, liberté conditionnelle, Colombier, viol, Miriam.

« Que dirais-tu de faire un saut chez King Kong ? demanda-t-il pile à l'instant où Van In s'apprêtait à faire de même.

– On n'a rien de plus intéressant sur le feu, que je sache.

– Ni aucune autre piste à creuser... »

Quoi qu'en disent les criminologues, l'investigation criminelle se laisse difficilement emprisonner dans le carcan des règles. Van In en avait fait plus d'une fois l'expérience : toute la science du monde ne saurait remplacer un solide flair. À la vérité, pour l'heure, il se fichait de ces considérations pratico-philosophiques comme de son premier caleçon. Pourvu qu'il puisse poursuivre l'enquête sur le viol de Miriam, tout faisait farine à son moulin.

« De toute façon, qui ne tente rien n'a rien, ânonna-t-il.

– Très juste. »

Surtout que l'atmosphère devient irrespirable par ici..., ajouta Versavel en son for intérieur.

Comme la rue du Paradis, la ruelle de l'Égout faisait partie de ces lieux pittoresques qui font tout le charme de Bruges. Jadis baptisée cours du Hareng-fumé, cette venelle coudée s'ouvrait par un étroit passage sur un ensemble de maisonnettes ouvrières. Abandonnée à son triste sort pendant plusieurs décennies, elle connaissait aujourd'hui un regain de popularité et une seconde jeunesse, grâce notamment aux étrangers, toujours prêts à débourser une petite fortune pour acquérir un bout de patrimoine.

« Je me demande si Colombier se montrera aussi accueillant que la dernière fois quand il comprendra qu'on a fouillé son casier », fit Van In en enfonçant le bouton de la sonnette d'un index volontaire.

Versavel fit glisser son regard le long de la façade craquelée. Nichée dans une chapelle en bois encastrée au-dessus de la porte d'entrée, une Vierge en plâtre relativement épargnée par les ravages du temps côtoyait une lanterne de bronze aux allures de vessie pendue au bout d'une barre en fer forgé. Un fil noir se frayait un passage vers l'intérieur de la maison par un petit trou percé dans la brique.

« Bordel de merde ! »

Patrick Colombier désigna à son hôte un petit écran enfoui sous un monceau de cassettes vidéo.

« Qu'est-ce qu'ils me veulent encore, ces deux flics ?!

– Tu t'es attiré des ennuis, Patrick ? »

L'homme écrasa son cigare dans la soucoupe qui faisait office de cendrier en lui lançant un regard interrogateur.

« Non, monsieur, mais il vaudrait mieux qu'ils ne nous voient pas ensemble. »

L'homme au cigare acquiesça. La visite impromptue des deux flicaillons ne l'impressionnait pas le moins du monde. Rien ni personne ne pouvait se mettre dans son chemin.

« J'attendrai à l'étage. »

« Entrez messieurs, lança King Kong en dévoilant son impeccable dentition. J'étais justement sur le point de sortir pour acheter de quoi remplir le frigo.

– Nous tâcherons d'être brefs », répondit Van In.

Trop décontracté pour être honnête, et aussi beaucoup trop poli, songea-t-il cependant que King Kong s'excusait platement d'avoir traîné à leur ouvrir la porte. Dans des cas comme ceux-là, il privilégiait systématiquement l'attaque frontale, généralement avec d'excellents résultats.

« Le nom de Carlos Minne vous dit-il quelque chose ? »

Si les délinquants qui bénéficient d'une liberté conditionnelle savent généralement qu'une commission est chargée d'examiner leur cas, il est rare qu'ils connaissent le nom de leurs bienfaiteurs. Van In savait que la réaction du truand à cette question serait déterminante pour la suite de l'enquête. À son étonnement, Colombier joua franc jeu :

« En effet. Je lui dois même une fière chandelle ! »

Quatre ans auparavant, Carlos Minne et lui avaient fait la nouba à sa sortie de prison. Ils s'étaient fait surprendre par un journaliste de la presse à scandale dans l'un de ces établissements où le champagne est hors de prix et les filles bon marché. En dépit de leur accord, le journaliste avait publié les clichés compromettants pris cette nuit-là : Minne portant une jeune Philippine passablement dévêtue sur ses genoux et lui-même entouré de deux jeunettes que des tonnes de maquillage vieillissaient à peine. *Ce sale flic a dû tomber sur ces photos en fouinant dans mon passé,* se dit Colombier. *Sans cela, il ne serait pas revenu.*

« Vous le connaissez donc ?

– Je n'irais pas jusque-là. Nous nous sommes croisés une ou deux fois. Rien de plus.

– Hum... C'est une manière comme une autre de voir les choses. »

Colombier s'efforça de présenter un visage lisse.

« Je reconnais que je n'ai rien d'un enfant de chœur, commissaire, mais…

– Oh ! mais je ne vous accuse de rien, monsieur Colombier. »

King Kong comprit qu'il en avait trop dit. Les deux enquêteurs étaient venus à la pêche et il s'était jeté tout seul dans leurs filets.

« Une cigarette, monsieur Colombier ?

– Non, merci. Je ne fu…

– Ah bon, vous ne fumez pas ? »

Les mâchoires crispées, Colombier mima un geste à mi-chemin entre le oui et le non. *Il a la trouille,* pensa Versavel. *Aussi sûr que cette pièce empeste le cigare…* Là où Van In faisait montre d'un sixième sens à toute épreuve, l'inspecteur compensait largement par la connaissance intime qu'il avait de la gent masculine.

« Vous êtes quand même au courant que votre bienfaiteur est mort ? » réattaqua le commissaire.

King Kong inspira profondément. Ses narines palpitèrent.

« Je… Je l'ai lu dans le journal.

– Vraiment ? »

Van In le transperça du regard, tel un naja en posture d'intimidation.

« Vous n'avez pas séjourné très longtemps derrière les barreaux, me semble-t-il. Vous aviez un bon avocat ? »

Colombier blêmit. Un rire creux monta de sa gorge.

« Quel avocat ? »

C'était le faux pas que Van In attendait depuis le début. À moins de le vouloir, aucun délinquant n'oublie le nom de son avocat.

« *Pro deo ?*

– *Pro* quoi ? »

La situation devenait grotesque.

« L'avez-vous *payé* ?

– Non, fit Colombier d'une voix redevenue ferme, je n'ai pas dû le payer. »

Pour prendre un verre tranquillement le matin, la meilleure adresse de Bruges est sans conteste le Café Vlissinghe, le plus vieil estaminet de la ville. Van In et Versavel s'installèrent à la longue table qui bordait la fenêtre. Mis à part un vieux couple qui déterrait ses souvenirs de jeunesse à l'autre bout de la pièce et eux, l'endroit était désert.

« Une Duvel et un Perrier ? »

Grietje, la tenancière, gratifia Versavel d'un clin d'œil complice.

« Vous n'êtes quand même pas venus ici pour résoudre une enquête ? demanda-t-elle après que Van In lui eut confirmé la commande d'un hochement de tête.

– Non, non, répondit Versavel. Le commissaire éprouvait juste le besoin de se ressourcer.

– La routine, quoi ! »

Van In laissa couler. Un rien désappointée, Grietje pirouetta sur ses talons et s'en retourna vers le comptoir de sa démarche de ballerine.

« Je veux savoir qui a été commis à la défense de Colombier », grogna Van In avec un accent d'enfant capricieux.

Versavel sortit son calepin et prit note.

« Si j'ai bien compris, tu penses que Colombier a quelque chose à voir avec le viol de Miriam ? »

Van In alluma une cigarette. Pour lui, les coïncidences n'existaient pas. Sitôt qu'un nom apparaissait dans plusieurs dossiers, il devenait par définition suspect, même si aucun élément concret ne reliait les enquêtes.

« Pourquoi il nous a balancé franco qu'il connaissait Minne ? Rien ne l'y obligeait…

– Va savoir ! Il avait sans doute ses raisons. »

Versavel parlait de temps en temps pour ne rien dire. Van In avait l'habitude. Il sourit.

« Je propose de demander à Bruynooghe de s'en charger.

– De quoi ?

– De l'avocat de King Kong !

– Je suis certain qu'il en sera très honoré.

– Ne jamais faire soi-même ce que l'on peut confier à d'autres, professa Van In en s'étirant de tout son long.

– Et nous, alors ?

– Pour commencer, tu vas me déposer au palais de justice. J'ai encore un œuf à peler avec Beekman. »

Eddy Bultinck gara sa vieille BMW dans la rue du Chevalier, juste en face de l'imposante maison de maître de Dobbelaere. Il rajusta sa cravate, se fourra un bonbon à la menthe dans la bouche, traversa la rue et sonna. Léontine le fit entrer et le mena jusqu'à la porte du cabinet de travail de l'huissier de justice. Elle frappa pour annoncer le visiteur et entrouvrit le battant. Bultinck se faufila comme une anguille dans la pièce. Michel Arnould et le maître des lieux l'y attendaient, le premier figé face à la fenêtre, absorbé dans ses pensées, le second siégeant comme à son habitude à son bureau, plongé dans la lecture d'un paquet de coupures de presse.

« Bonjour, Eddy », dit Dobbelaere en refermant prestement son dossier.

Le commissaire adjoint de la police judiciaire serra la main de l'huissier et prit place sur l'une des chaises disposées là dans l'urgence. De longues minutes s'écoulèrent dans un silence de pendu. La mort de Carlos Minne était un coup dur, car ils savaient à présent avec certitude que leur vie était menacée. Une grosse mouche bleue sortit du couvert des rideaux et se mit à vrombir dans la pièce. Bultinck redressa l'échine, l'insecte en ligne de mire. Le dossier de sa chaise grinça.

« Il doit bien y avoir un moyen de l'empêcher de nuire ! » jeta Arnould d'un ton qui rendait sa voix de stentor infiniment désagréable.

« Minne s'y employait, déclara Bultinck. Si Bruxelles l'a écouté, Daems repasse par la case prison avant trois mois.

– Il peut s'en passer des choses, en trois mois !

– L'affaire est traitée en haut lieu », insista Bultinck.

Arnould tourna le dos à la fenêtre et vint placer entre le bureau et la chaise occupée par Bultinck sa bedaine de bon vivant que ne parvenait pas à dissimuler la coupe pourtant impeccable de son costume sur mesure.

« D'ici à ce que Bruxelles prenne les choses en mains, on sera tous morts et enterrés, souligna Dobbelaere. Il faut trouver autre chose.

– Un tueur à gages ?

– C'est une idée. »

Un silence de mort plomba le salon. Entre le chantage et un assassinat, il y avait un gouffre. Dobbelaere relança le débat.

« On a quelqu'un qui correspond au profil ?

– Colombier », répondit Bultinck sans hésiter.

Arnould vint s'asseoir à côté de lui et croisa les jambes. Son genou émit un craquement sinistre.

« Il n'est pas bon marché, objecta-t-il.

– Combien ? s'informa Dobbelaere, la voix chevrotante et l'œil aux abois. Si c'est une question d'argent, je suis prêt à mettre la main au... »

Arnould lui intima le silence d'un geste péremptoire.

« Le commissaire Van In l'a dans le collimateur. Il faudrait être complètement stupide pour faire appel à lui en ce moment. »

Bultinck releva le front, les sourcils en accent circonflexe.

« Vous considérez Van In comme un danger ?

– Peu importe. J'en fais mon affaire. »

Arnould écrasa son cigare dans un petit cendrier cabossé, au grand soulagement de Dobbelaere. Léontine avait une sainte horreur du tabac.

« J'ai aussi un plan pour mettre Daems hors jeu, poursuivit-il. À condition que Bultinck paie de sa personne… »

« Je passe te chercher plus tard ou tu préfères que je t'attende ? demanda Versavel en posant la main sur la clé de contact.

– Non.

– Non quoi ?

– Non, tu ne dois pas passer me chercher, et non, ne m'attends pas.

– Très bien. C'est toi le chef, chef. »

Van In haussa les épaules et quitta la voiture aussi sec.

« Mets-toi au turbin avec Bruynooghe. Je veux un rapport détaillé sur mon bureau demain à la première heure.

– À vos ordres, chef. »

Van In était d'une humeur de dogue quand une affaire piétinait. L'inspecteur s'était fait une raison.

Le commissaire s'engouffra dans le hall de l'entrée principale, muré dans ses réflexions, et enfila le couloir qui menait au bureau de son juge d'instruction préféré.

Ce Colombier n'est vraiment pas net. Je donnerais cher pour savoir comment il a pu bénéficier si vite du pardon de Dame Justice avec un casier si chargé. Les yeux dans le vague, il ignora malgré lui le salut amical d'un avocat.

« Salut, beauté ! »

Hannelore resta le nez dans le dossier qu'elle épluchait depuis le début de la journée.

« Asseyez-vous, monsieur. Je suis à vous dans une minute. »

Van In obtempéra.

« Si j'étais manager de crise, je vous embaucherais sur-le-champ pour remonter le moral des troupes, mademoiselle. »

Hannelore se mordit les joues.

« Madame, je vous prie.

– Sauf votre respect, votre mari doit être un homme comblé.

– Couillon, va ! »

Elle se leva, fit le tour du bureau et l'embrassa dans le cou.

« Ton nouveau QG ne te plaît pas ou De Kee t'a envoyé balader ? » lui demanda-t-elle en s'installant sur ses genoux et en lui enlaçant la nuque.

Un jeune greffier qui passait devant la porte ralentit l'allure. D'un regard noir, Van In le somma d'aller voir ailleurs.

« J'ai un problème, Hanne.

– Tu as besoin d'argent ?

– Hanne ! »

Van In poussa un profond soupir.

« Raconte-moi tes malheurs ! »

Hannelore pressa son corps contre le sien. Elle le sentit tendu.

« Sans plainte de Miriam Dobbelaere, je suis pieds et poings liés, Pieter. Tu le sais bien. »

Effectivement, je commence à le savoir…

« Il y a autre chose qui m'embête. Je voudrais que tu en parles avec Beekman.

– Que je lui parle de quoi ?

– Des raisons qui le poussent à me coller Bultinck entre les pattes. »

Un parfum de freesia voguait dans le couloir, transporté par la fraîche haleine du petit climatiseur que Beekman s'était offert sur ses deniers et qui contribuait à faire du bureau du procureur la pièce la plus agréable de tout le palais de justice.

« Je suis désolé, Pieter, mais Bultinck jouit d'excellents états de service. Du reste, il travaillait le matin où l'appel nous est parvenu. Je ne vois pas pourquoi je l'aurais tenu à l'écart.

– Alors là, quelque chose m'échappe, s'énerva Van In. C'est nous qui avons reçu l'appel des secours !

– Il y a eu deux coups de fil, coupa Beekman. Le premier chez vous, l'autre à la PJ.

– Pourquoi ne me l'as-tu pas dit plus tôt ? »

Van In tourna son regard vers Hannelore. Il se sentait comme un gamin pris à chaparder une pomme à l'étalage.

« Parce que tu es parti comme un fou furieux quand j'essayais de te l'expliquer ! rétorqua Beekman. Que voulais-tu que je fasse ? Que je mette la PJ sur le carreau ? Ce n'est tout de même pas la première fois que différents services sont informés d'un même fait au même moment ! »

Van In fut bien obligé de lui donner raison. Quand un incendie se déclare, les pompiers reçoivent en général des dizaines d'appels de citoyens consciencieux, tous persuadés d'être les premiers à donner l'alerte. Dans le cas présent, un détail le chiffonnait.

« La plupart des gens connaissent les numéros d'urgence par cœur, mais je ne comprends pas pourquoi ce témoin providentiel a appelé la police judiciaire. Il est venu d'où, ce coup de fil ?

– Je l'ignore, répondit Beekman.

– Un appel anonyme ? »

Beekman confirma et se mit à reconsidérer la question. Il savait à quel genre de zozo il avait affaire. Il aurait beau faire des claquettes, jamais Van In n'accepterait de travailler main dans la main avec la PJ. Ou alors il ferait semblant, ce qui serait pire. Aussi peu partageux avec ses enquêtes qu'un chien rongeant son os, Van In userait de tous les moyens pour mettre la judiciaire sur la touche : privée de lauriers, la PJ crierait au scandale, Bultinck s'épancherait dans la presse et on serait reparti comme en quarante. Beekman voyait déjà les manchettes : « LA GUERRE DES POLICES REPREND DE PLUS BELLE », « LE PARQUET DANS SES PETITS SOULIERS ». Et Dieu savait quoi encore… *Ça fait des années que je me décarcasse pour redorer le blason de la justice, ce n'est tout de même pas pour que cette tête de lard me foute tout par terre en quelques jours !* Il changea son fusil d'épaule :

« Passons un marché, Pieter ! »

Le procureur prit une mine sévère et ôta ses lunettes dans un geste de lassitude. *L'affaire est dans le sac !* jubila Van In. *Y a plus qu'à lui donner l'illusion que c'est lui qui empoche les billes…*

« Ordonne et j'obéirai, Jozef ! »

On se croirait dans une cour de récré ! se moqua Hannelore. *Tous les mêmes…*

« Alors, heureux ? »

Un ricanement de triomphe s'échappa du gosier de Van In. Il passa le bras autour des épaules d'Hannelore pour l'escorter jusqu'à son bureau.

« Comblé ! »

Le procureur Beekman l'avait chargé de mener une enquête parallèle sur l'assassinat de Carlos Minne et de lui remettre ses rapports en personne. Les mots « collaboration » et « PJ » étaient définitivement hors concours.

Hannelore ne put réprimer un sourire en voyant la lueur malicieuse qui brillait dans les yeux de son homme. Elle savait que Van In ferait tout pour damer le pion à Bultinck et à ses collègues. Elle suspectait fortement Beekman d'avoir suivi le même raisonnement. « Ce n'est pas de la concurrence, c'est de l'émulation ! » l'avait-elle entendu prêcher plus d'une fois en réunion.

« Tu comptes faire des heures sup' ce soir ? »

Van In fit l'étonné.

« Des heures sup' ? Qu'est-ce que tu insinues par… »

Hannelore lui cloua le bec d'un baiser.

« Rien du tout. À ce soir… »

5

Lorsque Van In franchit la porte de son nouveau bureau du quai Louis-Coiseau, il constata d'emblée que ses hommes ne s'étaient pas tourné les pouces en son absence. Le tableau noir de Versavel était criblé d'annotations. Un monceau de photos, de fax et de dossiers recouvrait la grande table en chêne, une pièce d'antiquité découverte dans les caves de l'hôtel de ville et qui, après délibération du collège des échevins, avait rejoint à son tour les rangs de la Cellule spéciale de recherche.

« Je rêve ou vous n'avez pas chômé ?

– *Ora et labora,* répondit Versavel, narquois. À nous le travail, à toi la prière. »

« Justement, mes prières n'ont pas été vaines, Guido ! Béni soit saint Jozef qui les a exaucées ! »

Ça vole beaucoup trop haut pour moi, grogna Bruynooghe, qui pour sa décharge ne connaissait le procureur que par son patronyme. *Bah ! Même si je ne suis pas une lumière, j'ai transmis une bonne dose d'intelligence à mon fils.* Sur cette pensée réconfortante, il prit place à table, prépara son calepin et, les yeux sur sa montre, attendit que le reste de l'équipe daigne entamer le débriefing. La petite aiguille se rapprochait dangereusement du chiffre cinq et ce n'était vraiment pas le jour pour jouer les prolongations. Sven avait passé dans l'après-midi son examen de physique, une branche qui n'était pas son fort. Le brigadier avait des sueurs froides rien que d'imaginer qu'il avait pu échouer. Bruynooghe adressa une courte prière au saint patron du commissaire. Ça ne coûtait rien d'essayer…

Avant de s'asseoir à son tour, Van In consulta les informations collectées sur le tableau noir. Versavel y avait inscrit l'heure à laquelle la police judiciaire avait été appelée, ainsi que les coordonnées du promeneur qui avait prévenu les services de secours.

« Quelqu'un sait où est Carine ? »

La benjamine de la Cellule avait le don de débarquer après la bataille, mais Van In ne lui en tenait pas rigueur.

« Dans son bureau. Elle avait un truc à terminer, répondit Versavel.

– Alors, vous avez trouvé qui a défendu Colombier ?

– Maître Arnould.

– Le Gros Mich' ?

– En personne ! » confirma Versavel d'un ton qui en disait long sur le personnage.

La réputation de Michel Arnould n'était plus à faire. Douze ans plus tôt, il avait été à deux doigts de se faire rayer du barreau pour pratiques frauduleuses. Tout le monde était convaincu de son implication, mais malgré des preuves accablantes et irréfutables, il était parvenu à s'en sortir avec un simple blâme. Depuis lors, l'homme s'était spécialisé dans la défense de celles et ceux en qui ses plus respectables collègues ne voyaient rien à gagner : ni fortune, ni gloire. Les mauvaises langues prétendaient qu'il était en cheville avec le crime organisé et qu'on lui donnait du *Consigliero* dans certains cercles. En tout cas, il avait la dent dure et n'hésitait pas à malmener la loi pour forcer la libération de ses clients.

« J'irais bien lui tirer les vers du nez, fit Van In.

– Je suis au regret de te rappeler que nous ne sommes plus au Moyen Âge. »

Versavel était bien placé pour savoir que dans la bouche d'un Pieter Van In, l'expression n'était pas à prendre seulement au figuré.

Van In alluma une cigarette et se tourna vers Bruynooghe. Légèrement tassé dans son siège, le brigadier fixait d'un œil vitreux un point invisible sur le mur d'en face. Van In se racla la gorge.

« Qu'est-ce que tu en penses, Robert ? »

Bruynooghe était ailleurs, à Louvain, quelque part au milieu d'un amphi géant de la fac de médecine, pour être précis. Drapés dans leur toge de cérémonie, six professeurs siégeaient sur l'estrade, dans un silence tellement recueilli qu'on aurait entendu trotter une souris. L'une des éminences se leva, déplia la précieuse liste des lauréats, s'éclaircit la voix. Convoquant son sourire le plus académique, il commença l'énumération d'une profonde voix de basse : « Admis avec mention : Sven Bruynooghe. » Il parcourut l'assemblée du regard, manière de signifier à tous qu'il n'y avait pas d'autre élu. Un tonnerre d'applaudissements parcourut l'assemblée.

« Rooooobert ! »

Bruynooghe s'ébroua.

« Présent, commissaire.

– Sur Mars peut-être.

– J'ai parlé à la veuve Minne cet après-midi.

– Et… ? »

Le brigadier haussa les épaules.

« Elle n'a pas vraiment l'air en état de choc. »

Si Bruynooghe avait écourté ses études, il n'en avait pas moins acquis sur le tas une solide aptitude à cerner ses semblables.

« Tu m'as consigné tout ça sur papier ? »

Bruynooghe sortit en toute hâte de sa chemise un recto verso noirci de caractères serrés. Il le tendit à Van In et jeta un coup d'œil instinctif à sa montre.

« Très bien. On en discutera demain. »

Le teint blême, l'œil hagard et le geste somnambulique, Bruynooghe paraissait trop stressé pour faire marcher ses méninges.

« Rentre chez toi, Robert. Je ne voudrais pas que tu rates le coup de fil de Sven. »

Le brigadier croisa Carine dans le couloir.

« La réunion est déjà terminée ?

– Non ! susurra Bruynooghe. Ils n'attendent plus que toi pour commencer. »

La jeune femme rougit jusqu'à la racine des cheveux et fit claquer ses talons vers le bureau de son patron. Dans la chemise en plastique qu'elle tenait fermement à la main, elle avait glissé deux photos dont il lui dirait des nouvelles.

« Nous avons localisé la voiture de Carlos Minne sur la digue de Blankenberge il y a environ une heure », déclara Eddy Bultinck.

Le commissaire adjoint s'agitait depuis l'aube comme un diable tombé dans l'eau froide. Sa voix enrouée trahissait les nombreux coups de fil passés et ses varices avaient doublé de volume.

« C'est tout ? »

Michel Arnould se saisit d'un petit couteau à la lame effilée et se mit à tailler la mine d'un crayon noir. Aussi loin que remontaient ses souvenirs, il avait toujours été fasciné par les crayons.

« L'analyse des éléments matériels est toujours en cours, précisa Bultinck. Dès que j'ai du nouveau, je te...

– Bell, ça t'évoque quelque chose ?

– Bell ?

– Alexander Graham Bell, le petit génie qui a inventé le téléphone. Si tu continues à te pointer ici pour un oui, pour un non, certains vont finir par se poser des questions. »

Arnould brandit le crayon en pleine lumière. Cela faisait un moment que le courant ne passait plus entre Bultinck et lui. Pour tout dire, il n'aurait pas été surpris d'apprendre que ce type jouait sur plusieurs tableaux. Il était grand temps de serrer la vis.

« Quelqu'un a vu Minne à Zeebrugge ce soir-là ?

– Personne. »

Arnould posa le crayon sur le dos de sa main, le souleva de quelques millimètres, serra les mâchoires et enfonça la mine dans sa chair. Puis, tout en maintenant fermement la tige entre pouce et index, il se mit à tourner l'objet jusqu'à que le sang perle.

Bultinck enchaîna sans se laisser perturber.

« C'est logique puisqu'il a garé sa voiture à Blankenberge. Il est sans doute allé à Zeebrugge par les dunes.

– En compagnie de son meurtrier ?

– C'est à envisager. »

Arnould retira la mine et rangea l'objet tête en haut dans une boîte cylindrique.

« Il se serait tapé ce long chemin à pied pour écarter tout risque de témoins ? »

Bultinck hocha la tête. La plage où Minne avait été assassiné était peu fréquentée, même en plein jour.

« J'ai ordonné une nouvelle enquête de voisinage, annonça-t-il. On en apprendra peut-être un peu plus.

– Dans ce cas, tu m'appelles. N'est-ce pas ?

– Sans faute. »

Qu'est-ce qui m'a pris de m'embarquer dans cette galère ?! se reprocha une fois de plus Bultinck. Du jour où il avait accepté de s'associer avec Arnould, sa vie s'était transformée en enfer. Stress, hypertension, somnifères à tire-larigot, il était au bout du rouleau.

Depuis qu'il l'avait sauvée des griffes d'une bande de sadiques au cours d'une enquête qui lui valait encore d'affreux cauchemars[1], Van In avait noué une relation privilégiée avec Carine Neels. S'il s'efforçait de n'y voir qu'une conséquence de cette expérience traumatisante, il devait bien admettre que le physique de la jeune femme le soumettait à la tentation, même s'il avait tout pour être heureux avec Hannelore.

« Excusez mon retard. Robert vient de me dire que…

– Ne te préoccupe pas de ce que dit Robert ! plaisanta Van In. Un café ? »

Il tourna la tête en direction de Versavel.

« La même chose pour toi, inspecteur ? »

Même si ça ne le dispensait pas du service, Versavel sourit intérieurement de s'entendre appeler par son nouveau grade. Il se dirigea vers la cuisine. Trois mois plus tôt, lorsque De Kee leur avait annoncé leur démé-

1. Voir *Les Masques de la nuit*, le 3e tome de la série des enquêtes du commissaire Van In, aux Éditions Albin Michel.

nagement vers un bâtiment « plus digne d'une cellule d'enquête moderne » (*sic*), il s'était contenté d'un haussement d'épaules sceptique et n'avait nullement fait mystère de ses réticences lors des réunions qui avaient précédé le jour J. S'il avait depuis retourné sa veste, c'était en grande partie grâce à cette cuisine. Alors qu'il devait auparavant se bagarrer avec une cafetière détraquée, il disposait désormais d'un appareil dernier cri. Nec plus ultra, la nouvelle kitchenette était même équipée de deux plaques de cuisson et d'un évier double.

« Je voulais juste vérifier une intuition », invoqua Carine.

De sa chemise en plastique, elle extirpa une série de photos qu'elle disposa sur la table.

« Celle-ci a été publiée dans le journal, dit-elle en sortant du lot un cliché sur lequel un groupe de quadragénaires prenait la pose dans un flou qui n'avait rien d'artistique.

– "La promotion 1976 célèbre ses retrouvailles" », lut Van In à haute voix.

Une ligne plus bas, la légende déclinait l'identité des participants, de gauche à droite. Carlos Minne et Antoon Dobbelaere figuraient tous deux dans la liste.

« Maintenant, regardez ça ! »

Carine désignait deux agrandissements qu'elle avait nettoyés au moyen d'un logiciel de retouche. Les deux hommes y étaient cette fois nettement identifiables.

« Tu es un ange, Carine », roucoula Van In.

Il posa les agrandissements sur la table et les compara attentivement avec la photo de groupe. *On tient enfin un bout de piste ! Je ne sais pas ce qui me retient de l'embrasser...*

« Lait et sucre pour ces messieurs-dames ? »

Versavel déposa la carafe sans ménagement sur la table et la releva pour faire le service. *Nom d'un chien, le voilà qui recommence à fricoter avec une jeunette du service ! Quand se comportera-t-il enfin en adulte ?!*

« Carine est notre sauveuse. Figure-toi qu'elle…

– Tu seras homme et non Dieu sous la main de celui qui te tuera, marmonna Versavel.

– Tu dis ? »

J'essaye de te sauver de toi-même. Tu te rappelles : la rumeur qui court, le mariage qui finit en ruine, le prêt de ta belle maison à rembourser tout seul, le gouffre de la dépression…

« Vous saviez que les généraux romains qui entraient en triomphe dans Rome étaient affublés d'un esclave chargé de leur répéter à l'oreille que la gloire est éphémère ?

– Qu'est-ce qu'il raconte ?! demanda Carine.

– L'inspecteur trouve que tu as fait un boulot admirable, esquiva Van In. Pas vrai, Guido ? »

Versavel acquiesça. *À quoi bon insister ?*

« Le procès-verbal de l'audition de Miriam indiquait qu'Antoon Dobbelaere assistait à une réunion d'anciens la nuit de son viol, reprit Carine avec enthousiasme. Alors, quand j'ai vu sa photo dans le journal cet après-midi…

– Comment ça, cet après-midi ?! »

L'air se chargea d'électricité.

Normal qu'il se braque, pensa Van In. *Carine est belle, ambitieuse et prête à tout pour me prouver ses compétences.*

« J'ai chargé Carine de rassembler un maximum d'infos sur Carlos Minne, ce qui implique de passer la presse en revue. »

L'instant était on ne peut plus délicat. Il y avait quelques jours encore, Van In n'avait aucune autre susceptibilité à ménager que celle de Versavel. À présent qu'il était chef d'équipe, il allait devoir se poser en gestionnaire de conflits.

« Je propose qu'on se concentre sur les faits, enchaîna-t-il. Maintenant que nous savons que Dobbelaere et Minne se connaissaient, nous pouvons raisonnablement présumer que le meurtre du second et le viol de Miriam sont liés.

– C'est exactement ma conclusion », renchérit Carine.

La jeune femme tenta d'amadouer Versavel d'un sourire, mais elle eut beau y mettre tout son savoir-faire, l'offensive de charme échoua lamentablement. L'inspecteur détourna ostensiblement la tête et se prit à regretter le temps où lui et Van In fonctionnaient en binôme.

« On met Dobbelaere sur le gril ? suggéra Van In.

– Ça me paraît justifié. Je l'appelle pour prendre rendez-vous ?

– Pourquoi pas des fleurs tant que tu y es, Guido ! Est-ce qu'il s'annonce, lui, avant de procéder à une saisie ? »

Très fier de son coup, il chercha d'un regard mutin l'assentiment de Carine, qui ne se fit pas pour prier pour le lui donner. Versavel capta leur petit manège. *Évidemment, si les hormones s'y mettent, je ne suis pas de taille !* Il vida sa tasse, rassembla ses notes et se leva.

« Frank m'attend à dix-neuf heures tapantes. Je lui ai promis une toile. »

Versavel savait pertinemment ce qui se tramait dans la tête de son ami. Il savait aussi que Carine ne verrait aucun inconvénient à faire des heures sup', surtout si c'était Van In qui le lui demandait. Le scénario était aussi limpide que les eaux de la baie de Corfou. Van In ne valait pas mieux que les autres. Comme tous les hétéros, il faisait passer ses pulsions avant l'amitié.

« Ce serait plus logique d'interroger Dobbelaere dès ce soir, fit Carine avec empressement.

– Aussi logique que deux et deux font quatre. »

Versavel débarrassa la table et vida les lieux, écœuré.

« Qu'est-ce qui lui arrive ? Je ne comprends pas ! » dit Carine.

Van In alluma une cigarette et se laissa happer par sa chaise.

« Moi si. »

Tout sourires, il balaya l'incident comme on chasse une mouche importune. Il avait parfaitement conscience que Carine lui faisait du gringue et n'avait aucunement l'intention de mettre le holà. Il entendait d'ici les commentaires : « Encore un quadra mal dans sa peau qui envoie tout valser pour un succès sans lendemain ! » mais il s'en fichait éperdument. Il connaissait ses faiblesses.

« Sur le fond, il n'a pas tout à fait tort. On ferait mieux d'attendre demain pour…

– Demain ? » s'exclama la jeune femme avec un accent belliqueux.

Je ne vais quand même pas m'écraser devant les lubies d'un homo ?

« Antoon Dobbelaere est huissier de justice, insista Van In.

– Mais… tu viens de dire que ça t'était égal !

– Ah bon ? J'ai dit ça, moi ? »

Le commissaire aspira nerveusement une bouffée de sa cigarette. Jamais il n'avait eu l'intention de débarquer à l'improviste chez un homme tel que Dobbelaere sur la base de vagues présomptions. S'il avait dit ça, c'était uniquement pour épater sa protégée, et aussi pour chasser cet empêcheur de tourner en rond de Versavel.

« Il vaut mieux laisser décanter. Ne serait-ce que pour nous épargner les foudres du juge d'instruction. »

Carine savait qu'elle s'aventurait en terrain dangereux, mais elle ne parvint pas à tenir sa langue.

« Il y a juge d'instruction et juge d'instruction », fit-elle remarquer avec une pointe de perfidie.

Van In fit semblant de ne pas saisir l'allusion. Il écrasa d'un geste décidé le bout de sa cigarette dans une sous-tasse que Versavel avait amoureusement nettoyée avant le déménagement.

« Allons plutôt boire un verre !

– *Cool* ! Chez toi ou chez moi ?

– À L'Estaminet. »

Rares sont les chauffeurs de taxi bruxellois capables d'aligner deux mots de néerlandais. Habitué à se rendre dans la capitale, De Kee avait depuis longtemps renoncé à s'y exprimer dans sa langue maternelle.

« *Rue des Quatre-Bras** », commanda-t-il en grimpant dans le premier taxi de la file à la gare du Midi.

Le chauffeur pivota sur son siège et le regarda comme s'il avait pondu un œuf.

« Le nouveau palais de justice, rue des Quatre-Bras ! répéta le commissaire en chef.

– Le nouveau palais de justice ?

– Oui, soupira De Kee. Rue des Quatre-Bras. »

Le chauffeur extirpa de dessous le tableau de bord un atlas du grand Bruxelles menacé de dislocation et parcourut du doigt l'index des rues.

« *C'est juste à côté du palais de justice. Vous connaissez quand même le palais de justice, je suppose !** »

Le chauffeur de taxi renvoya son aide-mémoire d'où il était venu avec un air de guerrier zoulou offensé, enclencha la première et lança sa Peugeot déglinguée à toute berzingue dans le trafic. *Je comprends pourquoi les gens décident de ne plus donner de pourboire,* pensa De Kee.

Érigée à l'ombre de l'ancien palais de justice, la nouvelle annexe le surpassait en laideur. C'est dire s'il elle comptait parmi les fleurons de l'architecture moderne. Quant aux services qu'elle abritait, ils avaient beau avoir droit aux honneurs répétés de la presse, le citoyen lambda n'en ignorait pas moins jusqu'à leur existence.

De Kee régla la course au centime près et avala les quelques marches du perron d'une seule traite. Parvenu à l'entrée, il colla la bouche au micro de l'interphone et déclina ses noms et qualité. Aucun visiteur n'était autorisé à pénétrer dans le bâtiment sans avoir montré patte blanche à la réception. Le commissaire en chef glissa sa carte d'identité dans la petite fente prévue à cet effet. Bien à l'abri dans sa cage de métal et de verre blindés, l'employé s'en saisit, vérifia sa présence sur la liste des visiteurs du jour et décrocha le téléphone.

« Le colonel Sanders vous attend », crachouilla le haut-parleur.

De Kee posa la main sur la poignée et, au bourdonnement convenu, poussa la porte de la forteresse.

Si ces consignes dignes d'un quartier de haute sécurité étaient appliquées à la lettre, fait assez remarquable pour être mentionné, c'était à cause de l'administration qui sévissait au dernier étage : le Service général d'appui policier, ou SGAP. Dirigé d'une main de fer par le colonel Sanders, cet organe central avait été créé quelques années auparavant dans le but de lutter contre la criminalité transfrontalière. Il chapeautait notamment les activités de la section de Coopération policière internationale, CPI en abrégé, elle-même en étroite relation avec Europol et les différents services de police nationaux des quatre coins de la planète. La principale mission de ses agents consistait à collecter du renseignement et à le diffuser à l'échelon de la police locale. Autant dire qu'ils se déplaçaient rarement sur le terrain.

De Kee s'engouffra dans l'ascenseur et pressa le bouton du huitième, fier comme un paon. Il suait sang et eau pour donner à son corps de police l'envergure d'une troupe d'élite et, s'il doutait parfois d'y réussir, une convocation comme celle-ci le récompensait au centuple de ses efforts. Le colonel l'accueillit à l'ouverture des portes avec un sourire jovial.

« Bonsoir, Roger. Je suis content de te voir », dit-il en le dirigeant vers un long couloir.

Il s'arrêta devant une porte blindée et présenta son badge au lecteur magnétique qui en commandait l'ouverture.

« Après toi. »

Il referma soigneusement derrière lui avant de poursuivre.

« Comment va Vera ? »

Mari fidèle, Sanders éprouvait un vif intérêt pour les aventures extraconjugales des autres.

« Très bien », répondit De Kee plus sèchement qu'il ne l'aurait voulu.

Un mois plus tôt, il avait surpris sa maîtresse au lit avec le vice-président du Rotary club, un vieux croulant gras du bide et noué de varices.

À sa mine renfrognée, le colonel comprit que le sujet n'était pas des mieux choisi.

« Et notre bonne ville de Bruges, toujours envahie par les touristes ?

– Et le pape, toujours catholique ? » rétorqua le commissaire en chef d'un ton blasé.

Les deux hommes traversèrent une salle rectangulaire qui occupait pratiquement toute la surface de l'étage. Le silence de bibliothèque y était seulement troublé par le ronronnement continu d'une armada d'ordinateurs et d'appareils de télécommunication ultramodernes. Ici, au cœur du SGAP, les agents du renseignement se relayaient jour et nuit pour traquer l'information. Les données jugées dignes d'intérêt étaient transmises à un petit groupe d'analystes triés sur le volet qui, retranchés dans leur box, les compilaient en montagnes de rapports dont la lecture incombait en dernier ressort au colonel.

« Depuis quelque temps, nous pistons une bande spécialisée dans l'importation et la revente de contrefaçons », expliqua Sanders.

Le colonel ouvrit la porte de son bureau et invita De Kee à s'installer dans le petit salon qui jouxtait la fenêtre.

« Un café ?

– Ai-je vraiment le choix ? »

Sanders éclata de rire. Lorsque le ministre de l'Intérieur l'avait nommé à la direction du service quatre années plus tôt, il avait commencé par remettre bon ordre au huitième. Depuis, il n'y avait plus une goutte d'alcool dans les armoires, même pour les cas de force majeure.

« Serré ? »

De Kee opina du chef avant de prendre place au salon. Il croisa les jambes et joignit ses doigts sous son nez, une posture qui, croyait-il, conférait à sa personne un surcroît d'autorité.

« J'ai peine à croire que nos commerçants brugeois fourguent de la camelote au client, émit De Kee. Mis à part la dentelle, évidemment.

– Tu oublies un peu vite le trafic d'hormones », dit Sanders en sortant un dossier de ses tiroirs.

Originaire de Flandre occidentale, le colonel suivait de très près l'actualité de la région qui l'avait vu naître. Loin de renier ses racines, il aimait à penser que jamais il ne serait parvenu à se hisser au sommet de l'administration fédérale sans cette ardeur au travail partagée par bon nombre des gens du cru.

« Heureusement, les Japonais ne font pas la différence, observa De Kee.

– Les Allemands non plus.

– Les Allemands ? »

Sanders extirpa une coupure de journal de sa chemise.

« À ton avis, qui les mange, nos porcs ? »

Il se fendit la poire. De Kee l'imita. MYSTÉRIEUX MEURTRE À ZEEBRUGGE, titrait l'article.

« Quel rapport ? »

Sanders dévissa le bouchon du thermos et servit le café.

« D'après les informations dont nous disposons, Carlos Minne était impliqué dans le trafic dont je te parle.

– Lui ?! Un ancien membre de cabinet ministériel ?! »

Sanders opina.

« C'est bien là le nœud du problème. Le ministre de la Justice est comme qui dirait gêné aux entournures.

– Elles reposent sur du solide, ces accusations ?

– Oh que oui ! Nous savons de source sûre que les marchandises proviennent de Bangkok et qu'elles transitent par le port de Zeebrugge, d'où elles sont acheminées aux quatre coins de l'Europe. Quand nous l'avons confronté aux preuves matérielles dont nous disposions, Minne a reconnu qu'une société brugeoise avait acheté son silence en échange d'une enveloppe mensuelle de cent vingt mille francs.

– Quelle est la source qui vous a mis sur sa piste ? »

Sanders le gratifia d'un sourire désolé.

« Je suis tenu au secret, Roger. »

Pour se faire pardonner, il lui donna à voir le contenu du dossier. Il se composait d'une liste manuscrite détaillant les montants perçus par Minne et d'une série de documents fournis par les autorités douanières de Zeebrugge. De Kee piocha un inventaire de cargaison au hasard :

« Meubles en rotin, jouets et bijoux d'artisanat, énuméra-t-il.

– Ça, c'est sur le papier. En réalité, il s'agit de jeux vidéo et de CD pirates, ainsi que de copies de produits de marque, montres et parfums essentiellement.

– Qu'attends-tu exactement de moi, Maurice ? »

Sanders s'assit enfin dans le canapé et trempa les lèvres dans son café.

« Il y a environ deux semaines, nous avons demandé aux services de douane de Zeebrugge d'ouvrir un des conteneurs suspects. »

De Kee manqua de s'étrangler. Personne n'avait jugé bon de le mettre au parfum.

« Résultat ?

– Huit cent mille balles de ping-pong, répondit sèchement Sanders.

– Vraies ou fausses ? »

Sanders n'était pas d'humeur à goûter la plaisanterie. Ses hommes avaient passé des centaines d'heures à préparer cette opération clandestine.

« Carlos Minne avait l'intention de retirer ses billes, en échange de la compréhension du parquet. Il nous avait assuré que le conteneur était rempli de faux *Chanel n° 5*, une copie bon marché mais pratiquement impossible à distinguer de l'original.

– Tu penses que c'est le mobile du meurtre ?

– Ça m'en a tout l'air. »

Abruti de fonctionnaire, va ! fulminait le chef de corps de la police de Bruges. *On n'en serait sans doute pas là si tu t'étais donné la peine de respecter la procédure ! Sous prétexte qu'on travaille dans la capitale, on se permet de me court-circuiter sur mon propre territoire et on me demande après de payer les pots cassés... Eh bien tu sais ce qu'il te dit, le plouc de province ? Démerde-toi tout seul !*

Très soucieux des règles de bienséance auxquelles devait se tenir un homme de son rang, il tint cependant un langage légèrement différent :

« Quoi qu'il arrive, tu peux compter sur moi, Maurice. » Et se fendit en prime d'un large sourire.

« Je songeais à une sorte de contrôle à distance, précisa Sanders.

– Une enquête discrète ?

– *Très* discrète, Roger. La plus discrète possible. »

Dormez tranquille, mon colonel ! Je vous promets l'enquête la plus discrète de tous les temps...

Deux rangées d'esclaves tiraient un traîneau en bois. Tandis que la caméra zoomait sur leurs dos courbés par l'effort, une voix *off* expliquait que pour d'évidentes raisons de coûts de production, le gigantesque bloc de calcaire posé sur le traîneau était factice. Hannelore braqua la télécommande sur le téléviseur et le neutralisa d'une pression du pouce. Les mystères des pyramides avaient beau la passionner, elle piquait du nez depuis le début du documentaire, et l'heure avancée de la nuit n'était pas seule responsable : le pseudo-réalisme de la mise en scène, façon péplum hollywoodien, était à bâiller d'ennui. Affalé au pied du canapé, Bob n'avait pas attendu la fin du générique d'entrée pour s'abandonner aux bras de Morphée. Seuls les reportages animaliers du National Geographic arrivaient à capter son attention, et encore. Prise par une soudaine envie de thé glacé, Hannelore s'extirpa de son fauteuil et traîna les pieds jusqu'à la cuisine. Chemin faisant, elle envisagea un bref instant d'appeler Van In à L'Estaminet pour lui demander si son enquête progressait comme il le voulait. Alerté par le bruit de ventouse de la porte du frigo, Bob souleva péniblement sa carcasse et faufila sa tête entre la jambe de sa maîtresse et la porte du garde-manger. Il pointa le museau sur un pot de filet américain[1] entamé l'avant-veille. Tôt ou tard, celui-ci finirait à la poubelle. Le chien le savait, et Hannelore savait qu'il le savait. Elle ôta le couvercle et posa le plat. Bob lui fit un sort d'un coup de langue bien placé et regagna le salon en fouettant le parquet de sa queue. *Les chiens ont finalement beaucoup en commun avec les mâles de notre espèce,* ne put s'empêcher de penser Hannelore. *Dès qu'ils ont eu ce qu'ils voulaient, ils vous laissent en plan.*

Bob s'apprêtait à se recoucher quand Van In poussa la porte.

« Tu n'es pas encore au lit, princesse ? » fit-il, tout sucre, tout miel.

Hannelore se retourna d'un bloc. Le romantisme et les mots d'amour, elle ne disait jamais non. Sauf quand il en faisait des tonnes, ce qui ne loupait jamais lorsqu'il ramenait sa fraise à pas d'heure sans motif valable.

« De Kee a appelé.

– Qu'est-ce qu'il voulait ? »

Hannelore prit le bout de papier qu'elle avait posé à son intention sur le meuble du téléphone et le lui tendit avec un sourire retors.

1. Steak tartare.

« Un briefing urgent ? À sept heures et demie ?! Il a perdu la boule ou quoi ?

– Tu ferais mieux d'aller te coucher. Le réveil ne va pas tarder à sonner. »

Van In consulta l'horloge de la cuisine de son air innocent.

« Trois heures et quart ! Déjà ?! »

Le babyphone émit un bruit de friture. Des babillements prirent le relais.

« Tiens, on dirait que l'horloge biologique des jumeaux est détraquée. C'est ton tour de les bercer. Bonne chance ! »

Van In lança un regard de détresse à Hannelore.

« Mais, Hanne, je dois être levé dans moins de…

– Les enfants d'abord, mon chéri. Ne te fais pas de bile pour moi, je dormirai dans le canapé. »

Elle l'enlaça et lui effleura les lèvres d'un baiser que n'aurait pas désavoué Judas.

6

« D'après le colonel Sanders, notre région est la plaque tournante d'un commerce de contrefaçons, principalement des produits de marque et des jeux vidéo piratés. »

Cintré dans un costume gris milleraies et chaussé de souliers noir d'ébène, le commissaire en chef ressemblait comme deux gouttes d'eau à James Cagney, le malfrat fétiche du cinéma policier des années trente.

« L'entreprise DIMLI servirait d'écran à ce trafic. Roger Daems, son gérant, n'est d'ailleurs pas inconnu de nos fichiers. Condamné à la prison il y a dix ans pour trafic de stupéfiants, il en est ressorti après avoir purgé un tiers de sa peine. Depuis lors, il tente de se racheter une conduite. »

Plutôt cocasse comme remarque, dans la bouche d'un type qui se fringue comme un mafieux ! sourit Van In tout en remuant sa spatule dans un café tellement dilué qu'on aurait dit de la tisane. Il avait dû jouer les papas poule dans la chambre des jumeaux jusqu'au chant du coq. Stoïque jusqu'au bout, il avait participé à la mise en route de la journée en s'efforçant de faire bonne figure.

Ne fût-ce que pour éviter d'entendre Hannelore l'appeler « papy » pendant une semaine, ce qui ne loupait jamais lorsqu'il avait du mal à émerger le matin ou qu'il avait le malheur de se plaindre de ne pas avoir eu son content de sommeil. Toute fierté mise à part, il devait bien reconnaître qu'il n'avait plus vingt ans : les six Duvel de la veille – huit degrés et demi d'alcool l'unité – l'avaient mis KO. Qu'est-ce qui avait pu le motiver pour se payer une telle cuite ? L'envie d'en mettre plein la vue à Carine ? Ou, à l'inverse, le besoin inconscient de s'empêcher physiquement de nuire ? Il ne savait pas trop au juste. Ce qui était sûr, c'était que Carine l'avait attiré jusqu'à ses appartements aux environs de une heure du matin, sous prétexte d'un dernier café. Ou bien prenait-il ses désirs pour des réalités ? Pas impossible. Vu l'état d'imprégnation alcoolique dans lequel il se trouvait, elle avait peut-être simplement voulu le remettre d'aplomb avant son retour au domicile conjugal… Il frotta énergiquement ses yeux bouffis de sommeil et fit semblant de prêter l'oreille au prêchi-prêcha de son patron. Heureusement, son fidèle acolyte était là pour enregistrer à sa place.

« La petite affaire de Roger Daems jouit sur le papier d'une réputation sans tache, déblatérait le souverain pontife. Plutôt modeste à ses débuts, elle s'est hissée en un temps record au rang de solide PME. Figurez-vous que sa société emploie aujourd'hui huit salariés et qu'elle engrange un chiffre d'affaires annuel de vingt-quatre millions de francs. »

Eu égard aux difficultés qu'un ex-détenu éprouve pour se réinsérer dans la société, la réussite professionnelle de ce Roger Daems tenait pour ainsi dire du conte de fées. Le commissaire en chef ne cachait pas sa méfiance.

« Malgré plusieurs opérations ciblées, le colonel Sanders n'est pas parvenu à rassembler suffisamment de preuves pour inculper le bonhomme. Tout ce dont il dispose à ce stade, c'est la déclaration d'un certain Carlos Minne qui, comme nous le savons tous, a trouvé la mort voici quelques jours dans des conditions plus que suspectes. Ceci étant, il me paraît a fortiori raisonnable de penser que… »

Cédant à l'immense fatigue qui pesait sur ses paupières, Van In plongea dans un de ces rêves bizarroïdes qui, s'ils ne durent qu'un battement de cils, n'en paraissent pas moins vrais de vrais.

Affranchi de toute contrainte vestimentaire, il nageait dans une tasse de porcelaine géante, pleine à ras bord d'un café à l'arôme délicieux. Carine se mouvait à ses côtés, nue elle aussi. Sur la terre ferme, Hannelore donnait l'assaut à une horde de barbares préhistoriques, l'épée au poing.

« Van In ! Voudriez-vous nous faire la grâce de rester parmi nous ? »

Pas de réponse.

« Il est encore en train de cuver ou quoi ? »

Versavel fit la sourde oreille et tenta de ramener son patron à la réalité d'un coup de genou discret, mais bien senti.

Le rêveur bondit de sa chaise, prêt à défendre sa bien-aimée du sauvage patibulaire qui lui faisait face.

« Le commissaire a passé la nuit sur l'affaire Minne », prétexta Versavel en l'attrapant par la manche. Allez viens, Pieter, on a du pain sur la planche. »

Van In cligna des paupières, hébété.

« Un simple café, c'est tout, bégaya-t-il. Il n'y a rien de mal à ça ! »

De Kee le considéra d'un air apitoyé. Il était persuadé que Van In craquerait avant l'âge de la retraite. Personne ne pouvait continuer à mener un tel train de vie sans en payer le prix. Un jour, Alzheimer frapperait à la porte et l'emmènerait vers ces lointaines contrées où les couleurs n'existent pas et où les sons se propagent aussi lentement qu'une feuille d'arbre qui tombe en tourbillonnant.

« Mais enfin, Van In, reprenez-vous ! Je vous parle d'un trafic de contrefaçons ! »

D'un geste ample et directorial, il fit glisser sa manchette pour découvrir sa Breitling.

« Taiwan ou Honk-Kong, monsieur le commissaire en chef ? »

Ce n'était pas parce qu'il était dans le gaz qu'il allait laisser passer une si belle occasion de faire tourner Sa Sainteté en bourrique.

« Vous avez tout faux, répondit De Kee en ramenant sa chemise sur son poignet. Cette montre m'a été offerte l'année dernière par le président de la FIFA. Il m'étonnerait fort qu'un homme de sa classe offre de la camelote à ses amis proches.

– Je ne parlais pas de votre tocante, monsieur le commissaire en chef. »

Versavel sentit qu'il allait regretter amèrement d'avoir tiré son patron du sommeil.

« J'ai pris rendez-vous avec la secrétaire de Roger Daems, risqua-t-il, dans une vaine manœuvre de diversion. On nous attend à dix heures. »

Un sourire jubilatoire vissé aux lèvres, Van In repoussa lentement sa chaise et se redressa.

« Si la montre vaut son pesant d'or, il n'en va pas toujours de même de celui qui la porte ! »

Les volcans peuvent cracher leurs fumerolles pendant des décennies avant de se réveiller pour de bon, mais il ne fallut qu'un quart de seconde à De Kee pour parvenir au bord de l'éruption. La graisse de son double menton se mit subitement à trembler comme sous l'effet d'une secousse tellurique.

« Prenez garde, Van In ! dit-il, le regard incandescent. Un jour viendra où...

– Tout vient à point à qui sait attendre, monsieur le commissaire en chef. Inutile de s'exciter. »

Sur ce, il se leva et quitta la pièce comme si de rien n'était. Versavel frôla du doigt la visière de son képi et rattrapa fissa le malotru.

« Un jour viendra où De Kee te fera la peau, Pieter.

– Grand bien lui fasse ! Et puis d'abord, qu'est-ce qui lui prend de nous convoquer aux aurores pour une bête histoire de contrefaçons ? Non seulement tout le monde s'en fout, mais on n'a pas que ça à faire! Je te rappelle qu'on a un viol et un meurtre sur les bras, nous ! »

La société de Roger Daems était implantée dans la zone industrielle de la Tour-bleue, à mi-chemin entre Bruges et Zeebrugge. Caché derrière deux préfabriqués courts sur pattes, le bâtiment qui l'accueillait compensait sa taille modeste par le tape-à-l'œil de son enseigne. DIMLI, IMPORT & EXPORT, pouvait-on y lire en bleu *flashy* sur fond fluorescent.

« Hé bien ! On dirait que nos valeureux entrepreneurs flamands ont la folie des grandeurs ! » releva Van In en traversant le parking.

Il y avait de la place pour cinquante voitures, au bas mot.

« Je me demande ce que ça signifie, DIMLI... ? réfléchit tout haut Versavel. Pas mal trouvé en tout cas. »

Le chef d'entreprise flamand attachait énormément d'importance au nom de baptême de sa société. C'est qu'en plus d'être vendeur, ce dernier se devait de respecter le sacro-saint principe de neutralité linguistique, tant dans le fond que dans la forme : ni trop flamand, ni trop français. Et idéalement, pas trop anglais non plus.

« Inutile de chercher midi à quatorze heures, Guido : *Daems Import, Magouilles Lucratives et Imitations.* »

Il se trouva très drôle.

« En parlant de magouilles, tu sais ce qu'il y a de magique avec le capitalisme ? »

Versavel donna sa langue au chat.

« Non seulement tu as toutes les armes pour convaincre tes employés de trimer comme des forçats pour une misère, mais en plus, tu peux les amener à investir leur bas de laine dans un paquet d'actions de ta société. Résultat : ils mettent les bouchées doubles pour augmenter "leur" capital. Fallait y penser, non ?

– Voilà une idée qui devrait plaire aux gendarmes, surenchérit Versavel.

– Sauf que d'ici à ce que le village schtroumpf soit coté en Bourse, il pleuvra des pièces d'or.

– C'est sûr. »

Les entrepôts de DIMLI étaient constitués de carton-plâtre monté sur armatures en acier recyclé, mais l'architecte de service avait fait de son mieux pour donner un semblant de style au hall d'entrée. Un comptoir d'accueil en hêtre plaqué et un salon en similicuir remplissaient leur office avec presque autant de sérieux et d'élégance que la réceptionniste.

« Bonjour, mademoiselle », dit Van In en lui adressant son plus beau sourire.

La nymphette lui coula un regard de biais et continua à pianoter sur son clavier. Ses doigts virevoltaient sur les touches avec une virtuosité qui aurait rendu Beethoven jaloux.

« Mon nom est Van In, commissaire Van In. Mon adjoint ici présent vous a appelé ce matin pour prendre rendez-vous avec M. Daems dans le cadre de notre Plan stratégique de lutte contre le cambriolage. »

Le Plan stratégique de lutte contre le cambriolage, campagne strictement locale grâce à laquelle De Kee espérait gagner des points au sein de la classe européenne, constituait un prétexte de choix pour ce genre d'opérations sous le manteau. Néanmoins, dans ce cas de figure précis, la démarche brillait par son absurdité. Van In ne croyait pas un seul instant que ce détail ait pu échapper à De Kee, tout borné qu'il fût. Il avait même sa petite idée sur les motivations de son supérieur : Monsieur pouvait bien prétendre n'avoir d'ordre à recevoir de personne, en pratique cela ne l'autorisait pas à envoyer le grand manitou du SGAP sur les roses, du moins pas ouvertement.

La pianiste interrompit sa partition et décolla sa chaise de son poste de travail en balançant des hanches.

« Monsieur Daems n'est pas encore arrivé. »

Elle avait prononcé ces paroles avec une joie maligne à la limite du méprisant. Van In enclencha le décodeur : *S'il fallait attendre la police pour veiller à la sécurité de ses biens, on serait mal barrés. Occupez-vous de courir après les voleurs et laissez les honnêtes citoyens travailler en paix !*

« Qu'à cela ne tienne, nous allons l'attendre. »

Un sourire narquois effleura les lèvres de la jeune femme. Myriam Daems venait de l'appeler pour l'avertir que son mari avait raté son vol et qu'il n'atterrirait que le lendemain à Zaventem.

« Une tasse de café pour patienter ? »

Tout le thermos s'il le faut, pensa Van In. Puisque De Kee préférait occuper ses fins limiers à un simulacre d'enquête plutôt qu'à coffrer violeurs et assassins, lui aussi devrait prendre son mal en patience. De toute façon, cela faisait une éternité qu'ils ne s'étaient pas octroyé une petite journée de détente.

« Avec grand plaisir.

– Et vous, monsieur…

– Versavel, inspecteur Versavel. Oui, merci. »

La réceptionniste se leva, rajusta sa jupe et disparut dans l'arrière-boutique en remuant du popotin.

« Je me sens comme une banane dans un peep-show, Guido. »

Versavel lui signifia par un battement de paupières qu'il comprenait son sentiment. Leur visite était totalement inutile. Quand bien même les soupçons qui pesaient sur Roger Daems étaient fondés, le gaillard ne devait pas être assez idiot pour avoir laissé traîner ses stocks de contrebande dans le coin.

« Prions pour que le patron ne nous fasse pas poireauter des heures ! » dit Van In en se laissant choir dans le faux cuir d'un fauteuil.

Il observa distraitement le parking. La Golf faisait presque peine à voir, toute seule dans ce désert de béton. *Pas d'autre visiteur… Admettons. Et les huit employés, ils viennent tous en bus ou quoi ?!*

Versavel se posa à ses côtés.

« Dis donc, Guido, tu ne trouves pas que… »

Il s'arrêta net. Comme par un fait exprès, une Saab bleu marine venait d'entrer dans son champ de vision.

« Tu devrais prier plus souvent, Pieter. »

Van In s'extirpa du fauteuil.

« Je retire ce que j'ai dit, reprit Versavel. À moins bien sûr que Madame ne s'appelle Roger. »

Une jolie femme d'environ trente-cinq ans était au volant. Elle se gara tout en douceur et précision sur l'espace jouxtant l'entrée principale et s'empara d'une boîte posée sur le siège passager avant d'ouvrir la portière.

« Une gonzesse ! Manquait plus que ça ! » pesta Van In en tournant brusquement le dos au parking.

« Attention ! » voulut crier Versavel.

Trop tard. Le coude du commissaire et le plateau de la réceptionniste entrèrent en collision. Le service de porcelaine vola dans les airs et s'écrasa en mille morceaux sur le sol tandis qu'une giclée de liquide bouillant atterrissait droit sur le pantalon de Van In.

« Et merde !

– Enlève ton fute !

– Dans tes rêves, vieux vicelard !

– Fais-le au moins pour ces dames ! »

La nouvelle arrivée tomba en arrêt devant leur numéro. *Si ces deux clowns sont les policiers que Roger m'a annoncés, ça va être du gâteau,* songea-t-elle. *Tâchons de faire bonne impression !*

« Caroline, voudriez-vous indiquer les sanitaires à monsieur ?

– Ça ira, fit Van In avec bravoure.

– Permettez-moi d'insister. Vous devez immédiatement prendre une douche si vous ne voulez pas risquer une vilaine brûlure. » Et, revenant à la réceptionniste : « Je crois qu'il doit nous rester quelques bleus de travail dans l'entrepôt. »

La secrétaire et Van In se plièrent à sa volonté sans broncher. *Bigre !* s'exclama Versavel en esquissant une moue de respect *C'est ce qui s'appelle une main de fer dans un gant de velours !*

Un quart d'heure plus tard, Van In faisait son entrée dans le bureau de Roger Daems, saucissonné dans un bleu de travail flambant neuf.

« Roger est bloqué à Bangkok, répéta la patronne à son intention. Il m'a confié le soin de vous recevoir. J'espère que vous n'y voyez pas d'inconvénient. »

Van In posa le sac en plastique où la secrétaire avait rangé son pantalon et vint s'asseoir à côté de Versavel en serrant les abdos. Un soupir de trop, et sa combinaison craquerait sous toutes les coutures.

« J'en conclus que vous êtes madame Daems.

– Je vous en prie, commissaire, appelez-moi Myriam. »

Van In se crispa. L'espace d'une fraction de seconde, il avait vu une ado au T-shirt taché et aux genoux écorchés.

« Enchanté », fit-il d'une voix étranglée.

Perspicace comme à son habitude, Versavel le poussa du coude en lançant un regard appuyé vers la table d'appoint. Une bouteille de Glenfiddich y tenait compagnie à deux Perrier.

« Je n'allais pas vous faire l'affront de vous resservir du café après ce regrettable incident », expliqua Myriam.

La classe ! pensa Van In. Il lui trouvait en même temps ce côté petite fille qui lui plaisait tant chez Hannelore.

« Et comme l'inspecteur Versavel m'a laissé entendre que vous seriez partant pour quelque chose de plus corsé…

– C'est très délicat de votre part, mais…

– Pour nous faire pardonner ! »

La voix mélodieuse et veloutée de Myriam Daems berçait Van In de douces illusions. *Si son mari a les mains sales, elle n'est sûrement pas au courant...*

« Dans ce cas, j'accepte, mais pas plus d'une larmichette. »

Myriam se saisit de la bouteille, dévissa le bouchon et lui servit deux doigts de whisky.

« Je tenais à vous remercier de votre visite. C'est très rassurant de savoir que la police veille à notre sécurité.

– Dois-je comprendre que vous êtes disposée à collaborer à notre campagne de prévention ?

– Cela va sans dire, commissaire. J'ai d'ailleurs demandé à Caroline de vous servir de guide.

– Caroline ? » répéta Van In en s'étranglant.

Myriam le regarda avec étonnement.

« De nous deux, c'est elle qui connaît le mieux le bâtiment.

– Je comprends... »

Myriam remarqua son trouble. Elle inclina légèrement la tête, passa les doigts dans ses cheveux et lui fit des yeux de velours.

« Je sais que je manque à tous mes devoirs, mais on m'attend en ville dans moins d'un quart d'heure, et je ne peux malheureusement...

– Vous n'avez pas à vous justifier, madame. »

Van In comprit soudain ce qu'avait dû ressentir Lancelot face à Guenièvre.

« J'ai bien peur de devoir vous fausser compagnie dans l'instant, messieurs, mais je pars l'esprit tranquille. Caroline est à même de répondre à toutes vos questions. Vous ne m'en voulez pas trop ?

– Pensez donc ! »

Elle se leva, majestueuse. Van In la regarda lisser sur ses hanches le tissu d'une robe qui ne laissait guère de place à l'imagination. Non pas comme la majorité des hommes : regard de loup affamé et babine humide, mais avec les yeux d'un Botticelli ou d'un Raphaël.

« Au revoir, messieurs.

– M'autorisez-vous une toute dernière question ? »

Un baisemain, et c'est dans la boîte ! se moqua Versavel, qui allait de surprise en surprise depuis le début de l'entretien. *De deux choses l'une, soit il m'a caché une passion pour les romans de chevalerie, soit c'est la crise de la quarantaine qui frappe à la porte…*

« Je suis tout ouïe, commissaire. On ne m'en voudra pas pour cinq petites minutes de retard. »

Van In fit une drôle de mimique : *Cinq minutes ou cinq heures, qu'importe quand on attend une femme comme vous !*

« Vous êtes fort aimable, madame. Alors voilà : j'ai cru comprendre que votre société commercialisait des balles de ping-pong. Est-ce exact ?

– Des balles de ping-pong ?!

– C'est ce que je me suis laissé dire. »

Myriam plissa le front et posa l'index sur ses lèvres.

« Maintenant que j'y pense, il me semble bien que mon mari a dû m'en parler, voici quelques semaines déjà. Une sombre histoire de bordereau de transport erroné, si je ne m'abuse. Je crois que Roger a retourné la cargaison à l'envoyeur.

– À Bangkok ?

– Je n'en jurerais pas, mais c'est fort possible.

– *Ach zo*, fit Van In.

– Si vous le souhaitez, je demande confirmation à mon mari.

– Ne vous dérangez pas pour si peu !

– C'est l'affaire d'un coup de fil. Mon mari est un maniaque de la paperasserie. Il classe tout en lieu sûr, même les tickets de parking ramenés de vacances.

– Je vous appelle au besoin. »

Myriam leur serra la main, cala sous son bras la boîte avec laquelle elle était arrivée et se dirigea vers la sortie. Arrivée sur le seuil, elle se retourna :

« Si d'aventure vous tombez sur ces balles en cours de visite, la maison vous en fait cadeau ! » lança-t-elle avec un sourire indéchiffrable.

La tournée d'inspection durait depuis près d'une heure. Zélée à l'extrême, la secrétaire leur avait fait visiter chaque local du bâtiment, y compris les WC et la chaufferie. L'inutilité de leur visite se confirmait. Rien de suspect à l'horizon, pas même dans l'entrepôt où s'entassait tout un bric-à-brac de meubles en rotin et de babioles orientales.

« *Made in Taiwan* », lut Van In sur l'une des boîtes qui s'empilaient dans une annexe de l'entrepôt. Ça vous ennuierait qu'on y jette un œil ?

– Pas le moins du monde », répondit Caroline.

Il sortit un bouddha doré du carton qu'elle lui avait ouvert et le montra à Versavel.

« Quelle est la valeur de ce type d'objet ? » s'enquit-il.

Van In n'avait pas trouvé d'autre excuse pour prouver que leur petite visite était bien liée à la sécurité de l'entreprise. Après tout, De Kee ne lui avait laissé que peu de marge de manœuvre. Tout en s'efforçant de pister des indices d'un commerce d'articles de contrefaçon, Van In devait donner l'impression qu'il était là pour contrôler la sécurité des marchandises entreposées.

Caroline lâcha un gloussement de dérision. Elle prit la statuette des mains de Van In et l'égratigna du bout de l'ongle. Le plâtre apparut.

« Si vous cherchez de véritables antiquités, vous vous êtes trompés d'adresse, fit-elle. Je suppose que les voleurs le savent. »

Elle voulut remettre la statuette dans sa boîte, mais celle-ci lui échappa malencontreusement des mains. Le bouddha se fracassa au sol avec un bruit mat. Seule rescapée du crash, sa tête roula sur le béton comme une bille de terre.

« Avant, ces trucs se vendaient comme des petits pains. Plus personne n'en veut aujourd'hui. »

Sa petite démonstration fit mouche. Van In se tourna vers Versavel et lui adressa un haussement d'épaules sans équivoque : *On perd notre temps.*

« Bien, je propose que nous en restions là, mademoiselle. »

Ils quittèrent l'entrepôt. Les souffrances de Van In touchaient à leur fin. Le bleu de travail lui causait d'atroces démangeaisons, en particulier à un endroit auquel la morale défend rigoureusement de porter la main en public, *a fortiori* en présence d'une femme.

« Puis-je vous offrir un autre verre ? » glissa la secrétaire.

Soignez ces messieurs de la police aux petits oignons. Il ne faudrait surtout pas qu'ils s'imaginent qu'on les prend pour des gugusses ! Telles étaient mot pour mot les consignes que lui avaient laissées la patronne.

« Non merci, sans façon ! répondit Van In. Le commissaire en chef attend notre compte rendu sur son bureau à la première heure demain matin et nous sommes loin d'avoir terminé nos visites. »

Ce n'était bien sûr qu'un vil prétexte, mais quoi ? Un commissaire dans l'exercice de ses fonctions ne pouvait tout de même pas invoquer les incitations à la modération de son médecin.

« Venez, inspecteur ! Nous avons suffisamment abusé du temps de mademoiselle. »

Van In ouvrit la fenêtre de la Golf, calma ses démangeaisons et alluma une cigarette dans la foulée.

« Le moins qu'on puisse dire, c'est que Daems ne manque pas d'humour. »

Au cours de la visite, Van In avait interrogé Caroline sur la signification de DIMLI. « Daems Imports, My Lucky Investment », avait pouffé la réceptionniste. Le couple Daems n'avait pas toujours été heureux en affaires, leur avait-elle expliqué. Leur *success story* avait commencé sur les routes d'Extrême-Orient, le jour où ils avaient eu l'idée d'importer des articles de décoration bon marché. « Le plus drôle, c'est qu'ils ont bâti leur fortune sur des bâtonnets d'encens et ces vulgaires bouddhas en plâtre », avait-elle précisé.

« Je me demande bien ce que Mme Daems transportait dans sa précieuse boîte. »

Van In haussa les épaules.

« Tu veux vraiment que je te dresse la liste de tout ce qu'on peut trimballer dans une bête boîte en carton ?

– Jamais entendu parler du Triangle d'Or ?

– Tu divagues, Guido. Sanders nous aurait mis au parfum s'il soupçonnait un trafic de drogue.

– Ça, c'est toi qui le dis.

– Évidemment que c'est moi ! Tu vois quelqu'un sur la banquette arrière ?! »

Versavel mit le contact et poussa la ventilation au maximum.

« Et maintenant, qu'est-ce qu'on fait ? »

Van In passa un bras par la fenêtre et fit tomber la cendre de sa cigarette sur le parking.

« Si De Kee te le demande, tu lui diras que l'affaire DIMLI nous a pris la journée.

– Cap sur L'Estaminet ?

– Tu vois une objection ?

– Aucune. Et toi, tu es sûr de vouloir y aller dans cette tenue ?

– Saloperie de toile à gratter ! Je remets mon fute dès qu'on a tourné le coin.

– Je te promets de regarder la route. »

Contrairement à une idée répandue, le début du mois de juillet est la période idéale pour découvrir la Venise du Nord. Le temps est en général au beau fixe et les rangs de touristes sont relativement clairsemés. Le calme avant la tempête. Seules quatre voitures patientaient sur le parking qui jouxtait L'Estaminet. Hormis un petit groupe de jeunes qui tenaient conseil dans l'herbe et quelques personnes âgées assises sur leur banc, le parc Astrid était désert.

« Ce serait plus prudent que je m'occupe d'abord du rapport », hasarda Versavel en claquant la portière de la Golf.

Il allait devoir déployer des trésors d'inventivité pour épaissir la sauce de manière crédible. Résultat de l'enquête : rien, *nieks, nichts, chnolle bolle.* Même en quatre langues, ça faisait maigre.

« Pas question. Le topo avant la paperasse.

– C'est un ordre ?

– Affirmatif ! Je ne vois pas pourquoi on devrait se pourrir la vie à cause des couillonnades de Kétounet. S'il voulait obtenir de vrais résultats, il n'avait qu'à envoyer la gendarmerie. Et puis merde à la fin ! Je te rappelle qu'on a une affaire de meurtre et de viol sur les bras ! »

Méfie-toi, Pieter, toi aussi tu commences à radoter !

« Tu aurais au moins pu demander à Myriam Daems si elle connaissait Carlos Minne.

– En effet, j'aurais pu. »

Ça m'aurait permis d'étoffer tant soit peu ma prose, se garda sagement d'ajouter l'inspecteur.

« Il faudrait quand même tirer au clair cette histoire de balles de ping-pong », insista Versavel en prenant place dans un coin ombragé de la terrasse.

Van In alluma une cigarette et s'affala dans sa chaise.

« Dans le genre louche, l'attitude de Kétounet n'est pas mal non plus. Réfléchis deux secondes : que le Big Boss du SGAP lui confie une mission qu'il ne peut décemment pas refuser, soit. Mais de là à obéir aveuglément aux ordres et à verser dans l'excès de zèle, ça ne lui ressemble pas…

– J'ai le vertige à te voir tourner autour du pot.

– Imagine que l'entreprise de Roger Daems soit bel et bien une société écran et qu'il existe effectivement un lien avec Carlos Minne. Que ferais-tu à sa place si les flics débarquaient ?

– Tu ne soupçonnes quand même pas De Kee de vouloir ruiner…

– Une Duvel et un Perrier je suppose, marmonna Johan en passant un coup de lavette sur leur table.

– Un Perrier et un Coca rectifia Van In.

– Nature ou maison ?

– Nature.

– Tu n'es pas malade, j'espère ?

– Non, mais mon médecin n'est pas du même avis.
– Bienvenue au club. »

« Une ponction mammaire ? »

L'oncologue confirma en silence. Il avait déjà été contraint de pratiquer des centaines de mastectomies et, pour lui, chaque amputation était une amputation de trop.

« Dans combien de temps saurez-vous si c'est une tumeur maligne ?

– Quarante-huit heures.
– Quarante-huit heures ?
– Oui. »

Le médecin feuilleta son agenda.

« Demain, ça irait pour vous ?

– Demain ?! Déjà ? »

Le médecin quitta son siège, fit le tour de son bureau et posa la main sur l'épaule de sa patiente. À mesure qu'il prenait de l'âge, il lui était de plus en plus difficile de respecter la sacro-sainte neutralité médicale. Du reste, quoi de plus humain que de témoigner un peu d'empathie à un patient en détresse ?

« Votre conjoint est au courant ?

– Pas encore. »

Elle eut soudain très froid. Une grosse boule lui obstrua la gorge et un flot de larmes lui monta aux yeux, impossible à retenir.

« Souffrance partagée est diminuée de moitié », faillit lui dire le médecin.

Il se tut. La philosophie prête à l'emploi, ce n'était certainement pas la tasse de thé d'une femme de cette trempe.

« À ce stade, je vous le répète, rien n'indique qu'il s'agisse d'une tumeur maligne. »

Hannelore farfouilla dans son sac à main et en sortit un mouchoir en papier pour s'éponger les yeux. Elle pensait à Pieter. Comment allait-elle le lui annoncer ?

« Tout suspect est présumé innocent jusqu'à preuve du contraire », dit-elle en redressant la tête, combattive.

L'oncologue opina. Cette capacité qu'avaient les femmes à résister aux coups du sort le surprendrait toujours. *Si les hommes pouvaient prendre exemple sur elles au lieu de se croire à l'article de la mort à la moindre angine, sûr qu'ils vivraient aussi longtemps qu'elles...*

« Si je peux vous être utile en quoi que ce soit, n'hésitez pas. »Hannelore reprit courage. *On ne sait jamais ce que la vie nous réserve : cruelle un jour, généreuse le lendemain... Rien n'est jamais perdu. De toute façon, il me reste trop de choses à accomplir sur cette terre pour que mon heure soit déjà venue !*

« Donnez-moi encore quelques jours. »

Le médecin regagna son bureau pour feuilleter son agenda. En général, ses patientes souhaitaient être fixées le plus rapidement possible, mais il comprenait fort bien qu'on éprouve le besoin de suspendre le cours du temps.

« Que diriez-vous de jeudi prochain ?

– Ce sera parfait. »

Quand Van In franchit le pas de la porte vers dix-sept heures trente, Hannelore lui sauta au cou.

« Je suis contente que tu sois rentré ! Ferme les yeux et suis-moi, je t'ai préparé une surprise ! »

Van In joua le jeu et se laissa guider jusqu'au jardin.

« Ouvre les yeux ! »

Une bouteille de champagne glissée dans son seau et une petite boîte de caviar posée sur un lit de glace pilée l'attendaient sur la table. Blottis contre Bob, Sarah et Simon dormaient profondément.

« Tu as eu une promotion ?

– Non, fit-elle en riant. Tu as simplement oublié ta carte de crédit en partant ce matin. »

La science affirme que, comme le chagrin, le bonheur est un sentiment produit par une simple réaction chimique dans le cerveau. L'avantage, avec la mélancolie, c'est qu'on a les deux pour le prix d'un : ce n'est rien d'autre que le bonheur d'être triste, comme dit Victor Hugo.

« Champagne et caviar… ! Toi, tu as une idée derrière… »

Hannelore pressa son corps contre le sien.

« Fais-moi un enfant, Pieter !

– Avant ou après le caviar ?

– Avant ! »

Hannelore fit glisser sa robe et déboucha le champagne.

« Si c'est un moyen détourné de me faire comprendre que tu as besoin d'un nouveau soutif, tu…

– Tu aurais préféré me l'arracher ? »

Elle lui tendit une coupe.

« Bois et tais-toi ! »

Van In prit son verre et obéit. Invoquer les faiblesses de son foie dans un moment pareil aurait été aussi malvenu qu'un « bordel de Dieu ! » lâché par le pape en pleine eucharistie.

« Ici ou dans la chambre ? »

Hannelore scruta le ciel par-dessus l'épaule de Van In. De gros nuages menaçants s'approchaient par l'ouest.

« Ça dépend. Qui se met au-dessus ?

– Moi.

– Dans ce cas, on reste ici ! »

7

Comme la grande majorité des hommes, Van In ne retenait généralement de ses ébats avec Hannelore que le moment d'extase suprême. Un sourire post-coïtal aux lèvres, il battait les pavés de la rue du Marécage d'un pas sautillant. Il se sentait d'humeur d'autant plus guillerette qu'Hannelore l'avait autorisé à porter un vieux jeans et un T-shirt blanc qu'elle lui avait acheté trois ans plus tôt dans une obscure boutique de Malte. *On devrait partir plus souvent en vacances,* lui avait-elle glissé en lui tendant le souvenir de bazar. Van In lui avait répondu par une vague promesse, ce dont elle s'était pour une fois contentée. Au lieu du traditionnel bisou à la va-vite, elle lui avait roulé un patin passionné, comme au temps où ils ne vivaient pas encore sous le même toit.

Qu'est-ce qui m'arrive ? Où suis-je ?

Antoon Dobbelaere gisait à même le sol de ce qui ressemblait à un bunker, nu comme un ver. Enroulée autour de son cou, une chaîne le reliait à un anneau de métal fiché dans le mur. Au plafond, une lampe hideuse peinait à repousser les ténèbres jusqu'aux angles du caveau. Dobbelaere s'examina des pieds de la tête, passa la main sur ses fesses osseuses que les rugosités du béton avaient couvertes d'égratignures. *Qui m'a déshabillé ? De qui suis-je prisonnier ?* Il se recroquevilla dans un coin et enfouit son visage dans ses mains, dans une posture évoquant l'un des singes de la sagesse. La lourde porte grinça sur ses gonds. Un homme affublé d'une cagoule pénétra dans la cellule, une matraque à la main.

« Rampe, chien !

– Qu'est-ce que vous me voulez ?! » hurla Dobbelaere, décomposé.

L'homme s'avança vers lui et pressa les électrodes de sa matraque sur ses parties génitales. Les décharges transpercèrent la chair de Dobbelaere comme des aiguilles chauffées à blanc.

« Rampe, je te dis !

– Jamais ! brailla Dobbelare en cherchant à se défendre. Plus jamais je ne ramperai devant toi ! »

L'homme au masque de cuir remit le couvert. Une fois, deux fois, trois fois, jusqu'à ce que Dobbelaere se soumette à son désir.

« Alors ? demanda Van In lorsque Bruynooghe pénétra dans le bureau. Qu'est-ce que ça a donné ? »

Il connaissait déjà la réponse : le brigadier était aussi radieux que le prince charmant au réveil de Blanche-Neige.

« Il a réussi ! » répondit-il d'une voix tremblant sous l'émotion.

D'un bond, Van In quitta sa chaise pour lui secouer la pince avec entrain.

« Toutes mes félicitations, Robert !

– Merci, commissaire. »

Sven n'avait été admis que sur le fil du rasoir, mais ce n'était pas ce petit détail qui lui gâcherait son plaisir. Bruynooghe était fier comme Artaban. Fier de son fils, mais aussi fier de sa petite personne.

« Il faut fêter ça ! lança Van In. Guido !

– Versavel vient d'être appelé à l'accueil.

– Les absents ont toujours tort ! lâcha Van In en ouvrant le dernier tiroir de l'armoire à archives. Tiens, demande à Carine si elle veut se joindre à nous ! »

Bruynooghe se fendit d'un salut réglementaire et opéra un joyeux cent quatre-vingts degrés. La journée s'annonçait sous les meilleurs auspices.

« Pieter ?

– Quoi encore ? aboya Van In sans se donner la peine de se retourner.

– Miriam est ici. Elle voudrait te parler. »

Le ton qu'avait employé Versavel ne laissait rien présager de bon. Van In délaissa la bouteille de Filliers et referma l'armoire. Il était ravi de savoir la jeune fille là et surtout impatient d'entendre ce qu'elle avait à dire.

« Comment vas-tu ? »

Van In s'approcha d'elle en lui tendant la main.

« Assieds-toi, fit-il en désignant une chaise.

– Merci.

– Je suis ravi que tu aies enfin décidé de porter plainte. Les viols doivent être sévèrement punis et je trouverais dommage que…

– Je n'ai pas changé d'avis.

– Ah ! »

Van In rouvrit le tiroir de l'armoire et se servit un genièvre bien tassé.

« Je peux en avoir un aussi ?

– Non. »

Il y eut un silence. Miriam prit place sur la chaise et croisa les jambes. Elle portait un pantalon blanc immaculé, un petit haut orange en stretch et un foulard imprimé de fleurs autour du cou.

« C'est pour me dire ça que tu es venue ? »

Van In se rassit à son bureau et avala une bonne rasade d'alcool.

« Non. C'est à cause de mon père.

– Ton père ?

– Oui, fit-elle en baissant les yeux. Il a essayé de me tuer.

– Ce n'était donc pas un accident... »

Miriam lui répondit d'un clignement de paupières. Elle se tassa un peu plus sur sa chaise et se mit à tortiller l'ourlet de son T-shirt entre ses doigts.

« Pourquoi ne m'as-tu rien dit quand nous sommes venus te voir à l'hôpital ?

– Parce qu'il me fait peur. »

Miriam dénoua son foulard pour lui montrer qu'elle n'inventait rien, puis elle vida son sac. Quand elle eut terminé, Van In fit cul sec et composa le numéro d'Hannelore. En entendant son nom, le greffier transféra immédiatement l'appel, un privilège dont il était le seul à bénéficier.

« Je vais avertir monsieur de votre présence », déclara Léontine avec gravité.

La gouvernante n'ouvrait à personne sans l'autorisation expresse de son employeur.

« Elle a intérêt à ouvrir ou je réquisitionne un serrurier », maugréa Hannelore.

Elle souleva le rabat de son sac à main et brandit son portable. Le récit de Miriam l'avait bouleversée. Ce n'était évidemment pas la première fois que son métier la confrontait à des violences familiales, mais aucune des victimes qu'elle avait entendues jusque-là n'avait osé répéter devant les juges les graves accusations que celle-ci lui avait confiées dans l'intimité de son cabinet. Cette fois, Hannelore avait la ferme intention de tout mettre en œuvre pour enfermer le coupable derrière les verrous, d'autant plus qu'elle sentait la détermination de la jeune femme à prêter main-forte à la justice.

« Tu peux rengainer ton joujou, fit Van In. J'entends des pas.

– Monsieur va vous recevoir. »

La vieille femme ôta la chaîne de son rail, écarta largement le lourd battant de chêne et s'effaça pour les laisser entrer. Van In prit les devants et, pour la plus grande satisfaction de la brave domestique, s'essuya les pieds plus que de raison sur le tapis disposé à cet effet dans l'entrée. Il régnait dans l'antique demeure une pénombre fraîche et feutrée qui sentait bon la cire et le propre. Le sol dallé de marbre noir miroitait comme la surface d'un lac éclaboussé de lune. Il n'y avait pas le plus petit grain de poussière à l'horizon, pas même dans le flot d'or liquide qui inondait le seuil.

« Monsieur Dobbelaere vous attend dans la bibliothèque », fit la gardienne du sanctuaire en leur indiquant la voie à suivre.

Versavel lorgna l'intérieur du porte-parapluies en cuivre posté dans l'entrée. Lui aussi brillait de mille feux.

« Ça fait longtemps que vous êtes au service des Dobbelaere, madame ? »

J'ignore dans quels draps monsieur a pu se fourrer cette fois, mais je n'ai strictement rien à voir là-dedans, pensa Léontine en le dévisageant d'un air méfiant. *Ne comptez pas non plus sur moi pour déterrer le passé.*

« Simple curiosité, s'empressa d'ajouter Versavel en avisant sa mine chiffonnée. En tout cas, tout est nickel ! Je vous tire mon chapeau. »

Comme souvent dans les maisons de maître, la bibliothèque se situait à l'arrière de la bâtisse. Léontine frappa un coup discret à la dernière porte du couloir et attendit patiemment.

« Entrez ! »

Van In actionna lui-même la poignée et entra, talonné de près par Hannelore.

« Cela fera bientôt trente-sept ans que je travaille ici, chuchota Léontine à Versavel juste avant qu'il ne s'engouffre dans la pièce.

– Vous méritez une médaille, madame ! En toute sincérité, jamais de ma vie je n'avais vu une maison aussi bien tenue ! »

Le compliment alla droit au cœur de Léontine. Sentant ses yeux se mouiller de larmes, elle fit volte-face, rentra la tête dans les épaules et fila se réfugier en cuisine comme une souris dans son trou. Elle avait consacré sa vie à traquer la crasse et la poussière dans les coins et les recoins de cette maison. C'était sa manière à elle de laver de tout soupçon la réputation de son maître.

« Dobbelaere ! Sur ordre du juge d'instruction, je vous arrête pour coups et blessures volontaires et tentative d'homicide sur la personne de Miriam Dobbelaere. »

Van In n'avait pas pour habitude de puiser dans le jargon officiel pour ce genre d'intervention, mais, cette fois, il avait estimé que cela s'imposait. En proférant ces mots, il avait eu une pensée pour toutes les vies que l'huissier avait broyées et pour tous ces malheureux qu'il avait mis sur la paille sans l'ombre d'un remords.

Dobbelaere resta de marbre. Ses yeux injectés de sang qui fixaient le jardin sans le voir, ses joues hérissées de poil ras et son pyjama baillant honteusement à l'entrejambe disaient assez la nuit de cauchemar qu'il avait passée. Il savait désormais qui se cachait derrière le masque de cuir, tout comme il savait ses jours en danger.

« Avez-vous une objection à formuler ?

– Aucune, commissaire.

– Souhaitez-vous nous soumettre votre version des faits ?

– Oui. »

Hannelore lança un regard incrédule en direction de Versavel. Elle n'y comprenait plus rien. On parlait fréquemment de Dobbelaere comme du « rouleau compresseur » de la profession et il en était même pour prétendre que du vitriol lui coulait dans les veines. Mais, en cet instant, il évoquait plutôt un petit employé de banque en *burn out* à qui le manager des ressources humaines chargé de redynamiser l'entreprise vient d'offrir une mise à la retraite anticipée en récompense de ses bons et loyaux services.

« Votre fille affirme que vous avez tenté de la tuer, dit Van In.

– Croyez-moi, je le regrette. »

Versavel parcourut du regard les reliures en cuir qui tapissaient par centaines les murs de sa pièce de travail : Spinoza, saint Augustin, Platon… *À quoi bon rassembler dans sa bibliothèque les plus grands philosophes si c'est pour continuer à se comporter comme une bête sauvage ?*

« Pourquoi avez-vous essayé de la tuer ? »

Dobbelaere détourna la tête. Cela faisait plusieurs jours qu'il vivait un véritable calvaire. La mort de Carlos Minne avait réveillé le vieux démon qui sommeillait en lui, c'était lui qui s'était jeté à la gorge de Miriam. Les pilules qu'il ingurgitait depuis plusieurs années déjà ne suffisaient plus ni à le maîtriser, ni à tenir ses cauchemars à distance. Nuit après nuit, l'homme au masque de cuir s'immisçait dans ses songes pour le torturer sauvagement. Lorsque Miriam lui avait décrit l'homme qui l'avait violée, il avait pété un câble. La Bête le tenait dans ses griffes.

« Je ne sais pas. »

Van In se retourna vers Hannelore.

« Que proposez-vous, madame le juge d'instruction ? »

C'était la première fois que Versavel était témoin d'une conversation strictement professionnelle entre Van In et Hannelore. Cela lui fit tout bizarre.

« Faites avancer le carrosse de monsieur. Pour le reste, vous avez toute ma confiance. »

Versavel reçut le message cinq sur cinq et s'élança dans le couloir. Alertée par les claquements secs de ses talons sur le carrelage, Léontine entrouvrit timidement la porte de sa cuisine.

« Tout va bien, monsieur ? fit-elle d'un ton qui laissait supposer qu'elle connaissait d'avance la réponse.

– Monsieur Dobbelaere sera absent un jour ou deux. »

La gouvernante referma tristement la porte. Versavel se précipita dans la Golf et appela des renforts.

Au jardin, un merle sifflait.

Myriam Daems arrêta la Saab devant le garage grand ouvert, quitta le véhicule sans prendre la peine de solliciter le système de verrouillage à distance et remonta l'allée qui menait à l'entrée principale de la villa. Elle glissa la clé dans la serrure et poussa la porte du genou. S'il existe une règle qui commande aux nouveaux riches d'édifier à la gloire de leur réussite d'affreuses demeures kitsch et de les aménager à l'avenant, le pied-à-terre des Daems en constituait l'exception. Pour autant, les talentueux architectes qui en avaient conçu les plans ne devaient pas espérer de prix, car dans cet autre microcosme, la règle veut que la beauté soit rarement mise à l'honneur.

Myriam ôta ses chaussures et goûta avec délectation à la fraîcheur qui baignait son petit nid douillet.

« Roger ? »

Elle se dirigea vers la cuisine, sortit une boîte en carton du frigidaire et préleva d'un index gourmand l'une des volutes de crème fraîche qui garnissaient le gâteau. *Hmm, parfaite !*

« Rooooger ! »

Pas de réponse. Elle se rendit au jardin. Nappe de fête, coupes de champagne et couvert à dessert, il ne manquait plus que le principal intéressé et les invités pour souffler les bougies.

« Allez, sors de ta cachette ! C'est moi ! »

Elle se dirigea vers le hangar en bois qu'ils avaient fait élever au fond du jardin pour remiser leur voilier, le *Lachésis,* amarré tout l'été dans le port de plaisance de Blankenberge. Myriam fit coulisser la porte.

« Hou hou ! Il y a quelqu'un ? »

Personne. Perplexe, elle traversa le hangar de bout en bout. *Ils n'ont pas pu oublier notre rendez-vous…*

Lorsque Roger lui avait téléphoné de Bangkok pour la prévenir qu'il avait manqué son vol, elle avait immédiatement appelé leurs amis pour les avertir que la fête d'anniversaire était reportée d'un jour.

« Bouh ! » cria quelqu'un derrière elle en l'attrapant par la taille.

Un souffle glacial lui parcourut le corps. Elle se dégagea de l'étreinte, le cœur battant à tout rompre.

« Ah ah ! Je t'ai bien eue !

– Ah ! C'est toi, Ben !

– Évidemment que c'est moi ! Tu t'attendais à quelqu'un d'autre ? »

Elle poussa un soupir de soulagement.

« Idiot ! J'ai bien failli mourir de peur.

– Failli, seulement ? »

Rita sortit à son tour de derrière le baril de mazout où s'était caché son mari. Les deux amies tombèrent dans les bras l'une de l'autre.

« Je lui ai dit et répété que c'était une idée stupide, mais les hommes...

– Je sais.

– Roger n'est pas encore là ?

– Il ne devrait plus tarder. »

Rita dévisagea un instant son amie.

« Tu m'as parue soucieuse hier, au téléphone. Tout va bien ?

– Oui, ne t'inquiète pas. J'étais juste en retard au rendez-vous que Caroline avait fixé avec la police. Ils voulaient voir Roger dans le cadre d'une de leurs campagnes de prévention des vols. Bref. J'ai dû appeler Roger en catastrophe et je me suis vu confier la lourde tâche de leur faire les honneurs de la maison à sa place. »

Myriam émit un petit rire nerveux. Elle n'osait pas imaginer ce qui se serait produit si ces enquêteurs avaient débarqué à l'improviste une semaine plus tôt.

« Je croyais que l'entreprise était fermée hier, remarqua Ben.

– Elle l'était, mais Caroline avait décidé de reporter son jour de congé à la semaine prochaine pour régler des factures en souffrance. Si seulement elle s'était abstenue de décrocher... »

Cela faisait quatre ans que DIMLI fermait ses portes à l'occasion de l'anniversaire du patron. Myriam avait imaginé cet ingénieux stratagème afin d'empêcher son bourreau du travail de mari de leur faire faux bond à la dernière minute. Le programme de la cinquième édition ne varierait pas d'un iota : champagne et gâteau à midi, balade en mer à bord du *Lachésis* – les femmes papoteraient pendant que les hommes taquineraient le maquereau – et, pour clôturer les festivités, dîner aux chandelles à La Caravelle, la meilleure table de Blankenberge.

« J'ai réservé au restau pour vingt heures. Bertje m'a promis…

– Chut ! »

Ben passa discrètement la tête dehors.

« Il arrive ! » lança-t-il en sourdine.

Flanqué de Bruynooghe et de Carine, Antoon Dobbelaere progressait menottes aux poignets vers la salle d'interrogatoire. Il n'avait pas ouvert la bouche depuis son départ de chez lui, pas même lorsqu'un agent s'était permis de le traiter d'immonde pourriture en passant à sa hauteur. Plus rien n'avait désormais d'importance. Son enfant chérie, son bien le plus précieux, sa propre fille l'avait fait jeter en prison. Ce juste châtiment était de loin son pire cauchemar.

« Asseyez-vous ! »

Van In s'installa à son bureau et s'offrit une cigarette. Versavel alluma son ordinateur.

« Souhaitez-vous une copie de l'audition, maître Dobbelaere ?

– Non. »

Versavel faillit en perdre son latin : un huissier de justice qui renonce à ses droits, c'est aussi courant qu'un requin qui résiste à l'appel du sang.

« C'est vous qui voyez, fit-il d'un ton égal. Vous avez une pièce d'identité sur vous ? »

Dobbelaere fit oui de la tête. Van In sortit l'artillerie lourde sitôt bouclées les formalités d'usage :

« C'était la première fois que vous tentiez d'étrangler votre fille ? »

Miriam lui avait affirmé qu'avant ce jour-là, jamais encore il n'avait levé la main sur elle. Bien qu'il fût tenté de la croire sur parole, il était obligé de confronter sa version des faits à celle de son père, ne serait-ce que pour disposer d'un point de référence s'il venait par la suite à aborder la relation houleuse entre Dobbelaere et sa femme.

« Il tabassait ma mère dès qu'elle avait le malheur de le contredire », lui avait confié Miriam quelques heures plus tôt. « Papa se met dans des états pas possibles pour à peu près tout et n'importe quoi. Ma mère ne faisait rien pour calmer le jeu. Elle lui lançait des piques jusqu'à ce qu'il explose. »

Mme Dobbelaere avait plié armes et bagages huit ans plus tôt pour emménager à Rome, chez son plus jeune frère, se jurant de ne plus jamais remettre les pieds en Flandre.

« Ma fille est tout ce qu'il me reste.

– Vous ne répondez pas à la question. Je vous ai demandé si c'était la première fois que vous...

– La première et la dernière. »

Les tempes de Dobbelaere se mirent à bourdonner furieusement. La Bête sortait de sa torpeur. Il serra les poings de toutes ses forces pour tenter de la dominer.

« Vous reconnaissez donc les faits ?

– Dans quelle langue faut-il que je vous le dise ?

– Mettez-la en veilleuse, Dobbelaere ! Miriam venait à peine de subir un viol ! Quel genre de père...

– De quel droit tu oses, espèce de minable ! »

Van In se propulsa hors de son siège, prêt à défoncer le portrait de l'huissier de justice. Versavel s'interposa *in extremis.* Malgré ses deux séances hebdomadaires de fitness, il eut toutes les peines du monde à maîtriser le commissaire.

« Ne fais pas ça, Pieter ! »

Van In tremblait. Une colère sourde palpitait dans ses veines.

« Touche à un seul de ses cheveux et tu es bon pour le tribunal. On a ce qu'il faut pour le faire plonger ! Ne gâche pas tout sur un coup de tête ! »

Dobbelaere lâcha un ricanement démoniaque.

« Ne vendez pas la peau de l'ours ! Si je me rétracte, ce sera ma parole contre celle de ma fille et il appartiendra au juge d'instruction de décider si les éléments à charge justifient ou non un renvoi en cour d'assises. Mais corrigez-moi si je me trompe, monsieur le commissaire !

– Ignore-le, Pieter ! »

Van In rejeta la tête en arrière et inspira un grand coup. Un sourire sans joie se dessina sur ses lèvres.

« Vous oubliez un petit détail, mon cher maître.

– Je serais curieux de savoir lequel. »

Van In retourna s'asseoir à son bureau, alluma une nouvelle cigarette et le laissa mariner le temps de quelques bouffées.

« Le cou de votre fille.

– Son cou ? Qu'est-ce qu'il a, son cou ? »

Van In jeta un regard en coin en direction de Versavel, qui haussa les épaules en retour. *Que veux-tu que je te dise ? Il est mûr pour l'asile !*

« Je vois », dit Van In.

Il attendit que son taux d'adrénaline soit revenu à la normale pour se tourner vers son adjoint :

« Appelle le légiste, Guido ! »

Dans l'effervescence, ni l'un ni l'autre n'avait pensé à demander à Dobbelaere s'il pouvait fournir un alibi pour la nuit de vendredi à samedi, celle au cours de laquelle Carlos Minne avait trouvé la mort.

Le *Lachésis* faisait voile vers le large. Tandis que Ben et Rita remontaient les bouées de pare-battage, Myriam s'occupait des cocktails en cabine. Sur le gaillard d'arrière, Roger négociait avec prudence la délicate sortie du port. Un vieux couple d'amoureux qui se promenait sur la jetée se rapprocha du parapet pour saluer leur départ en mer.

« Quand même, ces riches, ils ont la belle vie ! souffla la femme à son mari.

– C'est vrai… »

Il sourit en pensant aux cinq mille francs qu'il avait emmenés dans son portefeuille et dont son épouse ignorait jusqu'à l'existence. Il les avait justement épargnés pour faire face aux imprévus.

« Il paraît qu'on sert une langouste à se damner au Victory, dit-il l'air de rien. On s'offre une petite folie ?

– Tu es sérieux ? »

Elle se pendit à son cou et l'embrassa à bouche que veux-tu.

« Regarde-moi ces tourtereaux ! fit Roger à Myriam qui lui apportait son Bacardi-Coca. C'est ça, le vrai bonheur !

– Il ne te plaît pas, le nôtre ? »

La main gauche de Roger délaissa le gouvernail pour lui caresser les fesses.

« Je suis le plus heureux des hommes et toi, la plus sexy des femmes. Que demander de plus ? »

Myriam glissa deux doigts sous le slip de son bikini et remit le minuscule bout d'étoffe en position décente. Roger était le seul à pouvoir lui dire qu'elle était sexy sans qu'elle se mette à broyer du noir.

« Je suis heureuse, moi aussi. »

Roger lâcha la barre pour de bon et l'attira tout contre lui.

« Hé ! Attention ! »

Ben se précipita sur la barre. Abandonné à lui-même, le *Lachésis* dérivait dangereusement vers les piliers de l'estacade.

« L'amour vous fait tourner la boule, ma parole ! »

Ben vira à bâbord toute pour rétablir le cap.

« Ma femme vaut mille fois ce rafiot, lança Roger sur le ton de la rigolade.

– Sans rire, vous étiez bien partis pour nous faire un remake du *Titanic* ! »

Rita secoua la tête en poussant un soupir qui en disait long. Deux ans plus tôt, ils s'étaient échoués sur un banc de sable pour les mêmes raisons. Roger avait dû faire appel à un remorqueur pour les tirer d'affaire. L'incident lui avait coûté la bagatelle de trois cent mille francs. Cet épisode était passé à la postérité comme « le baiser d'anniversaire le plus cher de tous les temps ».

Lorsqu'il vit les marques imprimées sur le cou de Miriam, le visage du docteur Dupont se ferma comme une huître. Il s'isola immédiatement et téléphona au médecin qui l'avait prise en charge à l'hôpital. La conversation ne dura pas plus de deux minutes.

« Mon collègue est formel, déclara-t-il à Van In lorsque celui-ci l'interrogea sur le diagnostic. Il s'agit bien de marques de strangulation.

– Alors, qu'est-ce qu'on fait de Dobbelaere ? » demanda Versavel.

Sur ordre du commissaire, Bruynooghe et Carine avaient mis l'huissier de justice au frais rue des Siliques, non sans l'avoir laissé macérer dans le panier à salade le temps de régler les détails de son séjour.

« Que prévoit la loi ? »

Versavel se lissa la moustache. Van In avait explicitement demandé à Bruynooghe d'enfermer Dobbelaere dans la cellule la plus crasseuse du commissariat et d'appliquer la procédure à la lettre. Concrètement, Dobbelaere avait atterri en pantalon et bras de chemise dans une cellule de deux mètres carrés avec un lit en béton pour seul compagnie.

« Le suspect doit comparaître devant le juge d'instruction dans les vingt-quatre heures, rappela Versavel.

– Et il est quelle heure, là ?

– Trois heures et quart. »

Van In décrocha le téléphone et composa le numéro d'Hannelore.

« Salut, ma belle. Je t'appelle pour Dobbelaere... Demain, deux heures et demie ? Parfait. À ce soir ! »

Vingt-quatre heures au cachot, il n'y a rien de tel pour dégriser le dernier des boit-sans-soif. À l'inverse, intellos, petit-bourgeois amidonnés du col ou députés honnêtes sous tous rapports en ressortent généralement avec une gueule de bois à perpétuité. Ceux-là vendraient leur mère pour ne pas avoir à y retourner. Dobbelaere chanterait lui aussi un ton plus bas, Van In en mettait sa tête à couper. En outre, il savait, lui, que le juge d'instruction se montrerait sans pitié, ce qui lui donnait sur l'huissier de justice un net avantage.

« Guido, sors-moi le P-V que Bruynooghe a rédigé hier.

– Le témoignage de la veuve Minne ? »

– Tout juste, Auguste. »

Maintenant que Dobbelaere macérait en cellule, ils allaient pouvoir se concentrer sur le cadavre de la plage.

« Qui sait s'il n'y a pas un lien entre les deux affaires, avança Van In. Après tout, la coïncidence est troublante, non ? D'un côté, Dobbelaere tente d'étrangler sa fille. De l'autre, Minne se fait trucider par un sadique, et ça, pile poil quarante-huit heures après que nos deux gaillards se sont croisés lors d'une réunion d'anciens élèves ! »

Bultinck s'engagea prudemment dans l'allée qui menait à la villa. Il avait beau savoir la maison inoccupée – les proprios avaient vidé les lieux il y avait plus d'une demi-heure avec leurs amis –, il sentait battre son cœur jusque dans sa gorge. Dobbelaere et Arnould avaient dû user de toute leur force de persuasion pour le convaincre de marcher dans la combine. *S'ils sont partis faire une virée sur leur bateau, tu peux être certain qu'ils ne rentreront pas avant minuit,* avait affirmé Dobbelaere. *Ça passera comme une lettre à la poste.*

Bultinck sortit un trousseau de sa poche et glissa un passe-partout dans la serrure. Par prudence, il avait pris soin de faire le tour des sociétés de sécurité recensées dans les Pages jaunes pour leur demander si la maison des époux Daems était équipée d'une alarme. Aucune des sociétés contactées n'avait osé refuser de transmettre une telle information à un officier de la police judiciaire.

8

« Pas mal pour un fonctionnaire ! » siffla Van In lorsque Versavel arrêta la Golf en face de la demeure cossue des Minne.

Le domaine du Bois de Tillegem devait sa réputation à son faramineux prix au mètre carré, mais aussi au fait que les gens qui y habitaient finissaient tous par se ressembler. Ils roulaient en 4 × 4, élevaient des poules en plein air et partageaient l'intime conviction que le bois n'existait que pour leur permettre de vivre cachés. Les maisons rivalisaient par la démesure et la laideur. Bâtie dans le plus pur style « *back to nature* » des années 1980, la fermette des époux Minne ne faisait pas exception à la règle.

« À tous les coups, on repart bredouille », ronchonna Van In en constatant que personne ne réagissait à son coup de sonnette.

Une muraille de pins plongeait la bâtisse dans un demi-crépuscule permanent, lui conférant une allure si lugubre qu'on aurait pu croire qu'elle avait servi de modèle au pensionnat fantôme de John Flanders[1].

---

1. Maître gantois de la littérature fantastique, mieux connu dans les pays francophones sous son autre nom de plume, Jean Rey.

« Ah ! On vient », annonça Versavel en tendant l'oreille.

Sèche comme un coup de trique, les cheveux grisonnants noués en un chignon strict, le regard terne, Chantal Minne parut à la porte. Des bandages lui comprimaient les mollets, maintenus par une paire de bas de contention brun foncé. Une forte odeur de vinaigre et de chat crevé flotta jusqu'aux narines des policiers.

« Bonjour, madame. Mon nom est Van In. Commissaire Van In, de la police de Bruges. Pouvons-nous entrer un instant ? »

Chantal Minne secoua énergiquement la tête avec l'air de ne pas comprendre. Van In coinça fermement la porte avec le pied juste avant qu'elle ne se referme sous son nez. La femme écarta le battant sans ciller et posa sur Van In son regard vide. Le commissaire savait d'expérience qu'elle était du genre avec qui un innocent « Comment allez-vous ? » suffit à amorcer le déballage de toute une vie de malheurs.

« Nous venons à propos du meurtre de votre mari, déclara-t-il sans préambule. Nous aimerions vous poser quelques questions. Ce ne sera pas long. »

Une lueur de vie ranima les prunelles de la veuve.

« Entrez », répondit-elle.

Van In et Versavel lui emboîtèrent le pas jusqu'au living. Devant la baie vitrée, qui donnait sur un jardin où le soleil ne brillait que par son absence, se dressait une massive table en chêne sévèrement encadrée par ses chaises et recouverte d'une nappe en plastique transparent plissée de ridules. L'une des places faisant face à la télé était criblée de fines entailles. Van In en tira des conclusions. Chaque fois que son paternel tardait à rentrer du bureau, sa mère délaissait elle aussi l'ambiance tristounette de la cuisine pour avaler ses tartines sur un coin de la table de la salle à manger, toujours le même, seule face aux reflets bleutés du petit écran. Malgré la fenêtre sur jardin, le salon de Chantal Minne était encore plus déprimant que la petite cuisine de sa maison d'enfance, à croire qu'un vortex y aspirait toute trace de vie. Mobilier vétuste, tapis défraîchis, murs désespérants de nudité... Quant aux bibelots censés disposer çà et là une touche de gaieté, ils recréaient à la perfection l'ambiance du palais des horreurs de la kermesse du coin.

Chantal Minne alla s'asseoir à la place où elle prenait ses repas.

« Asseyez-vous, messieurs. »

Une collection de médicaments et de calmants à faire pâlir d'envie un apprenti pharmacien était disposée en rangs serrés sur le buffet qui dressait sa masse colossale contre le mur.

Van In tira à lui la chaise qui faisait face à celle de son hôtesse. *Pour une fois, Bruynooghe n'a pas exagéré*, se dit-il.

« Votre mari et Antoon Dobbelaere étaient-ils amis ? demanda-t-il de but en blanc.

– Ils se connaissaient.

– Diriez-vous qu'ils étaient amis ?

– Non, Carlos n'avait qu'un seul ami. »

Chantal Minne n'oublierait jamais ce que cet ami avait chuchoté à l'oreille de son mari la première fois qu'il avait mis les pieds chez eux : *Si j'avais su que tu étais marié à un laideron pareil, je t'aurais donné rendez-vous ailleurs.*

À dater de ce jour-là, plus rien n'avait été comme avant. Cet infâme individu avait mis le grappin sur Carlos et l'avait entraîné dans la spirale du vice.

« De qui parlez-vous ? »

Chantal Minne se mit à trembler comme une feuille.

« De Michel Arnould, répondit-elle d'une voix nouée par la colère. Il a transformé mon mari en monstre.

– Arnould ? Michel Arnould, l'avocat ?

– J'ai traversé un enfer, commissaire. »

L'entretien menaçait de prendre une tournure mélodramatique. Que faire ? Van In ne se voyait ni lui prodiguer des paroles consolantes, ni poursuivre son interrogatoire comme si de rien n'était. Du regard, il supplia Versavel de le sortir d'embarras.

« Quand le comportement de votre époux a-t-il changé ? » demanda ce dernier d'un ton de sincère compassion.

Chantal Minne se rappelait tout. Chaque détail, chaque événement, chacun des coups qui avaient jalonné sa descente en enfer était gravé au fer rouge dans sa mémoire et dans sa chair.

« C'était il y a dix ans, répondit-elle du tac au tac. Mon mari a croisé la route de cet oiseau de malheur lors d'un colloque, "Justice et aide aux victimes". »

Les mots s'étranglèrent dans sa gorge. Cette nuit-là, son mari était rentré saoul comme une barrique. Quand elle lui avait demandé ce qui lui était arrivé, il s'était contenté de lui dire qu'il était allé boire un verre avec un ami d'enfance après la conférence et qu'ils n'avaient pas vu l'heure passer.

« Prenez votre temps, madame », dit Versavel.

Il se leva et rapprocha sa chaise de la sienne. Chantal Minne se tordait les mains. Carlos avait été son seul et unique amour. Il lui avait fait une cour assidue pendant deux ans, au désespoir de ses parents qui ne voyaient en lui qu'un coureur de jupons et un bon à rien. Ils leur avaient mené une vie impossible, tant et si bien qu'un beau jour, les amoureux avaient décidé de fuguer à Londres. Ils s'étaient donné l'un à l'autre le dernier soir de leur petite escapade, dans une chambre d'un hôtel miteux de Soho, en se jurant fidélité et amour éternels. Elle ne parvenait toujours pas à comprendre comment ils avaient pu en arriver là.

« Le lendemain matin, j'ai remarqué que… » Sa voix mourut. « J'ai découvert qu'il m'avait trompée.

– Vous lui en avez parlé ? »

Oui, elle lui avait demandé des comptes quand il avait eu cuvé son vin. Il s'était mis dans une rage folle et avait pris la porte pour ne revenir que quarante-huit heures plus tard. Après cet épisode, il s'était mis à découcher tous les week-ends, sans exception.

« Et il ne m'a plus jamais touchée », ajouta-t-elle en baissant les yeux.

Pour Van In, il n'y avait pas trente-six explications aux absences prolongées de Carlos Minne : il s'était acoquiné avec le milieu de la prostitution. Peut-être même l'avait-il payé de sa vie s'il s'était amouraché d'une fille maquée, d'où la sordide mise en scène de son assassinat. Cette hypothèse lui paraissait plausible. Seule une pièce ne s'imbriquait pas dans le puzzle : Michel Arnould.

« Nous découvrirons ce qui se cache derrière ce meurtre ! Je vous en fais le serment. »

Le serment, rien que ça ! pensa Versavel dans un froncement de sourcils. *Il ne cessera jamais de m'étonner…*

« Je ne demanderais pas mieux, commissaire. »

Chantal Minne releva la tête et leur adressa un sourire bonnasse.

« Je peux vous offrir quelque chose à boire ?

– Volontiers », répondit Van In.

Chantal Minne s'éloigna en direction de la cuisine. *Pauvre femme,* pensa Van In. Il aurait aimé reporter l'interrogatoire et la laisser en paix, mais il lui fallait encore aborder quelques points douloureux.

« Vous saviez que votre mari était impliqué dans un trafic de contrefaçons ? »

Chantal Minne fit volte-face. La veille, elle avait fouillé le bureau de son mari de fond en comble. En forçant un tiroir, elle avait découvert un petit calepin où s'additionnaient des montants à donner le vertige.

« Carlos travaillait pour le ministère de la Justice, dit-elle. Il lui arrivait bien de ramener un dossier à la maison, mais un trafic de contrefaçons ? » Elle observa un très bref silence. « Non, il n'était vraiment pas doué pour les affaires. »

Elle tourna le dos aux deux policiers, de crainte qu'ils ne remarquent le rouge qui lui montait aux joues. Peu lui importait qu'ils sachent quelles humiliations elle avait subies, pourvu qu'ils ignorent l'existence du calepin. Tout en réfléchissant à une manœuvre de diversion, elle sortit du frigidaire une bouteille de bière de table, prit trois verres dans l'armoire et disposa le tout sur un plateau avant de revenir dans le living.

« Les soirs de semaine, il s'enfermait presque toujours dans son bureau.

– Mais vous venez de dire qu'il ne ramenait que très rarement du travail à la maison », releva van In en jetant un œil inquiet au liquide clairet qui tanguait dans la bouteille.

Génial ! De la pisse de chameau…

Cela faisait une bonne trentaine d'années qu'il s'était juré que plus une goutte de bière de table ne franchirait ses lèvres. C'était par une chaude après-midi d'été. Sa mère avait oublié de ramener de la limonade du magasin. Il avait recraché l'infâme bibine dans l'instant.

« Oh, ce n'était pas pour travailler, répondit-elle en servant deux verres sans faux-col.

– Ah non ?

– Non, commissaire. Mon mari passait son temps à lire des revues cochonnes. Vous voulez peut-être jeter un œil sur sa collection ?

– Ma foi, pourquoi pas ?! »

Le porno avait beau ne pas être son truc, en l'occurrence Van In préférait de loin se rincer l'œil que le gosier. Il fit mine de se lever, mais Versavel ne l'entendait pas de cette oreille.

« Commençons par faire honneur à la bière ! fit-il avec un petit air canaille. Je meurs de soif ! Pas vous ? »

Chantal Minne acquiesça. Cerné de toutes parts, Van In porta le verre à ses lèvres et le vida d'un trait. Versavel sourit dans sa moustache.

Les cadres, les enseignants et les ingénieurs ont tous, même s'ils n'en font pas usage, une pièce où cogiter qui se composera généralement d'un bureau (de préférence le secrétaire hérité du grand-père), d'une corbeille à papier, d'une armoire à archives (le plus souvent métallique) et d'une chaise ergonomique. Les plus motivés y ajouteront sans doute une bibliothèque, qu'ils garniront généreusement de bouquins glanés en brocante ou en vente publique.

Le bureau de Carlos Minne était aux antipodes de cette description : une grande table posée sur des tréteaux, un lit d'une personne, un téléviseur et un magnétoscope. Seule touche personnelle apportée au décor, les posters punaisés aux murs par dizaines, reflets hauts en couleur et en rondeurs des fantasmes qui peuplaient son cerveau. Les jaquettes des vidéocassettes jonchant le sol et les couvertures des piles de magazines amoncelées sur la table et l'appui de fenêtre venaient compléter le tableau.

« Ne vous gênez pas pour fouiller ! » déclara la veuve.

Elle les laissa entre hommes. Van In attrapa le premier magazine qui lui tomba sous la main et se mit à le feuilleter d'un œil distrait.

« Tu ne vas quand même pas les passer tous à la loupe ? s'inquiéta Versavel.

– Je prélève un échantillon. Carine et Bruynooghe s'occuperont de la revue de presse.

– Tu rigoles ?! »

Van In haussa les épaules.

« À vue de nez, c'est plutôt *soft,* comme littérature. »

Van In ouvrit le magazine à la page centrale et planta sous la moustache de Versavel la photo d'un couple en action. Lui, tout en muscles, complètement nu sous son chapeau. Elle, très concentrée sur la partie médiane de sa virilité.

« Je me demande si on doit considérer cette œuvre comme un outrage aux bonnes mœurs ou comme une ode à l'extrême droite ?

– Quel rapport avec l'extrême droite ?

– Ben, combiné au chapeau tyrolien, l'angle de la bistouquette. »

Van In claqua les talons et mima le salut hitlérien.

« Ça vole bas !

– Forcément, c'est de l'humour de flic. À propos, tu connais celle du militant Vlaams Blok[1] qui manifeste pour qu'il y ait plus de police dans les rues ?

– Non, et je m'en porte très bien. »

Van In envoya la revue rejoindre les autres et jeta son dévolu sur une cassette vidéo.

---

1. Parti d'extrême droite flamand, aujourd'hui rebaptisé Vlaams Belang.

« Tout le long, on l'entend braire comme un âne : plus de bleu dans les rues ! Plus de bleu…

– Je t'ai dit que tu pouvais te la garder, Pieter. »

Van In inséra la cassette dans le magnétoscope et alluma le téléviseur.

« La manif' dégénère. Au milieu de la mêlée, un flic surprend un collègue en train de matraquer le militant à toute volée. "Eh ho, on se calme !" lui lance-t-il. "Il ne t'a rien fait, ce pauvre type !" Et l'autre lui répond : "C'est lui qui me l'a demandé !"

– Tu viens de l'inventer, je parie.

– Raté. C'est Kétounet qui me l'a racontée. »

Une jeune femme apparaît à l'écran. Elle se tient assise sur un couvre-lit effiloché. Nue, lascive. Des oranges ont été disposées tout autour d'elle. Un fruit vient rouler entre ses cuisses. « *Orange productions presents : It takes four to tango.* » Les lettres s'estompent. Deux hommes et une femme entrent en piste. La session de tango démarre sur les chapeaux de roue.

« On est vraiment obligés de regarder ça ?!

– De quoi tu te plains, Guido ? Y a des hommes au casting, non ?

– Encore une petite bière, messieurs ? »

« La police a emmené monsieur ce matin, glissa Léontine par-dessus la chaîne de sécurité.

– Ils l'ont arrêté ?

– Ça, je ne sais pas, maître Arnould. Ils ont juste dit que monsieur serait absent pour quelques jours.

– Qui a dit ça ?

– Le juge d'instruction.

– Quel juge ?

– Je n'en sais rien, elle ne m'a pas dit son nom. »

Michel Arnould comptait parmi les amis proches de son patron, mais Léontine n'avait pas la moindre intention de le laisser entrer. D'abord, elle ne le portait pas dans son cœur. Ensuite, Miriam ne voulait voir personne.

Arnould n'essaya pas de forcer l'entrée. Il savait ce qu'il voulait savoir. Il n'y avait qu'une seule femme juge d'instruction au parquet de Bruges : Hannelore Martens. Il jeta un rapide coup d'œil à sa montre. Seize heures quinze.

Hormis quelques vagues ourlées d'écume, la mer était lisse comme un miroir. Le *Lachésis* avait jeté l'ancre à moins de deux milles de la côte, hors de portée des jumelles indiscrètes des habitants de la digue. Rita retira le haut de son bikini et plongea dans le gris de la mer du Nord. Ben suivit son exemple.

Dans la cabine, Myriam préparait de quoi grignoter : toasts au crabe, saumon fumé à la mayonnaise et rollmops au vinaigre. Le grand large, ça donne faim, et la table de La Caravelle n'était réservée qu'à vingt heures.

« Tout s'est bien passé avec les flics ? »

Roger passa les bras autour de sa taille et lui déposa un baiser dans le cou.

« Comme sur des roulettes. Caroline s'est débrouillée comme un chef. »

Ses mains s'égarèrent sur ses cuisses.

« J'ai un truc à régler sur le pont. Attends-moi là, j'arrive ! »

Myriam piqua un hareng sur un bâtonnet.

« Goûte-moi ça d'abord ! »

Le temps qu'elle se retourne, son homme était déjà en haut de l'escalier.

« Asseyez-vous, maître Arnould. »

Hannelore posa ses lunettes de lecture et jaugea son vis-à-vis.

« Que me vaut votre visite ? demanda-t-elle d'un ton tranchant. Vous savez comme moi que l'usage exige qu'avocats et juges d'instruction gardent leurs distances. »

Parmi les nombreux bruits de couloir qui circulaient à propos du « Gros Michel », il en était un qui le disait maître de cérémonies dans les clubs SM. Hannelore s'amusa à l'imaginer boudiné dans un pantalon en cuir sans entrejambe, cravache à la main, plaidant à la barre. Un léger sourire éclaira son visage.

« Ma présence ne semble pourtant pas vous gêner, susurra l'avocat.

– Ne vous fiez pas aux apparences », rétorqua-t-elle avec toute la sévérité dont elle était capable.

Reprends-toi, ma vieille ! Ce type-là est un prédateur. Un pas de travers, et il te bouffe toute crue !

Elle se frotta l'épaule. Sa main descendit quelques centimètres plus bas, à l'endroit du nodule.

« Si vous êtes venu me parler de la pluie et du beau temps, je fermerai les yeux sur votre impudence. »

Elle ouvrit le tiroir supérieur de son bureau et feignit d'y chercher quelque chose.

« Si tel était le cas, je me serais adressé à un expert de l'Institut royal de météorologie, madame la juge. »

Comme dirait monsieur Météo, ce n'est pas parce que le tonnerre gronde que la foudre tombe, railla l'avocat en son for intérieur. Il savait parfaitement que le code de déontologie interdisait à Hannelore d'évoquer l'arrestation de Dobbelaere avec lui. Mais il ne connaissait pas un seul magistrat, aussi jaloux soit-il de son devoir d'indépendance, qui ne finisse par lâcher du lest. Il suffisait de les caresser dans le sens du poil.

« Permettez que j'aille droit au but, reprit-il, un rien obséquieux. Si je suis ici, c'est pour vous demander conseil.

– Ah bon ? À quel sujet ? »

Arnould sourit.

« Au sujet d'une hypothèse. »

La technique avait fait ses preuves. Sitôt le mot « hypothèse » prononcé, les magistrats rangeaient au placard les règles déontologiques pour étaler leur science juridique. Il ne doutait pas un seul instant que ce sésame fonctionnerait auprès d'une femme aussi jeune et ambitieuse qu'Hannelore Martens.

« Laissez-moi deviner ! » dit Hannelore.

Je te tiens, ma jolie…

« Je vous écoute, madame la juge. »

Hannelore s'enfonça dans son siège et étendit les jambes.

« Supposons qu'un avocat véreux fasse une proposition ambiguë à une jeune juge d'instruction et qu'elle en réfère au procureur.

– Auquel cas, ce juge d'instruction devrait d'abord prouver la véracité de ses dires », riposta l'avocat.

Pas un muscle de son visage n'avait bougé.

Hannelore fouilla le tiroir supérieur de son bureau et en sortit un paquet de cigarettes. Elle en alluma une et lui cracha un nuage de fumée à la figure.

« Tout ceci m'évoque furieusement une maxime qu'un ami tient de son professeur de physique : peu importe la vitesse avec laquelle un objet se déplace dans l'atmosphère, la force d'attraction le ramène toujours sur terre.

– Il fréquentait l'école au siècle passé, votre ami ! ricana Arnould.

– Pas du tout. Il a fêté ses quarante-six ans cette année. »

Hannelore le laissa ruminer un moment.

« Auriez-vous l'obligeance d'éclairer ma lanterne ?

– Mais bien sûr, maître. »

Hannelore plongea la main dans le tiroir et amena au jour le petit enregistreur vocal qu'elle avait enclenché quelques minutes auparavant.

« Vous ne me croirez peut-être pas, mais certains avocats persistent à croire que la justice belge n'accepte pas les enregistrements audio comme éléments de preuve. »

Elle rembobina la cassette et pressa sur le bouton « start » :

« Si tel était le cas, je me serais adressé à un expert de l'Institut royal de météorologie... »

Elle stoppa l'enregistrement. Arnould avait pâli.

« Souhaitez-vous ajouter quelque chose pour votre défense, maître ? »

L'image du Gros Michel en tenue SM se réimprima sur sa rétine.

« Vous aimez ça, avoir l'illusion de *dominer* la réalité ! » renchérit-elle dans un grand éclat de rire.

L'avocat serra les mâchoires, souffla un peu de sa rage par le nez et souleva son imposant fessier de la chaise avec la dignité d'un seigneur quittant son trône. La lueur assassine dans son regard disait plutôt : *Tu me le payeras, salope !* D'une manière ou d'une autre, il tiendrait parole, et la facture risquait d'être salée. Son entourage était là pour en témoigner, en particulier ses anciens camarades d'université. Pas un d'entre eux ne devait avoir oublié ce tragique accident qui avait failli coûter la vie à une bleuette. Lors d'une séance de bizutage, secondé par quelques-uns de ses copains passablement éméchés, il avait ligoté la jeune fille à moitié nue entre deux matelas avant de la défenestrer du quatrième étage, la laissant quasi morte. Son seul crime : elle avait osé le traiter de gros lard. À l'époque, l'histoire avait fait grand bruit. Le recteur lui-même avait diligenté une enquête, mais le futur avocat s'en était finalement tiré faute de preuves suffisantes. En réalité, il ne devait son salut qu'à l'intervention d'un professeur de droit pénal qui avait la faiblesse de noter ses étudiantes au prorata des leçons privées qu'elles suivaient avec lui.

« Au revoir, madame la juge. Vous aurez de mes nouvelles, je vous le promets !

– Il n'est pire sourd que celui qui ne veut pas entendre. Voilà un proverbe qui vous sied à merveille, maître. »

Elle venait de le mettre en boîte. Si Machiavel avait encore été de ce monde, il lui aurait tiré sa révérence.

Van In traversait la grand-place, les bras encombrés d'un carton qu'il destinait à sa dulcinée. Cela faisait des mois qu'il ne lui avait pas concocté une de ces surprises dont il avait le secret. Du reste, il avait bien besoin de se changer les idées après la visite à Chantal Minne.

Pour fêter sa victoire sur le Gros Michel, Hannelore s'était acheté une bouteille de Campari et deux litres de jus de fruits. Après avoir enfilé son bikini, elle s'était installée au jardin avec les jumeaux.

« Salut, princesse ! »

Van In posa son colis par terre. Simon et Sarah se hissèrent sur leurs petites jambes en s'arrimant au rebord d'une chaise et se dandinèrent vers leur père comme des manchots sur la banquise. *Quand je pense que certains perdent leur temps à rédiger des tartines sur le sens de la vie !* se dit Van In en admirant sa petite famille réunie sous le soleil. Il donna à ses jolis marmots leur content de câlins, les installa dans leur bac à sable et se tourna vers Hannelore.

« J'ai une surprise pour toi ! »

Je sens que je vais encore me faire avoir, pensa Hannelore tandis qu'il transportait le carton sur la table.

« Ouvre-moi ça !

– Et le mot magique, madame le juge ?! »

Hannelore sourit, s'assit sur le bord du transat et lui décocha un regard ardent.

« S'il vous plaît, monsieur le commissaire ! »

Bon sang ce qu'elle est belle !

Il posa la boîte à ses pieds.

« D'accord, mais avant tu vas devoir faire un choix.

– Entre quoi et quoi ? »

Van In passa les mains dans son dos et extirpa une enveloppe de son pantalon.

« L'enveloppe ou le carton ? »

La fois d'avant, elle avait choisi l'enveloppe et en avait été quitte pour une liasse de billets de Monopoly. *Voyons… La boîte ? Trop évident. Remarque, c'est exactement ce qu'il a dû se dire…*

« Le carton ! »

Van In l'ouvrit en ricanant.

« Surprise, surprise ! »

Il prit une poignée de revues, les flanqua sur les genoux d'Hannelore et pencha la boîte pour lui faire voir la dizaine de cassettes prélevées au petit bonheur la chance dans la vidéothèque de Carlos Minne.

« Partante pour une petite projection privée ? »

– Espèce de gros dégueulasse !

– Il fallait choisir l'enveloppe, ma chérie.

– Ouais, pour me coltiner un autre bon foireux ! »

Peu après la naissance des jumeaux, il lui avait offert un bon pour un tête-à-tête dans un resto étoilé, à consommer sans faute durant la semaine où les seuls baby-sitters auxquels elle aurait osé confier ses nouveau-nés – ses parents – étaient partis en vacances.

« Oui et non. Quelle heure est-il ? »

La sonnette dispensa Hannelore de répondre.

J'adore quand un plan se déroule sans accroc, pensa Van In en allant ouvrir. Les deux hommes que le traiteur Deldycke avait promis de lui dépêcher avec sa commande n'auraient pu tomber plus à pic.

« Madame est servie ! » s'exclama-t-il en accueillant avec un geste théâtral les livreurs et les quatre plateaux qu'ils trimballaient à bout de bras.

Hannelore les regarda disposer les victuailles sur la table du jardin avec des yeux en boules de loto. Caviar, écrevisses, asperges à la hollandaise et tutti quanti. Un vrai gueuleton.

« Si je comprends bien, on est au régime pâtes pour le restant du mois.

– T'inquiète, mentit Van In. J'ai gagné au grattage. »

À d'autres ! faillit riposter Hannelore. Et puis non. Il avait concocté cette soirée rien que pour elle. Était-ce son sixième sens qui le lui avait dicté ? Un signe du destin ? Une bouffée d'émotion brûla les yeux de la jeune femme. La mauvaise nouvelle attendrait le lendemain.

9

Une brise tiède dissipait les bancs de brume qui voilaient le canal, libérant la place pour le soleil levant. L'eau noire frémit sous la caresse des premiers rayons et la vase qui fermentait depuis plusieurs jours s'anima. La fenêtre de la cuisine était ouverte. Van In vit les premières bulles de gaz apparaître sur le miroir trouble de l'onde, puis éclater. Quand tout était tranquille, comme en ce moment, il parvenait même à les entendre : *bloup ! bloup ! bloup !* Malheureusement, l'heure n'était pas vraiment propice à la philosophie. Il avait même plutôt intérêt à se secouer les puces. Une demi-heure auparavant, Hannelore était partie conduire les enfants chez la nounou. C'était à lui qu'incombait la mission triplement réjouissante de débarrasser la table du petit déjeuner, de sortir le repas du soir du congélo et de passer l'aspirateur dans le salon. Un contrat est un contrat. Les deux premiers points furent rondement exécutés. *La poussière attendra bien jusqu'à demain, non ? Après notre nuit torride, Hannelore serait vache de m'en vouloir.*

Van In ouvrit la porte de la terrasse et poussa Bob d'un gentil coup de pied dans le jardin. Le chien ne protesta pas. Il tournicota autour du puits avant de s'allonger le museau entre les pattes et s'assoupit aussitôt. La photo n'aurait pas détonné dans le dépliant sur l'État providence que le ministre des Affaires sociales venait de faire distribuer dans toutes les boîtes aux lettres du Royaume.

« Y en a qui se la coulent douce ! » marmonna Van In avant de refermer la porte derrière lui.

Bob pointa les oreilles et esquissa mollement un demi-redressement avant de retourner à sa douce et bienheureuse somnolence.

Au sortir de l'impasse du Poisson-Gras, Van In flâna comme un touriste. Deux sujets l'occupaient tout entier : le viol de Miriam et le meurtre de Carlos Minne. *On dit des artistes qu'ils sont réduits à l'impuissance si l'inspiration ne leur vient pas. Mais pourquoi ne pas étendre cette loi à d'autres corps de métier ? Tout le monde a besoin d'inspiration, non ? Pourquoi les muses feraient-elles la distinction entre, disons, les écrivains et les scientifiques ? Les grandes découvertes n'ont-elles pas toutes vu le jour sous le coup d'une illumination ?*

À l'entrée de la rue du Marécage, il cligna des yeux, ébloui par le soleil. *Quand on a une illumination, c'est qu'on voit subitement clair. Et pourquoi voit-on clair ? Parce qu'on est déterminé… Déterminé, oui, c'est ça ! Déterminé à quitter les sentiers battus ! Un criminologue bardé de diplômes n'imaginerait même pas qu'il puisse y avoir un lien entre ces deux affaires, faute d'indices probants. Mais je m'en bats l'œil, moi, de leurs grands principes ! Car quelque chose me dit que je pourrai remonter la piste du violeur de Miriam si je parviens à démasquer le meurtrier de Minne ! Oui, c'est ça. Suffit d'être inspiré… et de transpirer un bon coup, si j'en crois monsieur Météo : trente-deux degrés ! Mais ça fait dix jours qu'on se la farcit, leur fichue vague de chaleur : pas besoin de savoir lire une carte du ciel pour prédire qu'il va encore faire très, très soif aujourd'hui...*

« Je trouve que c'est ton portrait tout craché ! » s'exclama Bruynooghe en souriant.

Carine arracha le journal des mains du brigadier. Un coup d'œil lui suffit pour apaiser ses craintes. La jeune fille dont la photo s'étalait à la une ne lui arrivait pas à la cheville. *Jamais vu des seins aussi moches !*

« Tu as besoin d'une visite chez l'ophtalmo, mon petit Robert ! »

Trois ans plus tôt, elle avait posé nue pour un photographe dans le cadre d'une mission d'infiltration orchestrée par Van In. L'aventure avait mal tourné, au point qu'elle avait failli y laisser la vie, car le type travaillait pour une équipe de tournage de *snuff-movies.* Quand Van In l'avait tirée des griffes de ces sauvages, il était moins une. Il avait réussi à démanteler toute la bande. Par contre, personne n'était jamais parvenu à récupérer les photos. Aussi, lorsque Bruynooghe avait prétendu qu'on la voyait dans les revues réquisitionnées la veille par Van In, elle avait paniqué.

« Tu le ferais ?

– Quoi ?

– Poser pour une revue ?

– Bien sûr que non !

– Même pour un beau paquet de liards ?

– Pffft !

– Dix mille ?

– Tu parles en francs ?

– En lires, ma belle ! »

À l'heure du politiquement correct, rien de tel qu'une petite tranche de rire pimentée d'allusions salaces et servie avec une gueule d'enfant de chœur. Bruynooghe se régalait. *Bander gratuit, c'est toujours bon à prendre. Surtout que ça fait de mal à personne !*

Van In venait à peine de poser son auguste postérieur sur son siège quand le téléphone sonna.

« Allô ! Van In !

– C'est moi, Hannelore.

– Toi, tu vas m'annoncer de mauvaises nouvelles ! »

Van In fronça les sourcils. Au fil de la conversation trois rides se creusèrent sur son front.

« Bultinck n'a qu'à faire ses commissions lui-même ! »

Versavel interrompit son P-V et resta les doigts suspendus au-dessus du clavier jusqu'à la fin de la communication.

« Hannelore ?

– Oui. Bultinck dit qu'il a élucidé le crime de la plage. Il a trouvé un témoin qui prétend avoir vu Carlos Minne en compagnie de Roger Daems sur la digue la nuit de vendredi à samedi.

– Daems ? Le type de DIMLI ?

– Lui-même.

– Et Bultinck veut que nous…

– Il s'est fait porter pâle ce matin, dit Van In en soupirant. Hannelore tient absolument à ce que nous reprenions l'enquête. »

S'il y avait urgence, c'était à cause d'un colloque prévu le lendemain à Bruxelles. Le procureur Beekman devait y donner un exposé sur la collaboration entre les services de police. S'il annonçait que le meurtre de la plage avait pu être élucidé grâce aux efforts conjoints de la PJ et de la police communale, il jetterait suffisamment de poudre aux yeux des ministres compétents (car ceux-ci étaient obligés, de par leurs fonctions, d'assister à cette manifestation de la plus haute importance pour la sécurité de l'État) et il augmenterait ses chances de prendre du galon (le bruit courait en effet que le ministre de la Justice s'apprêtait à nommer un nouveau magistrat fédéral). C'était là et pas ailleurs qu'il fallait chercher la raison pour laquelle Beekman avait demandé à Hannelore d'ordonner une perquisition et de le tenir au courant des progrès de l'enquête.

« J'amène la voiture ? demanda Versavel.

– Puisqu'il le faut… Mais vérifie l'airco ! »

« J'ai du mal à imaginer qu'un homme d'affaires à qui la fortune sourit s'amuse à éliminer quelqu'un de ses propres mains, dit Versavel en manœuvrant la voiture dans l'allée menant à la villa de Daems.

– Ce n'est peut-être pas tout à fait comme ça que les choses se sont passées, répondit Van In en s'épongeant le front. Les types dans son genre ne sortent jamais seuls le soir. De toute façon, je te parie qu'il a un alibi ! »

Versavel coupa le moteur et se décolla de son siège. La toile de son pantalon était trempée, et il avait horreur de ça.

La villa avait l'air abandonnée. Hormis deux moineaux qui prenaient un bain de poussière, l'endroit était désert. Versavel contourna les oiseaux en ayant une pensée émue pour le canari de son adolescence.

« J'ai l'impression que Daems n'est pas là !

– On va bien voir… »

Quand on enquête sur un meurtre, mieux vaut sonder les intentions du suspect. Cela donne toujours de meilleurs résultats qu'une confrontation directe, pensait Van In en approchant.

Versavel laissa son ami ruminer en paix. Cela ne rimait à rien de lui demander pourquoi il avait voulu se rendre au domicile de Daems plutôt qu'au siège de DIMLI. Espérer une réponse, c'eût été comme d'essayer de persuader Greenpeace que les rallyes automobiles ajoutent au charme des réserves naturelles.

Myriam Daems accueillit ces messieurs de la police dans un paréo bariolé jeté à la hâte sur un affriolant bikini. Elle retint un petit sourire, mais ses yeux étincelaient.

« Je vais vous décevoir, commissaire, dit-elle d'une voix enjouée. Cette maison n'est pas sécurisée. »

Van In évita délibérément les yeux de la jeune femme et ignora sa remarque.

« On peut entrer ?

– Bien sûr ! dit la jeune femme en les invitant d'un geste faussement désinvolte.

– Votre mari est là ? »

Dieu n'aurait pas commis une faute de goût en choisissant cette villa comme siège du paradis. Aménagée avec soin, des canapés aux toiles de maître, confortable que c'en était un péché (mais aucun pommier n'était visible sur l'immense pelouse), elle était absolument splendide. Van In fut d'emblée conquis par l'éclat des parquets, la douceur des tons pastel, l'agréable fraîcheur du salon et le confessionnal qui servait de vestiaire. Jusqu'à l'antique statue du Bouddha qui toisait les visiteurs depuis une niche creusée dans un mur du vestibule, tout émut son sens du beau et de l'authentique.

« Roger est à son bureau, dit Myriam d'une voix affable. Si vous souhaitez le voir, vous feriez mieux de pousser jusque-là. »

Ah ! Elle n'est manifestement au courant de rien ! C'est bon signe ! pensa Van In.

« Étant donné les circonstances, je préférerais lui poser mes questions ici, dit-il.

– C'est en rapport avec la campagne de sécurité de l'autre jour ?

– Non, madame. »

Myriam ne posa pas d'autre question. L'espace d'un instant, elle eut la vision d'un archange qui franchissait la porte de sa villa, brandissant une épée de feu.

« Les balles de ping-pong, alors ?

– Non, madame. Votre mari est soupçonné de meurtre sur la personne de Carlos Minne. Le juge d'instruction m'a chargé de l'interroger. »

Myriam n'eut pas l'air impressionnée pour un sou. Surprise, oui, mais pas impressionnée. Versavel aurait bien juré qu'elle s'attendait à quelque chose, mais pas à ça.

« Ne comptez pas sur moi pour vous aider, commissaire. Si je lui dis ça, Roger va croire que je lui fais une farce », répondit-elle, tout sourires.

Une goutte de sueur roula le long de sa joue.

« Appelez-le ! ordonna Van In en agitant un document sous le nez de la belle. Et dites-lui que j'ai un mandat de perquisition ! Il comprendra que c'est sérieux... »

Il regretta illico son petit coup de sang. Le sourire avait disparu des lèvres de Myriam. Après un petit haussement d'épaules difficile à interpréter, elle se dirigea vers le téléphone en secouant la tête, comme si elle n'en croyait pas ses oreilles.

Les perquisitions ne sont plus ce qu'elles étaient. Le temps n'était pas si éloigné où les enquêteurs, armés de leur malheureux petit mandat, s'arrogeaient le droit de mettre une maison sens dessus dessous, sans le moindre égard pour la vie privée de ses occupants ni pour les dégâts matériels ou moraux que leur fouille sauvage était susceptible d'entraîner. À vrai dire, ils s'en contrefichaient.

Van In et Versavel opérèrent avec méthode, sans jamais omettre de demander à Myriam l'autorisation d'ouvrir tel placard ou tel tiroir.

« Mais que cherchez-vous, à la fin ? »

Versavel fouillait la chambre, tandis que Van In s'attaquait au bureau de Daems. Il entreprit de feuilleter un épais classeur orné de l'étiquette « VOYAGES ». Apparemment, Daems s'offrait Bangkok tous les deux mois et s'envolait régulièrement pour Rome. Il se rendait tout aussi régulièrement à Londres et à Amsterdam, mais en train.

« Des preuves. »

N'importe quoi ! se dit Van In. *Ce n'est pas parce que Bultinck a un témoin qui a vu Minne et Daems ensemble à Blankenberge la nuit du meurtre que je vais trouver une preuve de cette rencontre ici. Cette perquize ne rime à rien, mais je ne peux quand même pas l'avouer à cette péronnelle !*

« Des preuves de quoi ?

– Si votre mari dispose d'un alibi vérifiable pour la nuit de vendredi à samedi, vous n'avez aucun souci à vous faire.

– Il fallait le dire plus tôt, commissaire ! Vendredi, Roger est rentré sur le coup de sept heures et demie. Nous avons grillé un steak au jardin, nous avons papoté à la belle étoile et puis nous sommes allés nous coucher. »

Van In soupira.

« Je parle d'un alibi vérifiable. Le tribunal ne prend pas en considération les déclarations des personnes qui vivent sous le même toit que le suspect. Votre témoignage n'a malheureusement aucune valeur.

– Alors, vous ne me croyez pas ? »

Les grands yeux gris de Myriam troublaient davantage Van In qu'il ne voulait bien l'admettre. Les honnêtes gens s'énervent quand on met en doute leur parole ; la réaction de Myriam Daems n'avait rien d'extraordinaire. Elle rougissait sous l'émotion, et une infime tension dans le dessin de sa bouche de madone révélait qu'elle serrait les mâchoires.

« Ce n'est pas la question. »

Qu'est-ce que je pourrais lui dire d'autre ? Que la loi est dure et impitoyable ? Que les juges qui se montrent tant soit peu humains se retrouvent toujours accusés d'erreur de procédure ?

« Je suis désolé, mais...

– Pieter ! »

Versavel tapotait l'épaule du commissaire. Il tenait un ticket de caisse tout chiffonné entre le pouce et l'index.

« JACOBS SM FUN SHOP AMSTERDAM », lut Van In.

« Où as-tu trouvé ça ?

– Dans un veston, dans la penderie. »

Myriam Daems n'avait-elle pas affirmé deux jours auparavant que son mari ne jetait jamais rien ? Versavel se racla la gorge.

« Vous voulez bien nous excuser un instant, madame ? »

La jeune femme quitta la pièce, la tête basse et les poings serrés. Des images du passé lui traversaient l'esprit. Cet enfer n'en finirait-il donc jamais ? Une larme roula le long de son nez et termina sa course à la pointe de son menton, où elle resta suspendue, indécise. *Bon sang ! Depuis quand je n'avais plus pleuré, moi ?*

« Aide-moi ! Je suis débile ou je suis idiot ? »

Van In fixait le ticket de caisse, interloqué.

« CH.B 4217 2 pièces 29,50 fl. »

Il n'y comprenait rien.

« J'ai passé un coup de tube au gérant de ce Fun Shop. Ce qui m'a permis d'apprendre que, pour la modique somme de 29,50 florins, il est possible de se procurer deux balles en caoutchouc.

– Des balles en caoutchouc ? Pour… pour… ?

– Pour étouffer les cris les dominés dans les jeux sado-masos… »

Van In n'oublierait jamais le visage de Carlos Minne rongé par la mer. Ni la balle en caoutchouc que Klaas Vermeulen avait extraite de sa bouche. Qu'est-ce qui pouvait donc bien pousser des êtres humains à une telle perversité ?

Les scientifiques prétendent que c'est dans les milieux les plus huppés qu'on rencontre les déviances sexuelles les plus graves. Les plus fervents adeptes de pratiques comme le fétichisme, l'échangisme et, surtout, tout ce qui est sado-maso, se trouveraient parmi les hommes d'affaires et les politiciens… À croire que, quand on porte de nombreuses responsabilités, on accumule les frustrations et qu'on a besoin d'une… hum… soupape de sécurité…

« Dommage pour la jolie Myriam, dit-il.

– Si on appelait les gars du labo ? Il y a peut-être d'autres indices à découvrir ici… »

Van In palpa la poche de son pantalon et en sortit son paquet de cigarettes. Il y avait un cendrier sur l'appui de la fenêtre, signe qu'il prenait comme une invitation.

Lorsque Roger Daems trouva sa femme en pleurs dans la cuisine, il la serra très fort contre lui. Sa chemise était trempée de sueur. Son cœur battait à tout rompre.

« Là, là, tout doux ! Ça va mieux ? » demanda-t-il au bout d'un moment.

Ce fut l'instant que choisit Van In pour entrer dans la pièce.

« Monsieur Daems ! Je suis content de vous trouver », dit-il.

Daems lâcha sa femme. Le désespoir se lisait dans ses yeux.

« Je n'ai rien à voir avec le meurtre de Carlos Minne ! Vous n'avez pas le droit d'entrer ici comme ça ! »

Il sortit son téléphone portable de son complet trois-pièces et composa nerveusement un numéro.

« Qu'est-ce que tu fais, chéri ?

– J'appelle mon avocat ! »

D'une manière tout à fait inattendue, la jeune femme bondit de sa chaise et arracha le mobile des mains de son mari.

« Ne fais pas ça, Roger ! S'il te plaît !

– Votre épouse a raison, intervint Van In en produisant une deuxième fois son mandat de perquisition. Il serait peut-être préférable que nous commencions par avoir une bonne petite conversation entre quat'z'yeux. »

Daems rempocha son téléphone. C'était un langage qu'il comprenait. On allait pouvoir négocier.

« Et alors ? » demanda Versavel trois quarts d'heure plus tard lorsqu'ils reprirent place dans la Golf bouillante comme une étuve.

Van In alluma une cigarette et régla la ventilation au maximum.

« Je crois que Bultinck nous mène en bateau. Cette histoire pue du début à la fin. Daems n'est pas fou. Je ne vois pas pourquoi il aurait conservé un ticket de caisse qui constitue une telle pièce à conviction. »

Versavel démarra et descendit l'allée à une allure d'escargot. Lorsque le gérant du sex-shop lui avait expliqué au téléphone à quoi correspondait le code CH.B 4217, il s'était d'abord fait la même réflexion que Van In. Il aurait été stupide de la part de Daems de ne pas se débarrasser au plus vite de ce ticket de caisse. Pendant que Van In le cuisinait, Versavel avait continué à fouiller çà et là. Et ce qu'il avait trouvé remettait tout en question.

« J'ai profité que vous papotiez tous les deux pour aller faire un tour dans le garage… »

Van In tira nerveusement sur sa sèche. Le ton mélodramatique de Versavel ne présageait rien de bon.

« Il y avait une vingtaine de paires de chaussures sur une étagère. L'une d'elles était pleine de sable.

– Du sable de chantier ?

– Non, Pieter. Du sable.

– Tu es bien conscient que ça peut ruiner ta carrière, ça, Guido ?! La rétention de preuves est punissable de lourdes peines ! »

Versavel pouvait s'enorgueillir d'un parcours sans faute, jusqu'à sa promotion toute récente au grade d'inspecteur. Il avait toujours été d'une rigueur légendaire. Pas plus tard que la semaine précédente, il avait encore relu attentivement le P-V dressé par un collègue au motif qu'il y avait trouvé deux fautes d'accord de participe passé.

« Ne me dis pas que tu crois plus que moi à ce ticket de caisse ?

– Non, répondit Van In. Mais je ne peux pas me permettre de faire comme si je n'y avais pas vu un indice probant. »

Un lourd silence s'installa dans l'habitacle. Si le ticket de caisse n'appartenait pas à Daems, quelqu'un l'avait introduit dans la villa. La question était de savoir qui avait intérêt à lui faire porter le chapeau. Van In et Daems en avaient longuement parlé, et même si le commissaire n'avait pas ménagé ses efforts, Daems n'avait suggéré aucune piste. Il s'était juste laissé aller à évoquer du bout des lèvres une histoire d'intimidation quand il était en taule et à rappeler, au moins deux fois, combien il est difficile pour un ex-détenu de se libérer de l'influence du milieu. Lorsque Van In lui avait demandé comment il était parvenu à faire une si belle carrière après sa libération anticipée, Daems s'était montré plus qu'évasif, se contentant de marmonner que toute victoire a son prix. Après cela, il avait fixé Van In avec insistance, d'un regard qui en appelait à sa compréhension.

« J'ai une idée ! s'exclama soudain Van In.

– Tu ne vas quand même pas mettre De Kee dans la confidence ?

– Non, mon cher ! Seul un juge d'instruction peut nous venir en aide ici.

– Penserais-tu à quelqu'un en particulier ?

– À ton avis ? »

La question est de savoir si je vais réussir à convaincre Hannelore de mettre Daems en détention préventive. Il faut vraiment peser le pour et le contre... En prison, il sera plus ou moins en sécurité. Sans compter qu'il aura un alibi en béton au cas où il y aurait un nouveau meurtre, ce qui ne me surprendrait pas outre mesure. Mais, d'un autre côté, ça pourrait lui coûter sa boîte. Pas sûr que le bonhomme pourra se refaire une virginité...

La cellule où Antoon Dobbelaere avait passé la nuit puait la chiasse et le vomi. Bruynooghe avait beau en avoir vu des vertes et des pas mûres, l'odeur d'ammoniaque le prit à la gorge à trois mètres.

« Je suppose que vous êtes réveillé », dit-il à l'huissier de justice en faisant tinter les menottes pendues à son ceinturon et en reculant d'un pas.

Dobbelaere se redressa sur sa couchette, le regard vide. Bon Dieu, qu'il avait mal aux articulations ! La chemise à moitié déboutonnée, il avait la braguette qui bâillait sur la mollesse étriquée qui flottait à son entrejambe. Un bon caméraman aurait pu tirer de la scène un film destiné à prouver que les conditions de détention dans les commissariats du Royaume étaient scandaleusement dégradantes (car la lumière et l'angle de prise de vue peuvent faire dire ce qu'on veut à une caméra). Bruynooghe lui-même dut admettre en son for intérieur que cet homme n'était plus que l'ombre de lui-même.

« On a le temps de le débarbouiller ? demanda Carine lorsque Bruynooghe passa les menottes à l'huissier de justice.

– Non, malheureusement. Van In veut qu'il soit chez le juge d'instruction avant trois heures.

– Quelle heure est-il ?

– Deux heures vingt.

– On va quand même lui faire une petite toilette ! dit Carine en sortant un flacon de son sac à main.

– Tu ne vas quand même pas l'asperger de ton spray de toilette intime ?! » s'insurgea Bruynooghe.

Il avait beau être marié depuis vingt ans, s'il y avait une odeur à laquelle il n'avait pas encore réussi à s'habituer, c'était bien celle du spray intime qu'utilisait sa femme.

« Tu n'es pas obligé de t'asseoir à côté de lui », dit Carine en passant à l'acte.

Le nuage odoriférant qui nimbait Dobbelaere passa totalement inaperçu dans les couloirs du palais de justice, car la plupart des toges d'avocats étaient ellesmêmes alourdies de parfums capiteux : les hommes de robe sont comme le commun des mortels, le paraître leur semble plus important que l'être.

« Vous allez bien, maître Dobbelaere ? » demanda Carine, protectrice.

Elle l'avait rhabillé avec une attention toute maternelle, mais il était pitoyable. Il faut dire que l'homme en connaissait un bout sur la nature humaine et qu'il en rajoutait trois couches plutôt qu'une, bien conscient qu'il avait tout intérêt à éveiller la compassion. Assoiffé de vengeance, il imaginait avec délectation qu'il déshabillait sauvagement la fliquette et qu'il l'obligeait à faire ses mille et un caprices. Ses fantasmes, voilà ce qui lui permettait de tenir bon, et il en avait de salés à sa disposition.

« Asseyez-vous, maître Dobbelaere. »

Hannelore ferma le dossier qu'elle venait d'étudier pour jauger l'homme qui se tenait devant elle. Comme Carine, elle ne pouvait s'empêcher d'éprouver de la compassion pour le pauvre huissier de justice. Van In l'avait malmené, cela ne faisait pas l'ombre d'un doute. La seule faute qu'elle avait commise, elle, c'était de s'être laissé contaminer par son enthousiasme. Dans l'état actuel des choses, il était de moins en moins certain que Dobbelaere ait réellement cherché à tuer sa propre fille. En sa qualité de juge d'instruction, elle avait le devoir d'examiner tous les arguments, y compris ceux qui étaient à la décharge du suspect.

« Puis-je vous offrir une tasse de café ?

– Merci, madame la juge. »

L'huissier de justice prit place. Sans gêne aucune, il vrilla de son regard de feu le corsage de la magistrate jusqu'à se faire une idée très nette de la soie pulpeuse de ses seins. Satisfait, il eut un sourire hypocrite.

« Ce n'est pas facile d'élever un enfant tout seul », commença-t-il.

Il savait que la juge avait deux bébés et que sa relation avec Van In n'était pas un long fleuve tranquille. Et puis, la meilleure défense n'a-t-elle pas toujours été l'attaque ?

« Cela n'excuse en rien ce que vous avez fait à votre fille, maître Dobbelaere, répondit Hannelore avec sévérité.

– J'ai perdu mon sang-froid, dit Dobbelaere en reniflant. Vous êtes libre de penser que je dois être puni. J'ai commis une faute et je suis prêt à assumer les conséquences de mes actes. »

Hannelore avait espéré que l'homme éprouverait des regrets. Cela lui aurait facilité la tâche. Après tout, il avait un casier judiciaire vierge. Le mettre en prison n'aurait pas résolu grand-chose.

L'huissier de justice avait les yeux rivés au plafond. D'où elle était, Hannelore ne voyait que deux prunelles blanches injectées de sang. Il lui fit l'effet d'un aveugle qui essayait coûte que coûte de voir la lumière. *Brrr ! Horrible !* se dit-elle en frissonnant.

« Ma fille a de mauvaises fréquentations. J'ai voulu la protéger… J'ai…

– Vous avez essayé de l'étrangler !

– J'ai perdu mon sang-froid ! Cela nous arrive à tous un jour ou l'autre, répondit Dobbelaere en souriant tristement. Quelle serait votre réaction si votre fille de dix-sept ans vous traitait de voleuse ?

– Votre fille venait de subir une expérience particulièrement traumatisante, maître Dobbelaere ! J'aurais pris ma fille dans mes bras, je l'aurais... »

Hannelore tombait dans le piège. Dobbelaere avait réussi à l'émouvoir.

« Les femmes nouent un autre lien avec leurs enfants, madame la juge. Les pères ne sont pas comme ça. Lorsque ma fille m'a confié ce qui lui était arrivé, je me suis mis dans une telle colère que... »

Dobbelaere cacha son visage dans ses mains. Cela lui permit de dissimuler le sourire qu'il ne parvenait pas à réfréner. Surtout, il sentait que le stratagème paierait.

Hannelore laissait ses pensées dériver vers Van In. Elle songeait aux nuits innombrables où il était resté scotché au lit pendant qu'elle allait voir pourquoi les jumeaux pleuraient. Elle s'était chaque fois relevée comme si c'était la chose la plus naturelle au monde, sans jamais se plaindre.

« Je veux bien croire que vous ayez vous aussi subi un choc, maître, mais avouez tout de même que votre réaction était pour le moins excessive ! »

En moins de cinq minutes, Hannelore avait elle-même considérablement diminué la portée des accusations pesant contre Dobbelaere. Une réaction excessive : on était loin de la tentative de meurtre !

« Accepteriez-vous d'entrer en traitement auprès d'un psychiatre ? »

Dobbelaere laissa tomber ses mains sur ses cuisses. Il avait remporté la bataille.

« Si vous estimez qu'une expertise psychiatrique est nécessaire, je suis naturellement prêt à collaborer, madame la juge. »

Hannelore hocha la tête. Van In serait furieux quand il apprendrait qu'elle avait avisé la chambre des mises en accusation que le prévenu était provisoirement libre dans l'attente des résultats d'un rapport médical. Elle ouvrit le dossier de Dobbelaere et s'empara du P-V où était consignée la déposition de Miriam auprès de Van In. La jeune fille avait affirmé que c'était la première fois que son père levait la main sur elle.

« Je serai bien sûr très attentive au déroulement de l'enquête, dit-elle.

– Vous voulez dire que je suis libre ? »

Hannelore referma le dossier bruyamment et jaugea une dernière fois l'homme assis devant elle. Le séjour en cellule avait été une bonne leçon.

« Je ne vois pas de raison de vous retenir plus longtemps », dit-elle dans un sourire.

Elle songea malgré elle à la ponction mammaire qui l'attendait, à la relativité de la vie et au désespoir qui prend les hommes lorsqu'ils sont privés de leur liberté et reclus en prison.

10

« Je croyais que nous allions chercher madame le juge, lâcha laconiquement Versavel lorsque Van In lui demanda de prendre la direction de la gare.

– J'ai changé d'avis.

– Un nouvel élément ? »

Van In s'avachit sur son siège. Daems avait cité le nom d'un compagnon de taule qui lui avait un jour sauvé la vie. Et s'il allait tailler une bavette avec ce gars avant d'aller parler de son dilemme avec Hannelore ?

« Tu te souviens de Jean-Pierre Degruyter ?

– Le Calebar ?

– En personne ! »

Un an plus tôt, Degruyter avait été inculpé du meurtre de Stefaan Wille, un receleur de Blankenberge actif dans le secteur porteur des pistolets anciens, mais il avait été libéré lorsque Van In avait démontré qu'il n'était coupable que de vol avec effraction et port d'armes illicite[1].

---

1. Voir *Le Collectionneur d'armes*, le 5e tome de la série des enquêtes du commissaire Van In, aux Éditions Albin Michel.

« Il aurait quelque chose à voir avec Dobbelaere ? demanda Versavel.

– Non, répondit Van In. Mais, si je suis bien informé, il a comme par hasard partagé la cellule de Daems…

– C'est Daems qui te l'a dit ?

– Affirmatif. »

Daems était sans doute à mille lieues de penser que Van In était devenu pote avec le Calebar et qu'il allait régulièrement lui serrer la pince.

« Rue de la Barrière. C'est là que crèche Degruyter.

– Et tu sais ça comme ça ?

– Oui.

– Ah ah !

– Un souci, Guido ? Jaloux, peut-être ?

– Moi ?! »

Versavel se caressa la moustache avant de passer en quatrième.

« Tu veux que je mette le gyrophare ? demanda Van In lorsque l'inspecteur s'engouffra sous le viaduc de l'autoroute en cinquième.

– Le feu venait de passer à l'orange. J'ai dû donner un léger coup d'accélérateur. »

Van In se retourna et vit le feu passer au rouge.

« J'aurais juré qu'il était au rose », dit-il le plus sérieusement qu'il put.

Versavel serra les mâchoires. Les allusions de Van In commençaient à lui taper sur le système.

Fidèle à son surnom, Jean-Pierre Degruyter ouvrit la porte en caleçon.

« Tu es télépathe ou tu le sens, que je viens d'ouvrir un fût de Jupiler ? » dit l'ancien détenu en assénant une forte claque sur l'épaule de Van In en guise de bienvenue. « Entre, Pieter !

– On ne dérange pas, au moins ?

– Bien sûr que non ! »

Degruyter se retourna et cria vers l'intérieur de la maison, les mains en clairon :

« Saskia ! Mets-toi quelque chose sur le dos ! On a de la visite ! »

Sans attendre la réponse de son amie, il conduisit ses hôtes au jardin. Lorsque Saskia reconnut Van In, elle interrompit le geste qu'elle faisait pour reboutonner son chemisier et s'extirpa d'un bond de son transat pour lui sauter au cou.

« Ah ! Pieter ! s'exclama-t-elle. Ça fait un bail ! »

Saskia connaissait Degruyter depuis huit mois. Depuis qu'il lui avait confié ce que le commissaire avait fait pour lui, elle se montrait toujours extrêmement agréable avec lui. Elle le serra longuement contre elle. Pieter se laissa faire de bon cœur.

Versavel observait la scène avec un brin de perplexité. Lorsque Van In le vit raidir les mâchoires, il repoussa doucement la jeune femme.

« Je vous présente mon bras droit ! dit-il.

– Pieter nous a souvent parlé de vous ! s'exclama Saskia. Je vous ai tout de suite reconnu, monsieur Versavel ! »

Versavel lui serra la main. Il comprit pourquoi la jeune femme restait les seins à l'air le plus innocemment du monde : Van In avait fait son portrait.

« Une petite pils ? proposa Degruyter.

– Je vois que Pieter n'a pas tout dit. Je carbure à l'eau.

– Jean-Pierre a dit ça pour rire, dit Saskia. Malheureusement, je n'ai pas de Perrier. Un Spa rouge, ça ira ? »

Versavel approuva. Pieter n'avait donc pas lésiné sur les détails.

« Alors ce sera deux bières, un Coca et une eau pétillante pour monsieur Versavel !

– J'arrive, mon chou ! » dit Saskia en s'esquivant juste après que Degruyter lui eut passé une main sous son chemisier pour lui peloter les seins.

Ça, c'est la grande vie ! se dit Van In. *Un homme et une femme sans souci qui profitent du grand air, en toute simplicité ! Ce jardin est une vraie île déserte, à l'abri des émotions éthérées, des expériences frelatées et des hypothèques... Heureux les simples car ils verront le royaume de Dieu !*

« Tiens ! Pas plus tard que cet après-midi, j'ai parlé à un de tes anciens potes de taule ! dit-il.

– Quelle année ?

– Cru mille neuf cent nonante. »

Degruyter plissa le front, signe chez lui d'une intense activité cérébrale.

« Le petit Daems ?

– Toi, quand tu te fourres quelque chose dans l'ardoise ! s'extasia Van In.

– Il est dans la mouise ?

– J'en ai bien peur. »

En 1989, Roger Daems avait été condamné pour trafic de drogue, vol avec effraction et association de malfaiteurs. Contre toute attente, le procureur avait retenu la peine minimale et le juge avait embrayé.

« Ne me dis pas qu'il a encore donné quelqu'un ?

– Non.

– Alors, ça va. »

Dans les prisons américaines, la violence *intra muros* était encore plus forte qu'en ville. En Belgique, ce n'était pas comme ça : la taule est un endroit encore relativement peinard, ce qui ne veut pas dire non plus qu'on se l'y coule douce. Van In avait un jour pu consulter un rapport secret qui indiquait qu'au moins 0,3 % de la population carcérale mourait de mort violente. Dans neuf cas sur dix, il s'agissait de pédophiles ou d'indics, les deux catégories de détenus auxquels on ne faisait pas de quartiers. Or, Roger Daems avait collaboré avec le ministère de la Justice et donné plusieurs noms en échange d'une grosse remise de peine.

« Daems m'a dit que tu lui avais sauvé la vie.

– Ça crée des liens, Pieter, de partager une cellule… »

Degruyter leva la tête : Saskia arrivait avec les boissons. *Une bonne pinte et une paire de lolos bien fichus : le rêve de tout taulard… Comme on a fantasmé là-dessus, avec le petit Daems !*

« Il est toujours avec Myriam ? »

Van In fit oui de la tête en avalant une grande lampée de bière.

« C'est parce qu'il en pinçait pour elle, qu'il a fait ce qu'il a fait. Alors je lui ai filé un coup de main. »

Quand on tombe dans le crime organisé, on sait que la moindre trahison est un aller simple pour l'enfer. À un moment où la surveillance des gardiens s'était relâchée, deux jeunes gars s'étaient jetés à bras raccourcis sur Daems. L'un d'eux avait essayé de lui fourrer dans la bouche tout un stock de glaçons. Une plaisanterie ? Pas vraiment, car chacun contenait des éclats de verre. Le but était que, lorsque la glace aurait fondu dans l'estomac de la balance, le verre pilé lui occasionne des perforations intestinales… À l'air libre, une opération en urgence pouvait vous sauver la vie, mais, en taule, il faut des heures avant d'obtenir la visite d'un toubib. Si Degruyter n'était pas intervenu in extremis, Daems aurait abouti dans les statistiques des suicides en prison. Au lieu de ça, un des agresseurs s'en était sorti avec le nez cassé. Le médecin de la prison avait prétendu dans son rapport que le gars était tombé au préau, et fin de l'histoire.

« Tu es trop modeste, Jean-Pierre. Daems m'a tout raconté.

– Je n'ai rien fait que de très symbolique, Pieter. Je savais qu'il y avait un contrat sur sa tête.

– Il ne lui est finalement plus rien arrivé. Tu expliques ça comment ?

– Je sais seulement qu'après l'incident des glaçons, ils l'ont laissé peinard. »

Van In alluma une cigarette.

« Tu sais pourquoi ? »

Degruyter haussa les épaules. Il était extrêmement rare qu'un contrat reste lettre morte.

« Encore une petite bière ? demanda Saskia tout à trac. Et vous, inspecteur ? dit-elle en posant une main sur la cuisse de Versavel et en se penchant vers lui pour lui offrir une vue plongeante. Il y a du salami au frigo…

– Non merci, madame, répondit Versavel, pète-sec. Je ne mange jamais de viande prédécoupée.

– Mais je tranche mon salami moi-même, inspecteur ! » dit Saskia en gloussant comme une collégienne.

Elle s'éloigna de nouveau vers la cuisine. Van In ne put s'empêcher de rire.

« Ce dont je me souviens, reprit Degruyter, c'est que Daems a ensuite reçu plusieurs fois la visite d'une femme… Une certaine Dobbelaere…

– Non ! La femme de l'huissier de justice ?

– Aucune idée. Daems s'est montré très discret sur la question. J'ai d'abord cru qu'elle avait le béguin pour lui, mais quand j'ai laissé tomber une insinuation, il a piqué une colère terrible.

– Combien de fois cette madame Dobbelaere est-elle venue le voir ?

– Deux ou trois, pas plus.

– Est-ce que Daems lui écrivait ?

– Pas que je sache.

– Et sa femme à lui, la petite Myriam, elle lui rendait visite ?

– Elle venait toutes les semaines, sauf… »

Degruyter se gratta la tête.

« Quel con je fais ! Quand la Dobbelaere se pointait, Myriam ne venait pas. »

Van In vida la moitié de son verre. Il commençait à avoir l'impression que madame Dobbelaere savait quelque chose que Daems n'avait pas voulu ou pas pu lui dire. En tout cas, une chose était désormais sûre : il y avait un lien entre Dobbelaere et Daems.

« Et maintenant ? Qu'est-ce qu'on fait ? » demanda Versavel lorsqu'ils remontèrent dans la Golf, deux bonnes heures plus tard.

Je veux bien rigoler, mais il y a des bornes à ne pas franchir ! Pendant que Degruyter et Pieter échangeaient de vieux souvenirs, Saskia n'avait pas arrêté de le charrier.

« Quelle heure est-il ?

– Cinq heures et quart. »

Hannelore ne rentrait jamais à la maison avant six ou sept heures du soir. *Si j'arrive avant elle, je suis bon pour l'aspirateur et la vaisselle !*

« Il est trop tard pour faire le point au bureau, commença-t-il. Mais… »

Versavel démarra.

« L'Estaminet ?

– Comment as-tu deviné, Guido ? »

Les pils de Degruyter, c'était du pipi de chat. Elles ne comptaient pas vraiment. Et puis, l'état de mon foie est peut-être préoccupant, mais on ne va pas s'alarmer pour si peu…

« Une Duvel, un Perrier et une assiette de salami, dit Van In quand Johan vint prendre la commande.

– Va te faire foutre ! » grommela Versavel.

Johan haussa un sourcil. Versavel n'était pas le premier client à l'insulter ce jour-là. La canicule rendait tout le monde nerveux.

« Ce n'est pas après toi que j'en avais », s'excusa l'inspecteur.

Le patron tourna malgré tout les talons vite fait bien fait. Sa mère lui avait appris à se mettre à l'abri quand le temps était à l'orage.

« Saskia est une brave fille, Guido. Elle voulait seulement te taquiner.

– Une brave fille ! J'ai déjà entendu ça quelque part ! De toute façon, dès qu'une nana a des rondeurs, tu n'es plus toi-même !

– La vie serait triste sans rondeurs, Guido…

– La tienne, en tout cas !

– Je préfère ça à une croix gammée…

– Je n'ai aucune envie de parler politique avec toi ! »

Van In s'amusait comme un petit fou. Cela faisait longtemps qu'ils ne s'étaient plus chamaillés comme ça.

« Je n'ai plus de salami, intervint Johan, arrivé inopinément. Du fromage, ça ira ? »

Il posa les verres sur la table et une assiette de vieux-Bruges.

« *Fato prudentia minor.*

– Qu'est-ce qu'il marmonne ? demanda Johan.

– Johan te demande ce que tu marmonnes, répéta Van In. Allez, Guido ! Laisse-toi aller ! »

Assis à une table voisine, un touriste hollandais n'avait pas perdu une miette de la conversation.

« "L'instinct obscurcit tout" ! dit-il, rayonnant.

– Vous m'en direz tant ! » répondit Van In.

Le touriste rapprocha sa chaise. « Si tu parviens à gagner la confiance d'un Flamand, lui avait expliqué un ami qui vivait en Flandre depuis un moment, son hospitalité n'a plus de limite. »

« Il s'agit de la devise de la famille Giovo. C'est une parodie d'une citation de Virgile…

– … qui dit exactement le contraire : "*Aut rerum fato prudentia major*", autrement dit "L'instinct seul éclaire", précisa Versavel. Les *Géorgiques*.

– Je vois que monsieur connaît ses classiques !

– *Stultorum numerus infinitus est.*

– Autrement dit…

– … le nombre des fanfarons est infini, compléta Versavel.

– Ah ! Permettez, monsieur ! *Stultorum numerus infinitus est* signifie que c'est le nombre des imbéciles qui est infini !

– Et vous ne trouvez pas que ça revient au même ? »

Lorsqu'il comprit que le Flamand se moquait ouvertement de lui, le Hollandais se rembrunit et recula sa chaise à la hâte.

Van In but une gorgée de Duvel et alluma une clope.

« Content de te retrouver, mon vieux Guido !

– *Ego te absolvo.*

– Bien. »

Il y eut un silence. La conversation avec Degruyter donnait une autre perspective à toute l'affaire. Après tout, le colonel Sanders de l'APSD avait peut-être raison.

La société de Daems pouvait très bien servir de couverture à un trafic d'articles de contrefaçon. Dans ce cas, Daems avait un mobile pour tuer Minne et les indices retrouvés chez lui étaient authentiques.

« Je me demande quelles étaient les relations entre Mme Dobbelaere et Daems, dit soudain Van In.

– Ils étaient peut-être amis, tout simplement ?

– La femme d'un huissier de justice et un dealer ?! »

Van In but une nouvelle gorgée de Duvel.

« Ce que je ne comprends pas, c'est que tout semble si étroitement imbriqué. Minne est assassiné le lendemain du viol de Miriam. Minne et Dobbelaere ont usé leurs fonds de culotte dans la même classe d'école primaire. Minne tuyaute le colonel Sanders sur les activités de Daems. La Dobbelaere rend visite à Daems en prison. Ça fait trop de hasards !

– Et Bultinck ? Tu l'oublies ? »

Van In regarda Versavel sans comprendre.

« Le coup de fil, Pieter. Tu as dit toi-même que tu l'avais trouvé suspect.

– Quel coup de fil ? »

Versavel poussa un soupir.

« Le meurtre de Carlos Minne, tu te souviens ? Le coup de fil à la PJ… »

Comme souvent, Versavel se souvenait d'un détail que Van In avait complètement passé à l'as.

« Je vais peut-être chercher midi à quatorze heures…

– Je ne crois pas. Tu as raison. Les citoyens lambda ne connaissent pas le numéro de la PJ par cœur. La personne qui a passé cet appel avait peut-être intérêt à ce que Bultinck soit chargé de l'enquête…

– Nan !

– Sinon, explique-moi pourquoi ce type a justement téléphoné à la PJ ! »

Van In s'empara d'un sous-bock et prit quelques notes à la volée.

« On l'a déjà interrogé, ce quidam ?

– Bruynooghe et Carine devaient s'en charger aujourd'hui, répondit Versavel. À condition du moins que la lecture que tu leur as imposée leur en ait laissé le temps.

– Ah oui, les revues porno retrouvées chez Minne ! Je les oubliais, celles-là ! Il va falloir qu'on examine à la loupe l'extrait de baptême du bonhomme. Un chef de cabinet adjoint, ça doit avoir des antécédents impeccables, normalement… »

La remarque était particulièrement naïve dans la bouche d'un homme qui, à mesure qu'il blanchissait sous le harnais, se montrait de plus en plus sourcilleux sur l'intégrité des gens. Il ne tolérait pas la morale flottante de ceux qui prétendent que la fin justifie les moyens.

« Encore une petite Duvel, Pieter ? »

Van In sursauta. Versavel qui lui proposait une bière, c'était aussi étrange que d'entendre un magistrat proférer des excuses.

« *Fato prudentia major.* »

Ils éclatèrent de rire. Le Hollandais n'osa plus intervenir, même s'il avait continué à suivre la conversation depuis sa table. *Je ne comprendrai jamais les Flamands !* se dit-il en soupirant intérieurement.

Il était tentant de continuer à gamberger à la terrasse de L'Estaminet, mais Van In prit ses cliques et ses claques sur le coup de sept heures moins le quart. Il s'engouffra dans la rue Jozef-Suvée et se dirigea vers le Marché-aux-Poissons. Hormis un vendeur de lithographies qui refermait son étal à la hâte et deux amoureux qui se bécotaient sur le muret du canal, toute vie semblait avoir déserté le cœur de la ville. Les touristes avaient désormais un horaire aussi prévisible que des petits vieux. Dès la fermeture des musées, ils se précipitaient bruyamment vers les bus qui les reconduisaient dans la périphérie. Ceux qui étaient en demi-pension revenaient ventre à terre, tels des loups affamés, vers leur chambre d'hôtel où ils attendaient impatiemment l'heure du repas. Les moins fortunés, qui n'avaient réservé qu'une chambre avec petit déjeuner, se contentaient de grignoter les petits pains qu'ils avaient chipés le matin même à leur table. Bref, il y avait longtemps que le tourisme ne dopait plus autant l'économie locale que le prétendaient les politiciens. C'était un secret de polichinelle : il suffisait de se promener dans les ruelles de Bruges passé dix-huit heures pour en avoir confirmation. Même la ruelle de l'Âne-Aveugle et le *Burg* étaient désormais presque vides. Van In alluma une cigarette et traversa la place en diagonale. Comme c'était bon de flâner en ville sans être dérangé ! Parvenu sur la grand-place, il était si absorbé dans ses pensées qu'il ne remarqua pas la ravissante jeune femme qui lui avait emboîté le pas.

« Excusez-moi, monsieur l'agent ! Je cherche le quai Louis-Coiseau ! »

Van In fit volte-face.

« Hanne ! Qu'est-ce que tu fiches ici ?!

– Je voulais vous poser la même question, Pieter Van In. L'enquête s'est encore prolongée à L'Estaminet ? »

Hannelore mit le frein de la poussette et jeta un regard belliqueux à Van In. Comme il détestait se disputer en public, il se pencha vers les jumeaux pour les embrasser.

« Quand papa aura fini son boulot à la maison, on va bien s'amuser tous les trois au jardin ! dit-il.

– Bien sûr ! » dit Hannelore en soupirant.

« Alors ? demanda Van In. Satisfaite ? »

Il rangea l'aspirateur dans le cagibi sous l'escalier et s'affala sur une chaise de la cuisine. Les disputes conjugales étaient encore plus pénibles quand elles étaient muettes. Hannelore ne lui avait plus dit un mot jusqu'à leur retour à la maison, chose à laquelle elle ne l'avait pas habitué. Ce n'était pas la première fois que lui et Versavel tenaient une « réunion de travail » à L'Estaminet, et en général elles duraient plus longtemps.

« Un problème ? » demanda-t-il en lui caressant les seins.

Hannelore frissonna. Comment Van In réagirait-il si elle lui disait qu'elle allait subir une ponction mammaire la semaine suivante ?

« J'ai libéré Dobbelaere », dit-elle finalement.

Van In retira sa main comme s'il avait été frôlé par une anguille électrique.

« Quoi ?!

– J'ai libéré Dobbelaere. Je pense que…

– Tu es tombée sur la tête ?! Cet enfoiré a essayé d'étrangler sa fille ! »

Van In se leva d'un bond et alla chercher une Duvel dans le frigidaire. *Au secours ! Un remontant ! Vite !*

« Je ne pouvais pas faire autrement, se défendit-elle. Si son avocat était intervenu, il l'aurait de toute façon fait sortir. C'était à prévoir. Et puis, il a exprimé des regrets. Il s'est engagé à se faire suivre par un psychiatre… »

Van In ouvrit la bouteille et porta le goulot à sa bouche. Il le regretta presque aussitôt quand il sentit la mousse couler le long de son menton. Il s'empressa d'inverser son geste et de vider le reste de sa bière dans un verre.

« Laissez-moi formuler les choses autrement, madame le juge. Maître Dobbelaere dispose d'assez de thunes pour confier sa défense à un as du barreau, détail infime dont le ministère public a néanmoins tenu compte ! Allez, va ! J'ai compris ! Il n'y a rien de plus grave, pour vous, que de perdre la face devant un avocat ! Adieu promotion, adieu prestige ! Sincèrement, je me demande ce que tu aurais décidé si Dobbelaere avait été un bête menuisier ! »

Hannelore aurait pu objecter qu'elle ne faisait pas partie du ministère public, qu'un juge d'instruction agit en toute autonomie et qu'il ne prend en considération que des éléments objectifs, mais cela n'aurait fait que jeter de l'huile sur le feu.

« J'ai pris ma décision en mon âme et conscience, Van In !

– Veux-tu bien cesser de m'appeler Van In !

– J'ai pris ma décision en mon âme et conscience, Pieter ! »

La prise de bec dura plus d'une heure. Van In étala ses idées de gauche sur le droit et l'establishment, but plus de Duvel qu'il n'aurait dû et finit par dire des choses qu'il regretterait forcément le lendemain. En revanche, il ne lâcha rien sur ses visites à Daems et à Degruyter. Dans l'après-midi, il avait envisagé de demander à Hannelore de mettre le premier en préventive pour voir ce qui en ressortirait, mais, après le coup qu'elle venait de lui faire avec Dobbelaere, il s'était ravisé.

Hannelore ne demeura pas en reste. Elle aussi, elle prononça des paroles définitives qu'elle regretterait plus tard. Elle traita Van In de boit-sans-soif, de couille molle, de petit zizi, de commissaire à la mords-moi-le-nœud, de macho arrogant… Ces mots qui n'auraient jamais franchi ses lèvres en temps normal sortaient de sa bouche à flot continu. Le contraste avec les câlineries de la veille était saisissant. Le premier imbécile venu n'aurait pas manqué de le lui faire remarquer – du moins s'il était marié depuis un certain temps déjà.

« Je pense que tu ferais mieux d'aller te coucher, dit-elle subitement, lorsqu'elle se trouva à court d'insultes.

– Ah ah ! Madame ne trouve plus d'arguments !

– Arrête ta scène, Van In !

– Une scène ! Mais ce n'est pas moi qui fais une scène ! »

Hannelore le regarda dans les yeux.

« Bon. D'accord, c'est moi, mais toi, tu picoles !

– Et alors ? Quel scoop ! Ça t'ennuie ?

– Non, mais je n'ai pas envie de sonner du clairon pour te réveiller demain matin !

– Ce ne sera pas nécessaire, madame le juge ! » Van In se leva, ouvrit le dernier tiroir de la commode et en retira une carte bancaire. « Je vais dormir là où on veut bien m'offrir un service de réveil !

– Abruti ! »

Hannelore ôta ses chaussures et monta l'escalier. Elle était presque arrivée au premier lorsqu'elle se remémora l'incident avec Michel Arnould. Malgré la soirée mouvementée, elle ne put s'empêcher de sourire. Cela n'arrivait pas souvent qu'elle passe un savon à deux hommes le même jour ! Bob, qui avait suivi la discussion sans réagir, se releva du lit lorsqu'elle pénétra dans la chambre, prêt à être renvoyé au rez-de-chaussée. Face à l'inertie inhabituelle d'Hannelore, il se recoucha de tout son long.

11

Le service de réveil de l'hôtel Leeuwenburg où Van In avait finalement passé la nuit était d'une efficacité redoutable. Le portier de nuit le réveilla à six heures et demie, une heure plus tôt qu'il ne l'avait demandé, mais il ne s'en rendit compte qu'une fois installé dans la salle du petit déjeuner. Lorsque le commissaire s'en plaignit au portier, celui-ci s'excusa mollement avant de regagner la réception en traînant les pieds et en secouant la tête d'un air complètement désorienté. Car s'il en avait déjà vu de toutes les couleurs, dans son métier, c'était bien la première fois qu'il avait affaire à un client domicilié au coin de la rue et qui petit déjeunait d'une Duvel.

Contrairement à Van In et à Hannelore, Carine Neels avait passé une soirée aux anges, et la nuit au septième ciel. Elle entra dans son bureau en fredonnant, jeta son sac à main sur une chaise et se planta devant un miroir placé là pour observer les suspects. Elle était si absorbée par son reflet qu'elle ne remarqua pas la silhouette de Van In qui s'encadrait dans la porte.

« Bonjour, jeune fille ! »

Elle sursauta.

« Ho ! Salut, Pieter ! Tu es bien matinal ! » dit-elle, très consciente que le rose lui était monté aux joues.

Van In évita le miroir et s'assit sur le bureau de sa subordonnée. Il repensait au soir où elle l'avait attiré dans son appartement et où il avait dormi sur le canapé. La veille, cette scène avait nourri ses fantasmes et il s'en était fallu de peu que…

« Il y a du nouveau dans l'affaire Minne, lâcha-t-il.

– Ah ?

– Enfin, j'espère. »

La conversation était laborieuse. Mal à l'aise, Carine se tenait à carreau, tandis que Van In faisait de son mieux pour ne pas la dévorer des yeux. Heureusement, l'arrivée inopinée de Bruynooghe mit un terme à leur supplice commun. Son « bonjour » fit l'effet d'une sonnerie de trompette sur la muraille de Jéricho.

« Le commissaire me disait justement qu'il y avait du neuf dans l'affaire Minne, dit Carine pour détendre l'atmosphère, car Bruynooghe les regardait alternativement avec des yeux de merlan frit. Pas vrai, commissaire ?

– Oui. La journée s'annonce chargée ! »

Le stress est ce qui nourrit l'homme moderne, corps et âme. Sans lui, la vie n'a plus aucun sens. Mais qu'est-ce qui m'arrive de penser un truc pareil ? se dit Van In. *Moi qui n'aspire qu'au calme et au repos !*

« Comme prévu, nous avons auditionné l'homme qui a découvert le cadavre de Carlos Minne, dit Bruynooghe, enthousiaste. Le P-V se trouve sur votre bureau.

– Merci, Robert.

– Je peux faire quelque chose d'autre, commissaire ? »

Van In hésita. Il avait besoin que quelqu'un dise à Hannelore qu'il regrettait du fond du cœur, mais ce n'était décemment pas un service qu'il pouvait demander à Bruynooghe.

« Tu veux bien me chercher le numéro de téléphone de l'épouse Dobbelaere ? »

Lorsque Bruynooghe s'empara de l'annuaire de Bruges, il ajouta : « Elle vit à Rome, Robert.

– Rome ? Euh… la capitale de l'Italie ?

– Ah ? Je croyais que c'était en Pologne ! »

Bruynooghe interrogea Carine du regard, mais celle-ci venait de faire volte-face et lui tournait le dos.

Léontine débarrassa la table du petit déjeuner en silence. Depuis que maître Dobbelaere était rentré à la maison, il se disputait sans cesse avec Miriam. Jusqu'à présent, il avait réussi à se contrôler, mais pour combien de temps ? Léontine était une femme simple qui ne se mêlait jamais de la vie privée de son employeur. Elle sentait néanmoins que tout cela finirait mal. Le matin même, elle s'était rendue à la chapelle du Saint-Sang à sept heures et demie pour y prier tout un chapelet. Pour la première fois de sa vie, elle s'était révoltée contre Dieu. Elle avait exigé qu'après toutes ces années, Il se manifeste enfin à elle, mais aucune tempête ne s'était levée, les rideaux du temple ne s'étaient pas déchirés, et aucun éclair n'avait zébré le ciel. Pourtant, Dieu ne l'abandonnait pas, à preuve la détermination nouvelle dont elle se sentait habitée.

« Vous voulez que j'aille réveiller Miriam, maître ?

– Non, laisse-la dormir, Léontine ! »

Elle posa la confiture, le café et les toasts sur un plateau et retourna en cuisine. Un rayon de soleil perça la fenêtre et dessina comme une auréole sur le sol. Léontine rangea son plateau sur le plan de travail et alla se placer au centre du cercle de lumière. Elle attendit que son patron ait refermé la porte de la salle à manger derrière lui et qu'il se soit engouffré dans la rue après avoir pris le courrier dans la boîte aux lettres, comme chaque matin avant de se rendre à l'étude.

Léontine sortit du disque de lumière, jeta un bref coup d'œil dans le couloir et, le cœur battant à tout rompre, se dirigea vers le téléphone du salon.

La veille, elle avait mémorisé le numéro de Sofia : 00 39 6 235 64 17. Elle décrocha le combiné et, d'un doigt tremblant, forma les douze chiffres. Cela faisait trente ans qu'elle n'avait plus composé un numéro international. Cette fois-là, elle avait téléphoné à sa sœur, en Australie, pour lui annoncer la mort de leur mère. Il s'en était passé des choses, depuis !

Il suffit de quelques secondes pour que la tonalité se fasse entendre à l'autre bout du fil. Quelqu'un décrocha presque aussitôt.

« *Pronto* !

– Bonjour. C'est moi, Léontine. »

Il y eut un silence.

« Léontine, de Bruges. C'est bien madame ? Madame Dobbelaere ?

– Léontine ! C'est toi ?!

– Oui, madame. »

Sofia Dobbelaere prenait le petit déjeuner à une terrasse avec vue sur le Tibre et le château Saint-Ange. Elle n'avait pratiquement pas fermé l'œil de la nuit. En reconnaissant la voix de son ancienne bonne au téléphone, elle sut qu'elle avait bel et bien fait un rêve prémonitoire et que ses pires craintes étaient sur le point de se réaliser.

« Dis-moi, il ne s'est rien passé de grave, j'espère ? »

Léontine se mit à pleurer doucement.

« Miriam est en danger, dit-elle enfin. Monsieur a essayé de la tuer ! »

Van In lut le P-V que Bruynooghe avait posé sur son bureau avant de méditer. Comme tous les matins, Désiré Nuytens, un conducteur de locomotive à la retraite, promenait son chien sur la plage. Certaines communes de la côte interdisent cette pratique, pas Blankenberge. Mais notre homme était un original : il aimait les chiens *et* la plage, aussi ne l'emmenait-il faire sa crotte que dans les zones désertes. C'est la raison pour laquelle, de tous les promeneurs matutinaux, il avait été le seul à repérer la tête de Carlos Minne.

Van In tenta d'imaginer le tableau. Un homme seul promène son chien sur la plage… Subitement, l'animal flaire une odeur de chair et de sang. Il part en courant. Son maître le suit au petit trot. Arrivé à l'endroit fatidique, il ne comprend pas tout de suite que la monstrueuse sphère rincée par les vagues est une tête d'homme. À ce moment-là, il s'empare de son téléphone et il appelle la police.

Van In reposa le P-V sur son bureau et se renversa sur son siège, les mains dans la nuque. Le témoin anonyme qui avait prévenu la PJ cinq minutes plus tard lui restait en travers de la gorge. Était-ce aussi un promeneur ou… ?

Il s'empara du téléphone et appela Bruynooghe.

« Alors ! Tu as trouvé le numéro de l'épouse Dobbelaere ?

– Quel numéro ? répondit Carine. Robert a mangé au restau hier soir. Il se paie une bonne turista.

– Le voilà, ton numéro : 00 39 6 235 64 17 ! » s'exclama Versavel en entrant dans le bureau.

Il venait de croiser Bruynooghe dans le couloir, la mine décomposée.

Van In mit sa main sur le micro du combiné.

« Qu'est-ce que tu fais ici à cette heure ?

– J'allais te poser la même question », répondit Versavel.

Il ôta sa veste et prit place à son bureau. Si quelqu'un devait un jour tenir la chronique de la police de Bruges, le moment était absolument à immortaliser : c'était la première fois que Van In était à son poste avant huit heures du matin.

« Carine ?

– Oui, Pieter ?

– Tu peux chercher le numéro du poste de pilotage de Zeebrugge pour moi, s'il te plaît ?

– Tout de suite ! »

Van In raccrocha et se rencogna dans son fauteuil. *Ça a des avantages, d'avoir du petit personnel. Il fut un temps où j'aurais dû tout me coltiner moi-même...*

« Je prépare du café, ou monsieur a d'autres projets ? »

Van In fit la sourde oreille. Il essaya de récapituler. Il oubliait quelque chose, mais quoi ?

« Bon ! Du café, donc ! » trancha Versavel.

Au moment où Van In allait répondre par l'affirmative, Bruynooghe entra dans la pièce, visiblement soulagé.

« Voilà le numéro du poste de pilotage : 050 55 14 84 ! » claironna-t-il.

De mieux en mieux, se dit Van In. *À ce train-là, autant communiquer par tam-tam ! Mais ce qui compte, ce sont les résultats, et je l'ai, mon numéro.*

« Merci, Robert.

– Je peux faire autre chose ? »

Van In sourit.

« Appelle-le donc, ce poste de pilotage ! Et demande-leur de prendre contact avec moi le plus rapidement possible. »

Bruynooghe opina du bonnet avant de quitter la pièce.

« Les artistes trouvent l'inspiration durant leurs nuits blanches…, commenta Versavel.

– Dois-je comprendre que tu me prends pour un artiste ?

– Oh que non ! Par contre, il est clair que tu n'as pas beaucoup dormi…

– Ha ! Ha !

– Ha ! Ha ! »

Le café chantait sa douce mélodie pour tuyaux entartrés et cafetière lorsque la sonnerie du téléphone retentit.

« Allô, commissaire Van In ? »

Joris Hulselmans était un Anversois de cinquante-quatre ans qui travaillait depuis dix ans comme pilote à Zeebrugge. Il n'avait jamais eu affaire à la police, sauf la fois où il avait refusé de payer une amende pour stationnement interdit, un petit acte de rébellion qui lui avait valu la visite d'un huissier de justice. Comme il avait l'air d'être tout sauf enchanté, Van In lui servit du capitaine, avant de lui expliquer qu'il avait absolument besoin de l'expertise d'un pilote chevronné pour résoudre une affaire criminelle. *C'est dans la poche, mon kiki,* se dit-il en entendant son interlocuteur se perdre en circonlocutions.

« Lèche-cul ! dit Versavel lorsque Van In eut raccroché.

– La PJ nous a bien envoyé toutes les pièces liées à l'assassinat de Carlos Minne ? » demanda soudain Van In.

Versavel haussa les épaules.

« Tu crois toujours que Bruxelles est la capitale de la Flandre ?

– Déconne pas, Guido.

– Tu veux que je mette Carine et Bruynooghe sur le coup ?

– Et Bultinck ? Il est sur pied ?

– Aucune idée. »

Van In arracha de son calepin la feuille sur laquelle il avait pris note et la rangea dans sa poche revolver. Plus l'affaire Minne avançait, plus les choses s'embrouillaient. Les personnes impliquées jouaient toutes sans exception à un petit jeu dont les règles, si tant est qu'il y en eût, ne semblaient pas très claires. Pourquoi Miriam n'avait-elle pas dit à l'hôpital que son père avait essayé de la tuer ? Pourquoi n'avait-elle plus jamais pipé mot du viol ? Quel rôle Daems jouait-il ? Qui essayait de lui faire porter le chapeau du meurtre de Carlos Minne ? Sa femme était-elle aussi innocente qu'elle voulait le faire croire ? Et l'épouse Dobbelaere ? Que venait-elle faire dans cette galère ? Daems ne s'était-il pas envolé pour Rome deux fois en un an ? Bultinck essayait-il de dissimuler les résultats de l'enquête ? Ou avait-il une trop haute opinion de lui-même pour s'abaisser à collaborer avec la police communale ?

« Je m'occupe de Bultinck ! dit Van In.

– Bruynooghe et Carine ont fini de passer au peigne fin les éléments que tu as ramenés de chez Carlos Minne… », lâcha Versavel d'un air entendu.

En clair : inutile de tout faire nous-mêmes quand l'équipe peut s'en charger.

« J'ai dit qu'ils devaient rester à se tourner les pouces ?

– Non, en effet. »

Il sourit, attendant patiemment que Van In poursuive.

« Quand est-ce que Carlos Minne a été chef de cabinet adjoint ?

– De nonante-deux à nonante-six.

– Demande à Bruynooghe et à Carine de dresser la liste de tous les criminels qu'Arnould a défendus durant cette période. Je veux savoir combien d'entre eux ont bénéficié d'une mise en liberté au tiers de leur peine !

– À vos ordres, commissaire ! »

Entendre Versavel parler comme ça, c'était aussi incongru que de surprendre un « Sire ! » dans la bouche d'un républicain s'adressant au roi.

« Je n'ai pas fini, Guido ! Je veux aussi savoir combien de fois Bultinck a trempé les mains dans cette enquête. »

Il arrive, Van In le savait, que dans sa hâte de résoudre une affaire le premier, un enquêteur se laisse aveugler par l'arbre proverbial – celui qui cache la forêt – avant que le hasard, ou presque, ne le remette subitement sur la bonne piste. N'était-ce pas justement ce qui se passait en ce moment même ? *Si Guido n'avait pas rechigné, je n'aurais jamais fait le lien entre les activités de Carlos Minne et celles d'Arnould et de Bultinck. Bah ! Qui ne risque rien n'a rien ! Ça ne fera pas de mal si nous allons fouiner un peu de ce côté-là…*

« Je propose d'aller voir Bultinck, dit Versavel, comme s'il lisait dans ses pensées.

– Non, Guido. Pas tout de suite. Filons d'abord à Zeebrugge ! »

Si de nombreux Anversois avaient le cœur retourné à la seule idée que le port de Zeebrugge était devenu une des plaques tournantes du trafic maritime mondial, la ville était restée une modeste station balnéaire familiale. Versavel n'eut aucun mal à trouver à se garer à quelques pas des dunes.

« Tu m'étonneras toujours ! » dit-il alors qu'ils montaient sur la digue.

Van In ne répondit pas. Il pensait à Hannelore, et aux enfants.

« Puis-je demander ce que nous venons chercher ? demanda Versavel en pédalant dans le sable fin.

– Tu n'aurais pas un mètre-ruban, par hasard ?

– Un mètre-ruban ?! Pour quoi faire ? »

Un homme au teint hâlé se tenait à peu près à l'endroit où Carlos Minne avait été retrouvé. Il portait un pantalon de grosse toile, une chemise immaculée et une casquette de marin. De loin, il avait un petit air de ressemblance avec le capitaine Haddock.

« Bonjour, monsieur Hulselmans ! »

Van In présenta Versavel, qui en oublia aussitôt ses questions existentielles. Hulselmans irradiait la force et la maîtrise de soi, deux qualités habituelles chez un pilote, mais qui éveillaient dans son esprit des associations d'idées plus émoustillantes les unes que les autres.

« Appelle-moi Guido, dit-il sans ambages, sûr de reconnaître un des siens.

– Et moi, c'est Joris ! » répondit Hulselmans en se fendant d'un sourire charmeur.

Craignant que les deux hommes n'échangent sur-le-champ leurs numéros de téléphone, Van In siffla la fin de la récré en en venant aux faits.

« Ce qu'on voit là, c'est bien la ligne de marée haute ? demanda-t-il en pointant du doigt le ruban sombre qui serpentait à perte de vue sur le sable.

– Oui, la courbe cotidale », crut bon de préciser Hulselmans.

Van In sortit de sa poche un calendrier des marées.

« Autrement dit, reprit-il en se déplaçant jusqu'à un amas d'algues échouées, la mer monte jusqu'ici à marée haute.

– C'est l'évidence même, commissaire.

– Quelle peut être la profondeur de l'eau, à votre avis ?

– La hauteur d'eau, vous voulez dire ? C'est extrêmement variable… »

Van In dépliait maintenant une photocopie du croquis représentant la scène du crime effectué par le labo technique. La laisse de pleine mer y était notée comme point de référence. Versavel, qui venait enfin de comprendre, s'empara de son mètre-ruban, car il en emportait toujours un avec lui, et reporta sur le sol la distance de 12,45 mètres renseignée par le schéma. À hauteur du point ainsi calculé, Van In traça une croix dans le sable en deux coups secs du talon.

« Ici ? Quelle est la hauteur d'eau, comme vous dites ? »

Joris Hulselmans fronça les sourcils. Si on lui avait demandé de réciter par cœur le calendrier des marées du mois de juillet, il y serait sans doute parvenu, mais là, le commissaire lui posait une colle.

« Ça dépend en grande partie de l'inclinaison de la plage.

– Une estimation, peut-être ? »

Faute de mieux, Hulselmans appliqua la règle des douzièmes qu'utilisent les marins et les pilotes, bien conscient qu'il ne serait pas précis à cent pour cent, car le phénomène des marées ne se résume pas à une équation mathématique.

« À vue de nez, pas plus de trente centimètres », dit-il enfin.

Ce n'est pas beaucoup, mais ça suffit pour tuer un homme, songea Van In.

« Puis-je vous demander pourquoi vous me posez cette question ? » demanda le pilote.

Van In allait répondre qu'il n'était pas habilité à révéler les dessous de l'enquête et qu'il était lié par le secret de l'instruction quand Versavel débita tous les détails à Hulselmans, comme s'il s'agissait de la chose la plus naturelle du monde.

« Ah ! Ça change tout ! s'exclama celui-ci, la mine grave. Si je ne m'abuse, c'était une marée de mortes-eaux, samedi.

– Et alors ? » demanda Van In, piqué au vif.

Hulselmans s'agenouilla, ramassa un couteau de mer et entreprit de dessiner un schéma de la plage dans le sable.

« La marée est régie par le déplacement du Soleil et de la Lune par rapport à la Terre. Elle est au plus fort quand les deux astres sont en conjonction ou en opposition, c'est-à-dire au moment de la pleine Lune et de la nouvelle Lune. On parle alors de marée de vives-eaux. À l'inverse, son amplitude est la plus faible quand la Lune est à son premier ou à son dernier quartier, appelés quadratures. On parle alors de marée de mortes-eaux. »

Le pilote dessinait maintenant la Lune à toutes ses phases, indiquant chaque fois d'un trait l'état de marée correspondant.

« Tout cela est prodigieusement intéressant, monsieur Hulselmans, intervint Van In. Mais, franchement, je me demande si… »

Les Anversois ont la manie fâcheuse de couper la parole à leur interlocuteur à tout propos, mais, cette fois, Versavel estima qu'Hulselmans avait raison d'interrompre Van In.

« Par marée de mortes-eaux, la hauteur d'eau à l'endroit que vous indiquez est réduite de moitié », asséna-t-il.

Joignant le geste à la parole, il mesura cet écart entre le pouce et l'index de sa main droite et posa le premier à hauteur de sa gorge. Son index n'arriva pas plus haut que le milieu de son menton. La démonstration se passait de commentaire. Il y avait peu de chance que Carlos Minne ait trouvé la mort ainsi.

« Mais les poumons de la victime étaient gorgés d'eau de mer ! » objecta Van In.

Hulselmans sourit.

« Il suffit d'aller un peu plus loin pour avoir une hauteur d'eau suffisante. On l'a peut-être déplacé après l'avoir noyé…

– C'est tout à fait possible, commenta Versavel, enthousiaste. Tu ne crois pas, Pieter ? »

Van In haussa les épaules. *Drôle d'idée, de noyer sa victime et de l'enterrer ensuite avec du sable jusqu'au cou ! Ce n'est pas Daems qui aurait fait une chose pareille. Il fait de la voile, il connaît les marées.*

« Et si on discutait de tout ça devant un bon verre ? proposa Versavel. Quelqu'un a envie d'une Duvel ?

– Pas moi », répondit Van In.

Sans même prendre garde à cette réplique historique, Versavel interrogea Hulselmans d'un regard sans équivoque, et celui-ci le lui rendit sans ambiguïté.

« Allez-y ! dit Van In, subitement paternel.

– Et toi ?

– Je rentre à Bruges.

– Tu prends la voiture ?

– Non, le train. Ne t'en fais pas pour moi.

– Vraiment ? »

Versavel ressemblait à un ado qui vient d'obtenir une autorisation de sortie avec un rab d'une heure.

« Mais oui !

– Tu veux que je dise à Bruynooghe de venir te chercher à la gare ? » demande Versavel avec empressement.

Van In acquiesça. *Pas besoin d'un dessin, mon bon Guido.*

« À demain ! dit-il.

– Appelle-moi s'il se passe quelque chose de spectaculaire !

– Je n'y manquerai pas, Guido ! »

Arrivé devant chez Bultinck, Van In sonna. Pendant que l'écho de la sonnerie mourait dans le couloir, il fit le point. Dans le train, il avait eu tout le loisir de réfléchir aux implications du raisonnement tenu par Hulselmans. Pourtant, il avait beau se creuser les méninges, il ne parvenait à échafauder aucune hypothèse satisfaisante.

Après un temps qui parut infiniment long à Van In, Bultinck entrouvrit enfin la porte. Des bribes de Vivaldi s'échappaient du salon.

« Je peux entrer ?

– Bien sûr ! Vous avez bien fait de passer à l'improviste ! dit le commissaire de la PJ en invitant Van In à rentrer d'un large geste de la main. Désolé de vous avoir fait attendre. Cette saloperie de grippe intestinale me joue encore des tours ! »

Avec sa robe de chambre, ses pantoufles élimées et les gouttes de sueur qui luisaient sur son front blafard, il n'avait vraiment pas l'air dans son assiette.

« J'ai à vous parler », dit Van In en entrant.

La salle à manger de Bultinck était bien celle d'un célibataire. Il y régnait un bordel indescriptible et cela puait le bouc.

« C'est nécessaire ?

– Oui, je crois.

– Je vous propose un café ?

– Non merci, sans façon. »

Van In alluma une cigarette dès qu'il eut pris place. Le cendrier posé sur la table lui avait fait de l'œil.

« Je viens au sujet de l'affaire Carlos Minne », reprit-il.

Bultinck s'assit en face de lui dans le canapé et croisa les jambes. Van In repéra une tache d'eau sur la manche droite de sa robe de chambre.

« Un problème ? »

– Carlos Minne était sans doute déjà mort quand son assassin l'a enterré dans le sable, lâcha Van In, en vrillant son vis-à-vis d'un regard implacable.

– Et alors ? Qu'est-ce que ça change ?

– Réfléchissez, Bultinck… »

Van In sortit de sa poche le calendrier des marées et le tendit à son collègue. Il avait surligné certains chiffres au marqueur fluo, mais il se garda bien de dire quoi que ce soit au sujet des mortes-eaux.

« Samedi matin, la marée haute a atteint son point culminant à 5 h 14. »

Joignant le geste à la parole, il mit sous le nez de Bultinck un croquis où il avait indiqué les niveaux d'eau habituels et l'endroit où Minne avait été retrouvé enterré.

« Et alors ? Il y a une arête dans le poisson ? demanda Bultinck. Le rapport d'autopsie situe bien la mort de Minne à cette heure-là.

– Exact. Mais vous prétendez qu'un témoin les a vus. lui et Daems, sur la digue, à minuit et demie

– Tout juste !

– Il a été baptisé, ce témoin ? »

Bultinck se raidit. Il avait bien dit à Arnould que Van In n'était pas du genre à avaler des couleuvres ! Mais le Gros Michel avait écarté son objection d'un revers de la main en prétendant qu'un témoin restait crédible jusqu'à ce que son témoignage soit invalidé par les faits.

« Patrick Colombier. »

Il y eut un silence. Van In se rendit compte que Bultinck ne transpirait plus. Il comprit presque simultanément pourquoi celui-ci avait mis tellement de temps à lui ouvrir la porte : il s'était déshabillé, avait passé une robe de chambre et s'était aspergé le visage pour faire croire qu'il était fiévreux.

« King Kong ?

– En personne !

– Ah ! Vous le connaissiez !

– Qu'est-ce qui vous fait penser ça ? »

Bultinck comprit trop tard qu'il venait de tomber dans le panneau. Il chercha en vain une échappatoire, mais Van In abattit la carte suivante sans ménagement.

« Parce que le surnom de Colombier n'est connu que dans certains milieux. À moins que notre homme ne vous ait fait des confidences, bien sûr, mais, dans ce cas, vous auriez dû consigner ça dans le P-V !

– Je me remettrai au travail dès que cette satanée grippe intestinale m'aura lâché les basques.

– Bien sûr, collègue. Vous n'êtes pas en état de travailler pour le moment, ça se voit à dix mètres !

– Je reprends le collier dès demain, dit Bultinck, sourd à l'ironie de Van In.

– Il n'y a pas le feu au lac, prenez tout votre temps ! répondit Van In, qui venait de se rendre compte qu'il valait mieux ne pas mettre la puce à l'oreille du péjiste. Il avait besoin de preuves.

– Vous avez bien fait de passer, dit Bultinck lorsque Van In se leva pour prendre congé. Vous aurez toutes les pièces sur votre bureau demain matin. »

Je ne sais pas ce qui m'a pris de venir ici, songea Van In en serrant la pince du ripou. *Ça complique toujours les choses, de faire la connaissance de l'ennemi. Ça le rend plus difficile à écraser comme un vulgaire cloporte.*

C'est la mélancolie qui poussa Van In jusqu'à L'Estaminet et qui l'incita à enfiler coup sur coup deux Duvel en terrasse. L'amertume qu'il avait dans la bouche ne lui venait pas de la bière : c'est qu'il n'avait pas l'habitude de boire en solo, tout soiffard qu'il était.

La solitude est une compagne agréable, soliloquait-il. *Elle vous fiche une paix royale… Les minutes paraissent des heures. Encore un peu, et on aurait l'illusion de toucher du doigt l'éternité.*

Une ombre se profila sur la table.

« Bruynooghe ! » dit sobrement Johan en tendant un téléphone portable au commissaire.

Van In écrasa sa cigarette d'un geste précis.

« Commissaire ! Je viens de recevoir une visite un peu particulière… Devinez ! Léontine, la bonne de Dobbelaere ! Elle voulait absolument parler à Versavel !

– Elle est toujours là ?

– Non, malheureusement !

– Et Versavel ? Il a pu prendre son témoignage ?

– Non, c'est vraiment pas de bol que…

– Bordel ! Mais pourquoi tu m'appelles, exactement ? »

Il y eut un silence à l'autre bout du fil. Pendant une demi-heure, Bruynooghe s'était évertué à rassurer la petite vieille et il lui avait juré ses grands dieux qu'il passerait le message à Versavel.

« La fille Dobbelaere s'est envolée pour Rome ce matin, dit-il enfin. Elle a laissé un mot disant qu'elle ne veut plus vivre avec son père.

– Tu as essayé de joindre Versavel ?

– Il ne décroche pas ! »

Van In en eut la chair de poule. Il n'y avait qu'une seule chose qui empêchait Guido de répondre au téléphone.

« File-moi le numéro de la femme de Dobbelaere ! »

Van In se fendit d'un beau bouquet de fleurs, rue de la Monnaie, avant de reprendre le chemin de l'impasse du Poisson-Gras, le cœur battant. Après ce qui s'était passé la veille, il avait intérêt à sortir le grand jeu s'il voulait qu'Hannelore lui confie une commission rogatoire pour Rome, comme il l'espérait. Il n'avait pas le choix. La conversation qu'il venait d'avoir avec l'ex-femme de l'huissier de justice était claire. Il avait eu la nette impression qu'elle en savait plus que ce qu'elle daignait dire. Il avait insisté, insisté, insisté, jusqu'au moment où elle avait accepté de le rencontrer. Ils s'étaient fixé rendez-vous dans un restaurant au nom imprononçable quelque part dans Trastevere, le quartier bobo de Rome.

Chantal Minne gara sa voiture dans le parking souterrain du Zand avant de gagner à pied la porte Maréchale, s'arrêtant çà et là devant une vitrine pour s'assurer qu'elle n'était pas suivie. Le meurtre de son mari et la visite de la police lui avaient mis les nerfs en pelote. Elle ne dormait pratiquement plus. Quand elle sombrait enfin dans le sommeil, au point du jour, c'était pour se réveiller presque aussitôt sous l'effet d'un cauchemar.

Arrivée à la porte Maréchale, elle bifurqua à droite et longea le rempart jusqu'à l'endroit convenu avec Arnould. Elle avait glissé dans son sac à main le petit calepin noir qu'elle avait trouvé dans le bureau de Carlos et où celui-ci avait consigné les sommes reçues chaque mois de Daems. Au téléphone, elle avait menacé Arnould d'aller trouver les flics si les versements ne continuaient pas. L'homme avait accepté de la rencontrer et promis un règlement à l'amiable. Enfin, elle tenait son ennemi de toujours à sa merci !

Malgré l'heure avancée, la lumière était restée allumée dans le jardin de Daems. Assise les pieds sur une chaise, dans la pergola, Myriam triturait un mouchoir en papier en écoutant les bruits du dehors. Il y avait de l'orage dans l'air. Le vent d'est qui charriait des nuages d'un noir d'encre avait abaissé la température de plus de dix degrés en une petite demi-heure. Le premier éclair zébrerait le ciel d'une minute à l'autre.

« Pourquoi tu ne m'as pas parlé de ça plus tôt ? » demanda-t-elle subitement.

Roger Daems s'arrêta net de tourner comme un ours en cage. Il ne jouerait plus la comédie, c'était décidé. Myriam avait le droit de savoir d'où leur venait leur richesse.

« En prison, j'ai promis à Arnould de diriger le réseau. En échange…

– Il a obtenu ta libération anticipée. »

Myriam se moucha longuement. Elle se posait des questions depuis un bon bout de temps. Comment se faisait-il que DIMLI était si prospère ? La villa, le bateau, les voyages… Tout était allé bien trop vite !

« Arnould a tenu parole. Je suis sorti de taule comme il l'avait dit. Et le fisc, ajouta-t-il en pensant aux contacts de Dobbelaere au ministère des Finances, le fisc m'a oublié.

– Mais à quel prix, Roger ?!

– Cette histoire est réglée, maintenant, chérie. Le passé, c'est le passé ! Mais si j'avais su ce que toi tu as dû endurer…

– Est-ce que j'ai jamais exigé de toi que tu deviennes riche ?! C'est toi que j'aime ! Pas le fric !

– Ah ! Tu le prends comme ça ! » s'écria Daems en se plantant devant elle, les jambes écartées.

Elle avait raison, et ça lui était insupportable. D'un coup d'éponge, la colère effaça de sa mémoire les souvenirs de dix ans de bonheur.

« Et ça ne te viendrait pas à l'idée de me témoigner un peu de gratitude ?

– De la gratitude ?! hurla-t-elle. Est-ce que je t'ai jamais reproché quoi que ce soit ?! »

Les répliques s'enchaînèrent malgré eux et ils assistèrent, comme de l'extérieur, au triste spectacle de leur couple qui se déchirait. Lorsque Roger Daems commença à se plaindre des angoisses qui avaient hanté ses nuits et ses jours en prison, elle se précipita dans la maison en pleurs.

Salaud ! Pendant que tu te la coulais douce en taule, je recevais de la visite, moi ! Cent trois fois très exactement ! La facture, c'est moi qui l'ai payée, connard !

12

Quelle que soit l'heure, le bois de Tillegem restait plongé dans la pénombre, sauf, peut-être, à l'aube, quand les premiers rayons venaient frapper les troncs presque à l'horizontale. L'espace d'un instant, une camionnette rouge de la poste jeta une touche de couleur sur cette toile quasi noire, mais elle fut aussitôt effacée, comme si le facteur avait le diable aux trousses. Il était assurément pressé, car, une fois n'est pas coutume, il avait un recommandé à déposer chez Chantal Minne. Au lieu de jeter le courrier dans la boîte aux lettres par sa vitre ouverte, il gara la petite Renault, sortit de voiture, ouvrit la barrière et traversa le jardin jusqu'à la porte d'entrée. Deux lapins sortis des fourrés le regardèrent sonner avant de filer comme l'éclair au bout de la pelouse. Le facteur savait que la propriétaire n'était pas au mieux de sa forme, aussi attendit-il patiemment. Finalement, il marcha jusqu'à la fenêtre et, les mains en visière, scruta l'intérieur de la maison. Il crut d'abord que Chantal Minne avait fait la lessive et mis une robe à sécher à une poutre du salon. Lorsque ses yeux se furent habitués à la pénombre, il distingua des jambes qui dépassaient de ladite robe, et poussa une exclamation étouffée. *Bordel ! Y a qu'à moi que ça arrive, des histoires pareilles ! Dire que j'avais promis aux enfants de les emmener à la mer cet après-midi !*

« Bonjour, madame le juge ! » dit Robert Bruynooghe en effleurant le bord de sa casquette avant de la conduire dans le salon.

Seule une corde sectionnée pendue au plafond indiquait encore le drame qui s'était joué là quelques heures plus tôt. Le corps de Chantal Minne était étendu sur le canapé sous un drap.

Livide, le facteur tentait de reprendre ses esprits dans la cuisine.

« Van In n'est pas là ? » demanda Hannelore.

Les fleurs et le pauvre sourire qu'il lui avait offerts la veille l'avaient attendrie, mais lorsqu'il avait évoqué la commission rogatoire, la dispute avait repris de plus belle. Van In avait quitté la maison absolument hors de lui, et elle avait pleuré comme une madeleine sur le canapé. Tout son corps gardait le souvenir de cette mauvaise nuit : ses yeux étaient cernés de noir et ses membres raides et endoloris lui donnaient l'allure d'un zombie qui marche au radar.

« Le commissaire ?! demanda Bruynooghe, déboussolé.

– Je ne suis pas d'humeur à plaisanter, Robert. »

Hannelore souleva le drap et scruta le visage de la malheureuse. Elle s'était toujours arrangée pour s'épargner cette confrontation, mais, cette fois, elle éprouvait le besoin de regarder la mort en face. Les yeux exorbités, la bouche ouverte, les joues luisantes, Chantal Minne n'offrait pas un spectacle des plus réjouissants. Une odeur tenace s'échappait de sous le drap et collait aux vêtements.

Bruynooghe attendit patiemment que le juge d'instruction ait terminé.

« Je ne rigolais pas, dit-il quand Hannelore se fut enfin redressée. Le commissaire et Versavel sont partis en commission rogatoire à Rome. »

Il aurait tout aussi bien pu dire que Van In avait sauté en élastique depuis le sommet du beffroi.

« À Rome ?!

– Oui, madame le juge. Même que c'est Carine qui les a conduits à l'aéroport de Zaventem ce matin. »

Hannelore sortit son portable de son sac et composa illico le numéro de Beekman, mais elle se ravisa et coupa la communication.

« Vous savez quand même que seul un juge d'instruction est habilité à ordonner une commission rogatoire.

– Bien sûr, madame le juge ! »

Le visage d'Hannelore s'éclaira, ce qui ne voulait pas dire pour autant que son humeur s'améliorait.

« Dans ce cas, le commissaire Van In vous aurait-il par hasard communiqué le nom du triple imbécile qui a commis la connerie de les envoyer à Rome, lui et son ami, aux frais du contribuable ? »

Bruynooghe n'était peut-être pas le flic le plus diplomate de Bruges, mais il comprit qu'en l'état actuel des choses, il n'avait pas le choix : il devait dire la vérité.

« D'après le commissaire Van In, c'est vous », dit-il, fixant des yeux un point au mur, derrière Hannelore.

Elle se pétrifia. Ce n'était pas la première fois que Van In partait en vrille après une dispute conjugale, mais, là, c'était le pompon.

« Vous allez bien, madame le juge ? »

« On n'aurait pas mieux fait de prendre un taxi ? »

Versavel posa sa valise, roula ses manches de chemise

et se rafraîchit les mains à une des innombrables fontaines qui embellissent Rome. En l'occurrence, il s'agissait d'un magnifique sarcophage de pierre orné d'un robinet de cuivre qui déversait en continu l'eau d'un torrent de montagne.

« Tu n'es quand même pas déjà fatigué ? » s'exclama Van In.

Au loin brillait le blanc éclatant du monument altier que Victor Emmanuel II avait fait édifier sur la Piazza Venezia à la mémoire des soldats morts pour la patrie – et que la plupart des Romains appellent « la pièce montée » ou « la machine à écrire ».

« Je te rappelle que tu as dit que ce n'était qu'à un petit quart d'heure de marche de la Stazione di Termini !

– Qu'est-ce que ça peut bien faire, quinze minutes en plus ou en moins, quand on marche à l'ombre du Colisée ?! »

Le dernier voyage de Van In à Rome remontait à sept ans. Autant dire un siècle, mais il se souvenait encore parfaitement de ses déambulations dans la ville en compagnie de son ex-femme. Les premiers jours, ils avaient marché du Trastevere au Forum avant de découvrir la Piazza Navona. Tout avait été nimbé d'un romantisme exquis, jusqu'au moment où Sonia s'était mise à rouspéter et à exiger de lui des choses qu'il n'était pas prêt à lui accorder. Finalement, le voyage censé sauver leur mariage avait fini en fiasco. Heureusement, la nature de Van In était ainsi faite qu'il avait oublié depuis longtemps les jérémiades de Sonia et qu'il ne se souvenait plus que de leurs moments idylliques dans la cité aux sept collines.

« Il faut croire que j'étais en meilleure condition physique la dernière fois que je suis allé de la gare au Tibre, Guido. »

Versavel s'épongea le front. S'il était rouge comme une pivoine, ce n'était pas à cause du soleil, mais parce qu'il ne digérait pas le vol Bruxelles-Rome, la différence de pression – ses oreilles bourdonnaient toujours – et le petit déjeuner en carton. Non, décidément, les vols en classe économique, ce n'était pas pour lui.

« Le Tibre est de l'autre côté de la ville, Pieter.

– Ce n'est pas ma faute si notre hôtel est à Hout-Si-Plout[1] et si la justice a toujours été pingre comme pas deux ! »

Les billets de dernière minute pour Rome lui avaient coûté douze mille francs, ce qui était extrêmement bon marché pour deux allers-retours, mais énorme pour son budget, d'autant plus que son compte en banque était dans le rouge depuis le buffet surprise qu'il avait offert à Hannelore quelques jours auparavant.

« Tu aurais pu appeler Sofia Dobbelaere, dit Versavel.

– Exact. C'est d'ailleurs ce que j'ai fait. »

Le pont Saint-Ange se profilait au loin. Van In se souvenait soudain qu'avec Sonia ils y avaient acheté deux chemises Lacoste pour un prix dérisoire à un vendeur à la sauvette. *Fato prudentia major.* Dans un pays où la maffia tirait toutes les ficelles, la vente d'articles de contrefaçon n'émouvait personne.

« Quand je lui ai expliqué quel genre de conversation je voulais avoir avec elle, elle m'a raccroché au nez.

– Alors tu l'as rappelée pour lui dire que tu venais en personne ?

– C'est à peu près ça, répondit Van In évasivement après avoir allumé une cigarette.

1. Village dont le nom, en Belgique, renvoie à un lieu imaginaire. Littéralement, il veut dire « Écoute s'il pleut ».

– Tu peux t'estimer heureux qu'Hannelore soit juge d'instruction ! D'habitude, il faut poireauter plusieurs mois pour obtenir une commission rogatoire ! J'ignorais qu'il était possible de régler ça en deux coups de cuiller à pot !

– Moi aussi, Guido. Moi aussi. »

« Je ne crois guère à la thèse du suicide ! »

Le légiste souleva une mèche de cheveux et indiqua à Hannelore une tache violacée sur le crâne de Chantal Minne.

« Cet hématome a l'air très récent. Je pense qu'elle a d'abord été frappée.

– Dans ce cas, il me paraît indiqué d'appeler le labo technique », répondit Hannelore.

Dupont hocha la tête.

Comme tous les légistes, c'était un banal généraliste qui arrondissait ses fins de mois en mettant de temps en temps ses connaissances au service de la justice. Accessoirement, il y gagnait de quoi écrire sur sa carte de visite un titre ronflant qui épatait sa clientèle.

Même s'il n'était pas une flèche, il avait acquis au fil des ans une bonne connaissance de l'âme humaine. Il eut l'intuition qu'Hannelore n'était pas au mieux de sa forme.

« Van In serait-il malade ?

– Pourquoi ? Il vous manque ?

– Non, madame le juge. Pas à moi.

– Bien.

– On ne le verra pas sur les lieux ?

– Vous connaissez Van In. Il va, il vient..., répondit-elle sur un ton acerbe qui confirma les soupçons du légiste.

– Puis-je vous proposer une tasse de café quand nous en aurons terminé ? »

Dupont avait récemment lu dans une revue médicale que la libido des hommes hautement diplômés connaissait une explosion après leur cinquantième anniversaire. À cinquante-trois ans, il renouait en effet avec la joie des matins splendides et triomphants, mais sa femme y demeurait totalement insensible.

« N'attendons pas, allons-y tout de suite ! » rétorqua Hannelore.

Dupont réprima l'envie d'entonner l'air du Catalogue. Un excès d'enthousiasme aurait tout gâché.

« Je connais un endroit où nous serons bien, dit-il, délibérément ambigu.

– Je vous fais confiance », répondit Hannelore en souriant malgré elle.

Si Van In apprenait que je vais boire un café avec Dupont, il serait aussi rassuré que si je m'offrais le restaurant avec Hannibal Lecter ! Il ne me le pardonnerait jamais ! Mais c'est de sa faute, non ? Je déteste qu'on me laisse en plan !

Le Dell'Arte, un tea-room de la rue Flamande, servait en effet un café exquis. Hannelore laissa fondre voluptueusement la dernière cuillerée de crème fraîche sur sa langue avant d'allumer une cigarette.

Connu pour sa croisade antitabac, Dupont décida sagement de ne faire aucune remarque.

« Étrange, quand même, dit-il pour relancer la conversation, que ces deux personnes qui vivaient sous le même toit se soient fait trucider l'une après l'autre en moins d'une semaine.

– Vous avez des infos sur Carlos Minne ?

– Il était connu comme le loup blanc ! Il jouissait disons… d'une réputation sulfur…

– Vous voulez dire qu'il avait des aventures ?

– Oui… euh… avec des femmes un peu spéciales… », dit-il en se penchant vers elle, le regard fiévreux.

Prise d'une raideur dans le genou, Hannelore étendit subitement une jambe sous la table et toucha involontairement le pantalon du médecin.

« Comment ça, un peu spéciales ? demanda-t-elle en souriant d'aise.

– Vous connaissez Arnould, l'avocat ? lança le légiste, convaincu que c'était dans la poche.

– Oui, bien sûr. »

Dupont se pencha une deuxième fois en avant. Il était si près d'Hannelore qu'elle sentit son souffle sur sa joue.

« Carlos Minne et lui étaient inséparables… Et d'après certains bruits…

– Il est de notoriété publique qu'ils allaient voir les putes ensemble, dit Hannelore pour lui couper l'herbe sous le pied.

– Ce n'est pas exactement ce que je voulais dire.

– À quoi faisiez-vous allusion, alors ? »

Dupont se rappela tout à coup qu'il était en train de draguer un juge d'instruction. *Arnould cessera de rire quand il sera convoqué à la barre pour rendre des comptes…*

Hannelore retira sa jambe pour se masser le genou.

Aïe ! pensa le légiste. *Si je me tais, c'est râpé !*

« Promettez-moi que tout ceci restera entre nous…, dit-il lorsque Hannelore recula sa chaise pour croiser les jambes.

– Mais puisque c'est de notoriété publique… ?

– Oui, mais…

– Ne vous faites pas de soucis, docteur. Je m'en tiens toujours aux faits et rien qu'aux faits.

– D'après la rumeur, Arnould se procurait des femmes… hum… des esclaves…

– Des filles de l'Est ?

– Non, madame le juge. Des filles bien de chez nous.

– Je suis tout ouïe, docteur. »

Dupont baissa la voix. *J'ai fait un pas dans ta direction, ma jolie. À toi d'offrir un peu de ta personne, maintenant !*

« Les murs ont des oreilles. Je préférerais vous expliquer la suite entre quat'z'yeux. Je n'habite pas loin d'ici. Si vous voulez, nous… »

Hannelore appela le serveur d'un geste de la main.

« Une autre fois, docteur ! »

D'accord, Van In est capable de commettre des erreurs, mais il n'est pas débile. Si l'affaire Dobbelaere est partie en eau de boudin, c'est un peu de ma faute aussi. C'est moi qui ai ordonné sa libération, et j'ai compris trop tard que j'avais agi sur un coup de tête. J'aurais mieux fait d'expliquer à Pieter ce qui me tracasse réellement. Pourquoi faut-il toujours qu'on s'engueule comme du poisson pourri aux moments où nous avons le plus besoin l'un de l'autre ?

« Quelle heure est-il ? demanda-t-elle au serveur.

– Onze heures moins vingt, madame. »

Hannelore sortit son portable et appela Carine Neels. La surprise qui se peignit sur le visage de Dupont céda peu à peu la place à la consternation.

Van In avait réservé deux chambres à l'hôtel Michelangelo sur la Via Aurelia, à un jet de pierre du Vatican. Du quatrième étage, on y avait une vue splendide sur la coupole de la basilique saint-Pierre. Le passé se réinvita à l'improviste dans ses pensées. *Ah ! Les petites échoppes de la Viale Vaticano ! Y achète-t-on encore des parts de pastèque glacée ? Est-il vrai que les kiosques qui écoulaient des revues porno ont été chassés par l'Opus Dei ? Comme tout me revient à la mémoire ! Ah ! Le rire de Sonia, le jour où je me suis hissé sur la chaire du Forum pour lui servir une déclaration d'amour en brugeois ! Un Américain obèse avait immortalisé la scène avec son caméscope. Ah ! « Roma mora… Roma amor… » Moi qui aime les anagrammes*[1]*, je suis servi, ici… La ville éternelle est l'écrin de pierre et de feu où les amours mortes continuent à flamboyer pour l'éternité…*

Deux coups secs frappés à la porte le tirèrent de son accès de nostalgie ravie.

Versavel entra sans y avoir été invité, précédé d'un halo d'after-shave. Il s'était douché et changé.

« Alors, Guido ? Comment trouves-tu la Capitale du Monde ? »

Au lieu de servir au commissaire une de ses nombreuses citations latines (c'était l'endroit par excellence pour le faire), Versavel s'exclama d'une voix amère :

« Une commission rogatoire ! Et dire que j'ai failli tomber dans le panneau !

– Comment ça ? Tomber dans le panneau ? »

Versavel s'assit à côté de Van In, devant la fenêtre. Une brise tiède jouait dans ses cheveux mouillés ramenés en arrière. Il posa sur Van In un regard courroucé qui ne devait certainement pas être très éloigné de celui de Cicéron face à Catilina, le jour où celui-ci l'accusa de haute trahison au sénat.

« Hannelore vient de m'appeler », lâcha-t-il *ex abrupto.*

Van In fronça les sourcils.

« Carine lui a donné le numéro de Sofia Dobbelaere.

– Ah ah ! »

Van In laissa son regard glisser sur la ville. Un pesant silence s'installa.

---

1. Voir *Le Carré de la vengeance*, le 1er tome de la série des enquêtes du commissaire Van In, aux Éditions Albin Michel.

« En fait, elle voulait te parler, reprit Versavel. Mais le réceptionniste s'est trompé de chambre. J'ai répondu pour toi.

– Tu as bien fait. »

Cicéron était resté un moment abasourdi avant de réagir, se remémora Versavel.

« Elle n'a pas pu te rappeler, parce que son avion était prêt à décoller, ajouta-t-il en fixant le ciel.

– Non ! Dis-moi que je rêve, Guido ! »

À onze heures moins vingt, Hannelore avait demandé à Carine Neels de la conduire en voiture banalisée à l'aéroport de Schiphol. Elle était arrivée juste à temps pour le vol Lufthansa de midi à destination de Rome.

« Je n'ai pas l'impression que ce soit une blague, Pieter.

– Et pourquoi Schiphol ?

– Parce qu'il n'y avait plus d'avion à Zaventem. Tu te rends compte à quel point cette satanée bonne femme est amoureuse de toi ? »

Versavel se passa la main dans les cheveux et se posta devant la fenêtre.

« Il y a autre chose. Chantal Minne, la femme de Carlos Minne, a été retrouvée morte.

– Assassinée ?

– Apparemment. »

Klaas Vermeulen, du labo technique, venait de ranger son attirail dans sa valise et s'apprêtait à quitter la scène du crime lorsqu'il se heurta au brigadier Bruynooghe.

« Qu'est-ce que vous faites encore ici ? aboya Vermeulen.

– Je voulais vous montrer quelque chose ! Venez voir ! »

Vermeulen consulta l'heure, histoire de faire sentir à la flicaille qu'il n'avait pas que ça à faire.

« C'est bien aimable à vous, mais je n'ai pas le temps ! »

Il avait horreur de ces flics bas du plafond qui se la pètent avec de prétendus indices qui ne sont finalement que des tuyaux percés.

« Je me permets d'insister, monsieur.

– Qu'est-ce que vous voulez me faire voir ?

– Une trace.

– Une trace de quoi ?

– Une trace de pneu. »

Malgré la canicule, la terre restait humide par endroits. Bruynooghe attira Vermeulen de l'autre côté de la villa, à l'orée du bois.

« Qu'est-ce qui vous fait penser qu'il s'agit d'une ornière suspecte ?

– J'ai l'impression d'avoir déjà vu ce dessin de pneu quelque part », répondit Bruynooghe. Il se souvenait parfaitement de l'empreinte qu'il avait réalisée rue du Paradis, mais il ne pouvait évidemment pas en dire davantage sans trahir Van In.

« Vous voulez dire que vous le reconnaissez ?

– C'est peut-être un peu exagéré, monsieur, mais…

– Brigadier ! Si je devais faire un moulage de toutes les empreintes de pneu que je trouve sur mon chemin, je n'aurais jamais fini. Ça entre dans votre ciboulot, ça ?

– Oui, dit Bruynooghe, déçu. J'ai pris des photos. Je vais les envoyer au juge d'instruction, ce sera toujours ça…

– Il n'est pas toujours possible d'identifier une trace de pneu sur photo, répondit Vermeulen, qui comprenait d'où venait le vent.

– En effet. »

Vermeulen posa sa valise et consulta de nouveau sa montre. Trois heures et quart. En principe, il aurait encore dû rester trois quarts d'heure sur place. On pouvait compter sur le brigadier pour le mentionner incidemment dans son P-V qui accompagnerait les photos.

« Et si on les regardait d'un peu plus près, vos traces ? »

Bruynooghe se contenta de hocher la tête, impassible, malgré l'orchestre symphonique qui jouait la cinquième symphonie de Beethoven dans son cerveau réjoui.

« Quelle heure est-il ? demanda Van In pour la dixième fois.

– Six heures moins cinq. »

Il était deux heures et demie lorsque Hannelore avait appelé depuis l'aéroport de Schiphol. En supposant que son avion ait décollé sans retard – ce qui était plus que probable, puisqu'il s'agissait d'un vol de la Lufthansa –, elle avait dû atterrir vers cinq heures à Fiumicino.

« Dans ce cas, c'est normal qu'elle ne soit pas encore là », calcula Van In, soulagé, car il se rappelait qu'il leur avait fallu plus d'une heure pour rallier la gare.

« Le réceptionniste m'a promis de nous appeler dès son arrivée », dit Versavel pour achever de le rassurer.

Les condamnés à mort ont paraît-il l'impression que les dernières heures qu'il leur reste à vivre n'en finissent pas. Chaque minute qui passait mettait Van In au supplice.

« Quand as-tu rendez-vous avec Sofia Dobbelaere ? demanda Versavel.

– À neuf heures.

– Ici ?

– Non, dans un restaurant de Trastevere. »

Le téléphone sonna. Ce fut Versavel qui décrocha.

« *Pronto* ?

– *Signora Martens per lei* ! »

Versavel raccrocha.

« Hannelore est arrivée. »

Van In bondit de sa chaise et quitta la chambre le dos voûté comme s'il portait le poids du monde sur les épaules. Lorsqu'il vit Hannelore au milieu du hall d'entrée de l'hôtel, il fut submergé par l'émotion. Il repensa à Degruyter et à Saskia, à Sonia et à la première fois qu'il s'était réveillé dans le même lit qu'Hannelore. Les larmes lui montèrent aux yeux. Il avait fui à Rome, et elle l'avait suivi. Seule une femme qui aime vraiment est capable de tout quitter pour un homme sur un coup de tête.

« Tu es splendide, ma chérie ! »

Ils s'embrassèrent furtivement. Van In avait le cœur qui battait la chamade.

« Excuse-moi », dit-il.

Comme si elle n'avait attendu que cette réplique magique, elle l'enlaça avec force, se serra contre lui et glissa fougueusement la langue entre ses dents.

« Tu m'avais promis un voyage ! dit-elle enfin, à bout de souffle.

– Je croyais que tu serais fâchée, dit-il lorsqu'elle relâcha enfin son étreinte.

– Je n'ai pas de temps à perdre en gamineries. »

Pendant que Versavel convoquait son meilleur italien pour expliquer au réceptionniste que le *signor* Van In et la *signora* Martens souhaitaient une chambre double, les deux tourtereaux prenaient la direction de l'ascenseur – car il est des situations où on s'accommode fort bien, ma foi, d'un lit pour une personne.

Si Versavel n'avait pas frappé à sa porte sur le coup de huit heures et demie, Van In aurait pu faire une croix sur son rendez-vous avec Sofia Dobbelaere.

« Je peux y aller tout seul, si tu veux, dit Versavel lorsque Van In passa la tête par l'entrebâillement de la porte, les joues en feu.

– Attends, Guido. »

Ils avaient beau se connaître depuis des années, Van In n'avait nullement l'intention de se montrer dans toute sa gloire à son vieux pote.

« Donne-moi cinq minutes, dit la voix langoureuse d'Hannelore.

– Cinq minutes, Guido ! »

Van In referma la porte et retourna s'allonger au côté d'Hannelore.

« Il veut bien y aller tout seul, dit-il en glissant une main sous le drap pour lui câliner les tétons.

– Non, levons-nous ! »

Hannelore rabattit le drap d'un geste énergique et se précipita dans la salle de bains. Van In ne pouvait détacher ses yeux de son corps resplendissant. Il avait tenu un Botticelli dans ses bras, et il était le plus heureux des hommes.

« Taverna da Ciceruacchio ! » annonça Van In au chauffeur de taxi.

L'homme fit oui de la tête. Dès que ses passagers eurent pris place, il se jeta comme un kamikaze dans la circulation hallucinante de la ville. On lit dans les guides touristiques que les conducteurs romains détestent le frein. Eh bien, c'est vrai. Le taxi zigzaguait dans les rues comme la balle d'un flipper, au petit bonheur la chance, d'une manière totalement erratique.

« C'est un miracle que tu aies survécu au trajet de l'aéroport à l'hôtel, dit Versavel à Hannelore au moment où le taxi frôlait un bus.

– Mais je ne suis pas venue en taxi ! Je ne suis pas folle ! Il y a suffisamment de trains pour Trastevere !

– Quoi ?!

– Mais oui ! Non ! Ne me dis pas que vous avez fait le trajet en taxi ?

– Non, bien sûr que non ! Nous avons suivi les conseils d'un connaisseur ! Le train jusqu'à la Stazione di termini et le reste à pied !

– Mon Dieu ! Mais ça a dû vous prendre une heure de plus !

– Penses-tu ! » s'exclama Versavel en roulant des yeux faussement furibards.

Hannelore éclata de rire en regardant Van In.

13

Malgré le comportement hystérique de la Fiat dans les rues de Rome, ils n'arrivèrent à la Taverna da Ciceruacchio, Via del Porto, que sur le coup de neuf heures dix. Van In laissa deux mille lires de pourboire au chauffeur suicidaire, lequel s'abstint de tout sourire et du moindre « *arrivederci* », ce qui en dit long sur le taux du pourboire dans la capitale.

« Mmm ! » s'exclama Hannelore, les narines dilatées, en pénétrant dans le restaurant où les accueillirent des relents suaves de viande grillée et de basilic.

Les garçons dansaient entre les tables dans un ballet savamment orchestré tandis que deux musiciens installés dans un renfoncement jouaient une mélodie mélancolique que couvrait presque le brouhaha des convives. La Taverna da Ciceruacchio prenait ses aises dans les caves d'un *palazzo* du XVIe siècle, époque où elles avaient servi de prison, et tirait son nom d'Angelo Brunetti, alias Ciceruacchio, partisan de la liberté qui s'était prononcé en faveur du pape Pie IX et du maintien de la République romaine durant l'insurrection populaire de 1846. Le patron avait tout fait pour reconstituer l'atmosphère de l'époque – les murs étaient couverts de graffitis et de dessins sordides de condamnés à mort –, et bien lui en avait pris, puisque tous les soirs l'endroit était assailli par les Romains de souche.

« Tu sais à quoi elle ressemble, ta Sofia Dobbelaere ?

– Aucune idée ! répondit Van In.

– Vous n'êtes pas convenu d'un signe de reconnaissance ?

– Je lui donné ma description : bel homme, la quarantaine, accent brugeois... », dit-il en souriant avant d'interpeller un serveur, vêtu comme tous les autres d'une impeccable chemise blanche, d'une veste bordeaux et d'un pantalon noir. « *Cameriere* ! *La Signora* Dobbelaere ? »

Le serveur les guida avec empressement dans une petite alcôve en retrait plongée dans la pénombre. À la lueur des candélabres, on distinguait les mêmes barreaux et les mêmes chaînes que dans le reste du restaurant. Il n'y avait que deux tables. Une femme vêtue d'une jupe en lin qui lui tombait sur les chevilles et chaussée d'adorables sandales était assise à l'une d'elles. On l'aurait dite tout droit sortie de *La Dolce Vita*.

Désireux de ne pas commettre un nouvel impair, Van In tendit un billet de cinq mille lires au serveur.

« Madame Dobbelaere ? dit le commissaire en s'avançant, la main tendue. Veuillez m'excuser, je ne voulais pas vous faire attendre ! »

Elle tendit ses longs doigts vers son énorme paluche. Van In lut sur son beau visage comme une tension. Craignait-elle qu'il la traîne dans un des cachots souterrains où la Sainte Inquisition avait soumis tant de malheureux à la question avant de les jeter dans le Tibre ?

« Permettez-moi de vous présenter madame le juge d'instruction Martens et l'inspecteur Guido Versavel.

– Vous deviez venir seul », dit la jolie femme en saisissant une olive verte entre le pouce et l'index avant de la reposer dans une moue charmante.

Tout compte fait, elle n'a pas l'air si effrayée que ça, corrigea Van In *in petto.*

« La loi belge prévoit que..., commença Hannelore.

– La loi belge ne m'intéresse pas, madame ! Officiellement, je n'ai rien à dire.

– Dans ce cas, nous allons vous laisser bavarder à votre aise, dit Hannelore, faisant contre mauvaise fortune bon cœur. L'inspecteur Versavel et moi, nous allons nous trouver une table et manger en vous attendant, commissaire. »

Sofia Dobbelaere saisit une nouvelle olive, qu'elle enfourna, cette fois, avec gourmandise, comme pour indiquer qu'elle se contrefichait du sort de la juge et du flic.

« Je vais demander à Luigi de vous préparer une table ! » laissa-t-elle tomber, impériale.

Trente secondes plus tard, le serveur qui avait guidé le trio jusqu'à la petite alcôve réapparut comme par enchantement.

« *Signora* ? »

Sofia Dobbelaere donna quelques instructions en italien avant de conclure :

« Luigi fera en sorte que vous ne manquiez de rien ! »

Hannelore lutta contre l'envie d'esquisser une révérence et disparut sur un « *arrivederci* » impétueux.

« Asseyez-vous, commissaire ! Que puis-je vous offrir ?

– Je prendrai la même chose que vous, madame. »

Van In s'assit. Il mourait d'envie de griller une sèche, mais l'accueil hautain de l'ex de l'huissier de justice l'en dissuada.

« Je vous suis très reconnaissant d'avoir accepté cette entrevue, reprit-il en rapprochant sa chaise de la table.

– Je n'aurais jamais imaginé que vous viendriez à Rome ! Les choses vont-elles si mal pour mon ex-mari ?

– Qu'entendez-vous exactement par "mal", madame ? »

L'élégante tourna son visage à la lumière. Sa joue droite était défigurée par une cicatrice violacée.

« Ceci, commissaire », dit-elle sans émotion aucune.

Versavel et Hannelore furent dirigés vers une petite table dans un renfoncement, sous un portrait au fusain d'Angelo Brunetti sous-titré « *La Repubblica Romana* ». Luigi s'agitait comme un diable dans un bénitier. En moins de temps qu'il ne faut pour l'écrire, la table était couverte d'une mise en bouche plus qu'appétissante : artichauts farcis, champignons marinés, jambon du Val d'Aoste, salami et, bien sûr, des olives comme on n'en mange qu'en Italie, sans oublier une corbeille de pain croustillant fait maison, un carafon d'eau et une bouteille de vin rouge du pays.

« C'est le genre de bonne femme avec qui il faut prendre des gants, cette Sofia Dobbelaere ! commenta Versavel.

– Je suis sûre que certains disent la même chose de moi dans les couloirs du palais !

– Si je n'étais pas homo, je n'aurais pas besoin de gants ni d'autre chose pour te dire tout ce que tu m'inspires… »

Hannelore rougit. Il était plus sage de changer de sujet.

« Comment Van In a-t-il réagi à mon coup de fil ? »

Versavel trempa un morceau de pain dans l'huile d'olive, histoire de s'accorder le temps de la réflexion.

« Tu sais très bien qu'il est imbuvable quand il enquête, Hanne. Le viol de Miriam Dobbelaere lui reste en travers de la gorge. C'est à un point tel que...

– Il t'a expliqué pourquoi il prenait cette enquête tellement à cœur ?

– Pieter ne me dit pas tout. »

Hannelore rougit pour la deuxième fois. Pour se donner une contenance, elle sauça elle aussi un morceau de pain dans l'huile d'olive.

« Tu peux garder un secret ? »

Versavel opina du chef en refaisant le plein d'*antipasti*.

« Quand il était gosse, Van In allait jouer avec ses copains sur un terrain vague envahi par les orties qui n'était accessible que par deux sentiers connus de peu de gens. La prairie, comme ils l'appelaient, montait jusqu'à un plateau qui donnait sur la voie ferrée. L'été, ils jouaient là jusqu'au coucher du soleil. Pieter a fumé ses premières sèches là-bas, dans une cabane à laquelle on arrivait par des tunnels creusés dans les fourrés. Un soir que ses amis étaient rentrés plus tôt qu'à l'accoutumée, il a entendu des voix. Il a rampé dans le tunnel jusqu'au sentier. Et là, il a vu deux hommes qui jetaient une jeune fille au sol et qui la violaient. Il est resté tétanisé, incapable de réagir, même quand elle a crié au secours.

– Il ne m'a jamais raconté cette histoire ! s'exclama Versavel.

– Je t'en prie, ne lui dis pas que j'ai trahi son secret ! »

« Vous auriez dû quitter votre mari plus tôt », dit Van In avec compassion.

Sofia Dobbelaere avait beau lui être antipathique, il éprouvait de la compassion pour elle.

« C'était impossible.

– À cause de Miriam ? »

La grande bourgeoise fit oui de la tête, les yeux brillants. Sa bouche tremblait.

« Je suis contente qu'elle ait enfin cessé de protéger son père.

– Vous savez donc ce qui est arrivé. »

Le visage de Sofia Dobbelaere se crispa.

« On dit que c'est la mafia qui gouverne ce pays, mais ce qu'on tolère en Belgique dépasse véritablement l'entendement. Un juge d'instruction libérant un homme qui a reconnu avoir essayé de tuer sa fille, c'est le pompon ! »

Van In pria le ciel pour que la petite Miriam n'ait pas prononcé le nom d'Hannelore devant sa mère.

« Votre ex-mari a en effet été mis en liberté conditionnelle, dit-il. Ce qui ne veut pas dire que…

– Vous n'êtes quand même pas venu à Rome pour me faire des promesses en l'air ! Antoon a le bras long, vous savez ! Il connaît des gens haut placés, croyez-moi ! Même si vous disposiez d'un enregistrement vidéo le montrant en train de tuer ma fille, il continuerait à mener la danse ! Vous n'imaginez pas de quoi cet homme est capable !

– Madame, je suis venu pour savoir pourquoi vous alliez rendre visite à Roger Daems en prison. Aidez-moi, et je vous aiderai. »

« *Grazie* ! dit Hannelore lorsque Luigi déposa le *saltimbocca alla romana* et le ris de veau sur la table. Tu prendras bien un verre de vin avec moi, Guido ? Qui aurait imaginé que nous dînerions en tête à tête à Rome ?! »

Depuis sa visite chez l'oncologue, une angoisse sourde pesait sur chacune de ses minutes, mais elle se sentait subitement très heureuse.

« Nous sommes gâtés comme des rois ! Je me demande ce que ça doit être à la table de Pieter ! » répondit Versavel en s'emparant de sa fourchette avec entrain.

« *Permesso* ! » dit Luigi en déposant deux petites assiettes de pâtes, une carafe d'eau et un petit pot de parmesan râpé sur la table.

« *Buon appetito* ! » dit Van In.

Les spaghettis semblaient parfaitement *al dente*. Le seul hic, c'est que les portions étaient si petites qu'un enfant en aurait facilement avalé quatre d'affilée.

« Je précise que Roger Daems est soupçonné du meurtre de Carlos Minne, reprit Van In. Et j'ai appris ce matin que sa veuve, Chantal, vient de mourir dans des circonstances pour le moins suspectes. »

Sofia Dobbelaere entortilla pensivement ses pâtes autour de sa fourchette.

« Vous connaissez l'histoire de Philémon et de Baucis, commissaire ?

– Non ! Vous excitez ma curiosité !

– Philémon et Baucis vivaient petitement dans une humble cabane. Un jour, ils reçurent la visite de deux mendiants qui avaient été chassés de partout et leur offrirent le gîte et le couvert. Après le repas, les deux mendiants dévoilèrent leur identité. Il s'agissait, tenez-vous bien, de Zeus et d'Hermès en personne. Pour les remercier, ils proposèrent aux deux petits vieux d'exaucer leur vœu. Philémon et Baucis demandèrent à ne pas être séparés par la mort. Les dieux tinrent parole. Plusieurs années plus tard, le premier fut transformé en chêne, l'autre en tilleul, et ils entremêlèrent leurs feuillages. »

Van In connaissait cette histoire par cœur, pour la simple et bonne raison que Versavel lui bassinait les oreilles avec les *Métamorphoses* d'Ovide depuis qu'ils faisaient équipe. S'il avait laissé parler Sofia Dobbelaere, c'est parce qu'il crevait la dalle et qu'il pouvait s'empiffrer pendant qu'elle tenait le crachoir.

« Eh bien… Il y a dix ans, j'ai vécu à peu près la même situation, reprit l'élégante. Antoon m'avait une fois de plus rouée de coups. Tous les amis chez qui je suis allée frapper m'ont fermé la porte au nez. Tous, sauf Myriam Daems.

– Vous vous connaissiez ?

– Bien sûr ! Antoon et Roger sont allés à l'école ensemble !

– Vous parlez bien de Roger Daems ? »

Sofia Dobbelaere fit oui de la tête.

Van In déboucha la carafe et se servit un verre d'eau. *Si Daems, Minne et Dobbelaere sont des copains de cour de récré, ça change la donne, ça, mon vieux !*

« Roger était en prison, mais Myriam m'a accueillie et consolée. Plus tard, j'ai compris que mes problèmes n'étaient rien à côté des siens. Elle m'a dit que Roger avait reçu des menaces de mort en prison. Elle se faisait tellement de souci pour lui qu'elle en est tombée véritablement malade. Alors, pendant plusieurs semaines, je suis allée rendre visite à Roger à sa place. »

Van In regarda l'assiette presque intacte de son interlocutrice avec l'œil d'un rapace qui jeûne depuis trois jours.

« Je pourrais avoir des détails ?

– Que vous dire d'autre ? Par la suite, nous nous sommes un peu perdues de vue. J'avais l'impression que

Myriam m'évitait. Chaque fois que je l'appelais, elle inventait un prétexte pour refuser mes invitations.

– Et vos maris ? Ils étaient restés en contact ?

– Non, commissaire. Antoon estimait qu'un huissier de justice n'a pas à se compromettre avec un ancien taulard. »

L'argument se tenait, et il expliquait pourquoi Roger Daems ne figurait pas sur la photo du journal. Il n'avait tout simplement pas été invité à la réunion.

« Et Carlos Minne ?

– Je ne le connaissais pas personnellement. »

Van In vida son verre d'eau d'un trait. *Bordel ! Il se cache où, le maître d'hôtel ?!*

« Saviez-vous que Roger Daems s'est rendu deux fois à Rome l'année dernière ?

– Et vous, commissaire ? Savez-vous combien de touristes étrangers visitent la ville éternelle tous les ans ? » répondit-elle d'un ton badin, mais sans oser regarder Van In dans les yeux.

Ce n'était pas Roger, mais Myriam, qui avait fait le voyage, avec un vol acheté au nom de sa société. Mais comment le commissaire était-il arrivé sur cette piste ?

« Un *tartufo nero* ! s'exclama Versavel lorsque Luigi déposa les desserts sur la table. Ça faisait longtemps ! »

La glace était divine, mais Hannelore eut toutes les peines du monde à avaler sa première cuillerée.

« Il y a un problème ? » demanda Versavel.

Hannelore fit non de la tête. Les billes de chocolat fichées dans le dôme glacé lui faisaient irrépressiblement penser à son nodule.

« Je n'ai plus faim, dit-elle en essayant vaille que vaille de se maîtriser.

– Tu trembles », dit Versavel en posant une main sur la sienne.

Les volcans endormis sont les plus dangereux. Quand la croûte terrestre entre en éruption sous une pression désormais indomptable, un secret enfoui trop longtemps s'écoule comme la lave en fusion.

« On me fait une ponction mammaire la semaine prochaine, Guido. J'ai un nodule au sein. Je suis peut-être en train de mourir. Que va-t-il arriver aux enfants ? Et Van In ? S'en sortira-t-il, sans moi ? »

Les Italiens ont beau être habitués aux exclamations hystériques des mammas, le cri vibrant de désespoir d'Hannelore interrompit net la conversation à la table voisine. Elle ne reprit que lorsque Versavel se fut levé pour prendre Hannelore dans ses bras.

« Pieter est au courant ? »

Hannelore posa sa tête contre l'épaule de Guido. *Pourquoi suis-je si fière ? Pourquoi faut-il toujours que je fasse la forte ? Et que j'essaie coûte que coûte de tout encaisser, même quand c'est trop dur ?*

« Si je lui dis ça, il va tomber raide mort ! »

Versavel s'assit à côté d'elle sur la banquette.

« Il va tomber raide mort si tu ne lui dis rien, oui ! Je le connais !

– Je ne veux pas qu'il l'apprenne.

– Et qu'est-ce que tu lui diras quand il verra qu'on t'a fait une ponction ?

– Comment le saurait-il ?

– Ça laisse des traces, figure-toi, Hannelore ! »

Elle s'abandonna tout à fait contre son épaule et laissa couler ses larmes. Versavel tenta de se contenir, mais il était ému.

« Laisse-moi encore la journée de demain à Rome, Guido ! Je lui parlerai à notre retour à la maison ! »

Hannelore se redressa pour se moucher dans sa serviette. Elle venait de comprendre pourquoi elle avait tout planté là pour rejoindre Pieter. C'était peut-être la dernière fois qu'elle était une vraie femme avec lui en vacances.

« *Grappa, per favore* ! » demanda Guido à Luigi en repoussant le *tartufo*.

« Cette histoire explique beaucoup de choses », dit Van In lorsque Sofia Dobbelaere laissa entendre qu'elle souhaitait maintenant rentrer chez elle.

Il était vingt-trois heures.

« Je ne me fais aucune illusion sur l'issue de cette affaire, commissaire.

– Tout dépendra de l'attitude de Miriam. »

Il n'avait pas été facile de convaincre l'Italienne que le juge d'instruction avait considéré la fuite de sa fille comme un élément accablant contre Antoon Dobbelaere. Elle montrait que la jeune fille avait une peur bleue de son père. Cet argument ne laisserait aucun jury insensible.

« Si elle refuse de porter plainte, je crains en effet que votre ex-mari ne puisse pas être poursuivi. »

Bon ! Récapitulons ! Bon sang, il y a tellement d'éléments que ça part dans tous les sens ! De l'ordre et de la méthode, Van In !

« Je vous appelle demain matin, à neuf heures », dit-elle, semblant se ranger aux arguments du commissaire, lorsqu'il eut fait le point.

De toute façon, nous n'avons pas le choix. Même si Miriam accepte de collaborer, il me reste un tas de points d'interrogation. Quel a été le rôle de King Kong ? Quelles sont les relations entre tout ce beau monde, à savoir Daems, Minne, Dobbelaere,

Arnould et Bultinck ? Tout cela ressemble de plus en plus à un réseau. Il va falloir trancher le nœud gordien, mais comment ?!

« Souhaitez bien du courage à Miriam de ma part, ajouta-t-il.

– Je n'y manquerai pas, commissaire. »

L'ex-femme d'Antoon Dobbelaere paraissait subitement amère. Ils se séparèrent sur une poignée de main dans la vaste salle du restaurant.

Van In crut avoir la berlue lorsqu'il aperçut Versavel et Hannelore se dandiner dans un coin de la salle du restaurant, tendrement enlacés, au rythme d'un slow.

« Je ne dérange pas ? »

Versavel ouvrit les yeux et sourit, aux anges.

« *Buona sera, signorina, buona sera.* C'est si bon d'être ici avec vous !

– Guido, tu vas bien ? Tu es bourré ?

– Non, répondit Hannelore en gloussant. C'est moi ! Je suis beurrée comme un petit Lu !

– Seigneur tout-puissant ! »

Van In s'assit à la table des tourtereaux et vida cul sec un verre de grappa. Elle n'était pas très bonne, mais, pour le coup, c'était le cadet de ses soucis.

14

Délaissant les petits pains, Hannelore se contenta d'une tasse de café sucré. Versavel voulut boire son jus d'orange, mais il le reposa en faisant la grimace dès la première gorgée. Le monde marchait sur la tête. Van In, qui ne petit-déjeunait que très occasionnellement, en était à son quatrième piccolo.

« Quelle heure est-il ?

– C'est si important ? »

Versavel ressemblait à une momie qui aurait fait trempette toute la nuit dans un bain tiède. Avec ses cernes gros comme des pneus crevés, il n'était vraiment pas beau à voir. Hannelore se tenait la tête entre les mains, convaincue que tous les Nibelungen de *L'Or du Rhin* battaient du marteau et de l'enclume sous son crâne.

« Au secours ! Du paracétamol ou je meurs ! » lâcha-t-elle.

Un homme qui cuve son vin trouve tout à fait normal que sa femme soit aux petits soins avec lui. Les rares fois où les rôles sont inversés, il a plutôt tendance à la trouver mauvaise.

« Quand on picole, on assume ! tempêta Van In.

– Laisse-la, Pieter ! dit Versavel en lançant au commissaire un regard qu'il voulait éloquent.

– Je veux seulement savoir quelle heure il est ! C'est pas compliqué, quand même !

– Neuf heures moins cinq.

– Merci, Guido. »

Van In avait cogité toute la nuit. Hormis les liens qui unissaient Minne, Dobbelaere et Daems, il y avait autre chose qu'il brûlait de comprendre. Cette histoire d'homme masqué... Sofia avait déclaré que son ex-mari était hanté par un cauchemar depuis des années. Il se réveillait en sueur en pleine nuit... Et chaque fois, il lui disait : « C'est l'homme masqué ! Il est venu me voir ! »

Depuis que Joseph, fils de Jacob, a élucidé les rêves de Pharaon, de nombreuses générations de pécheurs se sont essayés à trouver une explication aux visions horribles qui s'emparent d'eux dans leur sommeil, avait pensé Van In. Et il y en a eu, des charlatans qui se sont accaparé ce marché juteux ! Jung était bien le pire de tous !

Van In avait harcelé Sofia Dobbelaere de questions. La vérité était peu à peu venue au grand jour.

La jeunesse d'Antoon Dobbelaere n'avait pas été rose. Sa mère avait abandonné le domicile familial au bras d'un jeune amant quand il n'était encore qu'un enfant. C'est son père, un être fruste pour qui la seule manière d'armer Antoon contre l'insoutenable dureté de l'être passait par une éducation stricte, qui avait créé le spectre de l'homme masqué. Chaque fois que l'enfant commettait une bêtise, il menaçait : « Attention ! Si tu continues, j'appelle l'homme masqué ! Il t'enfermera dans une cave glacée et te torturera jusqu'au moment où il aura réussi à extirper le mal de toi ! »

« *Telefono per signore* Van In ! » répétait un serveur qui sillonnait l'espace entre les tables.

« C'est sans doute ta Sofia Dobbelaere ! » commenta Versavel.

Van In suivit le garçon jusqu'à une antique cabine téléphonique. Il fourra mille lires dans la main du factotum et observa sa mine. *Ouf ! Cette fois, j'ai tapé juste !*

« Allô, Van In à l'appareil.

– J'ai parlé à Miriam, dit la voix de Sofia Dobbelaere, sensiblement plus douce que la veille.

– Comment va-t-elle ?

– Elle est un peu fatiguée du voyage, mais, sinon, elle est en forme.

– Passez-lui mon bonjour ! »

Van In comprit que son interlocutrice posait la main sur le combiné et qu'elle transmettait directement son message à sa fille.

« Miriam voudrait vous voir. Ce matin. Vous connaissez le Della Place ? »

Bien sûr, que je connais ! marmonna Van In en se rappelant qu'on y avait filmé plusieurs scènes du *Parrain III*.

« Quand ?

– Dans une petite heure ?

– Entendu ! J'y serai ! »

Le Della Place n'est pas un café où on risque de croiser des touristes avec sac à dos vêtus d'un jeans usé et d'un T-shirt en fin de parcours. Van In le comprit aux regards qui le toisèrent de la tête aux pieds lorsqu'il pénétra dans ce temple du Jugendstil fréquenté par des hommes en costard Armani et des bourges sortant de chez le coiffeur. Sofia et Miriam Dobbelaere étaient assises à une petite table éclaboussée de soleil, près de la fenêtre. Van In les rejoignit prestement.

« Me voici ! »

Miriam, qui portait toujours un foulard autour du cou, salua le commissaire d'un signe de la tête. Sa mère sourit. Elle paraissait nettement plus pimpante que la veille.

« *Prego* ! »

Van In retourna sa carcasse. Un serveur qui semblait s'être matérialisé du néant le regardait, l'œil interrogateur. *Mon bon Pieter, si tu commandes une Duvel ici, sûr que ce sera aussi scandaleux que de demander au pape s'il a des enfants !*

« *Cappuccino* ! répondit le commissaire d'un air entendu.

– *Cappuccino* ?!

– *Si.* »

Le serveur eut un léger haussement d'épaules avant de retourner vers le bar et de claironner : « *Cappuccino* ! »

Il y eut des froncements de sourcils et quelques raclements de gorge réprobateurs.

« Les Italiens ne boivent jamais de cappuccino avant midi, expliqua Sofia Dobbelaere en recouvrant sa superbe.

– Vous m'en direz tant ! »

Van In ne se sentait pas à l'aise. L'atmosphère feutrée du tea-room commençait à lui taper sur les nerfs.

« Maman adore les snobinards, lâcha Miriam, et cela suffit à remettre Van In d'aplomb. C'est pour ça qu'elle est restée si longtemps avec papa !

– Venons-en aux faits, commissaire », dit Sofia en ignorant la réplique de sa fille.

Van In hocha la tête. Il réfléchissait depuis longtemps à la façon de présenter les choses et il avait envisagé de nombreux scénarios, mais il opta finalement pour l'approche frontale.

« Tu savais que ton père avait peur d'un homme masqué ? »

Le visage de Sofia Dobbelaere se raidit. D'un geste nerveux, elle s'empara d'une petite cuiller et se mit à tourner machinalement dans son café.

Miriam jeta un regard rapide vers sa mère. Quand elle vit que celle-ci ne lui répondait pas, elle baissa les yeux.

« Pourquoi cette question, commissaire ?

– Pour rien. Simplement, je me demandais s'il existait un lien entre l'homme qui t'a violée et la créature qui hante les cauchemars de ton père. »

Avant de s'envoler pour Rome, Van In avait étudié tous les P-V d'audition liés à l'affaire du viol. Deux éléments l'avaient porté à remettre en question l'authenticité du témoignage de la jeune fille : le tatouage sur le bras de l'homme masqué et la réaction de Nathalie, la meilleure amie de Miriam, qui avait traité l'agression sexuelle comme un banal fait divers. Ses doutes s'étaient intensifiés la veille, lorsque Sofia Dobbelaere lui avait parlé des cauchemars de son ex-mari.

« Pourquoi je mentirais ? »

La voix de Miriam était restée ferme, mais sa lèvre supérieure tremblait légèrement. Sofia Dobbelaere gardait les yeux fixés dans le vide. La mère et la fille avaient compris : Van In voyait clair dans leur jeu.

« D'après le patron du P'tit Coin, personne ne t'a prise en chasse, Miriam. Ce qui voudrait dire que l'homme au masque de cuir n'était pas un client du café, mais qu'il t'attendait dehors. C'est possible, bien sûr. Mais, dans ce cas, je ne comprends pas pourquoi il porte le même tatouage que Colombier.

– *Cappuccino* ? » demanda le serveur en déposant la boisson sur la table avant de filer sans demander son reste.

Miriam se mordillait les lèvres.

« Je croyais que vous étiez de mon côté ! dit-elle enfin.

– Bien sûr que je suis de ton côté, ma belle », répondit Van In avant de saisir sa tasse.

Ah ! Ils peuvent dire ce qu'ils veulent ! Du café comme ça, j'en boirais à n'importe quelle heure du jour et de la nuit !

« Je ne suis pas votre belle ! dit-elle en arrachant le foulard de son cou. Et ça ?! Vous croyez peut-être que je me le suis fait toute seule ?! hurla-t-elle d'une voix qui tremblait de colère.

– Il serait peut-être temps de dire la vérité au commissaire », murmura Sofia Dobbelaere.

« C'est la quatrième fois ! » dit Rita en raccrochant.

Elle poussa un profond soupir et vint se rasseoir à table. Myriam alluma une cigarette et envoya des ronds de fumée vers le plafond.

« Roger se fait du souci. Tu veux que Ben…

– Non.

– Il te cherche partout ! s'exclama Rita.

– Ça lui fera les pieds !

– Je ne peux pas le laisser comme ça à se faire du mouron…

– Pourquoi ? »

Ben s'était tenu en retrait pendant tout ce temps, mais, là, subitement, il trouvait que la coupe était pleine.

« Parce que Roger est un pote ! intervint-il. On comprend ta colère, Myriam, mais je connais Roger depuis longtemps, et je sais qu'il est réglo. Ma tête à couper qu'il est désolé de ce qui arrive ! Les conflits, ça se règle ! La vie n'est pas un long fleuve tranquille ! C'est normal de s'engueuler de temps en temps ! »

Myriam tira sur sa sèche. Les hypocrites abondent dans votre sens. Les vrais amis sont ceux qui font tout pour vous faire changer d'avis quand ils pensent que vous vous trompez.

« Bon, d'accord ! S'il rappelle, dis-lui que je suis ici, lâcha-t-elle.

– J'ai une meilleure idée, s'exclama Ben. Je vais lui téléphoner moi-même, et tout de suite ! »

Myriam ne protesta pas.

« Je peux avoir un whisky ?

– Bien sûr.

– Je trouve qu'on en a tous mérité un ! »

Myriam avait passé la nuit dans le salon de ses amis. La fatigue commençait à lui peser sur les épaules.

« C'est d'accord ? Je lui demande de venir te chercher ? » demanda Ben.

Myriam fit oui de la tête.

Les réconciliations dépendent souvent d'un geste infime.

Lorsque Ben commença à composer le numéro de Roger, elle dut se contrôler pour ne pas éclater en sanglots.

« Tout va rentrer dans l'ordre, ne t'en fais pas ! dit Rita en lui tendant son verre de whisky. À vos amours ! »

Elle s'assit à côté de Myriam et la prit dans ses bras.

« Donc, la jeune Miriam n'a pas été violée », dit Hannelore.

Après sa conversation au Della Place, Van In avait envoyé un taxi à l'hôtel Michelangelo. Le trio s'était retrouvé à la fontaine de Trevi, car Van In estimait qu'il était impossible d'aller à Rome sans rendre au moins une fois hommage à ce haut lieu de la cinéphilie.

« C'est une histoire complexe », commença-t-il.

Après ses péripéties au Ptit Coin, Miriam avait passé la nuit dans un café du Marché-aux-Œufs. Elle était rentrée chez elle sur le coup de sept heures du matin. Léontine l'avait vue se traîner dans l'escalier et lui avait demandé ce qui lui était arrivé.

« Elle avait promis à son père d'être rentrée avant minuit, poursuivit Van In. S'il avait appris par l'entremise de la bonne qu'elle avait profité de son absence pour guindailler toute la nuit, ça aurait été sa fête ! »

Or, Miriam était tombée et s'était écorché les genoux. Léontine l'avait pressée de questions. Elle avait pris peur.

« Alors elle a inventé qu'elle s'était fait violer ! compléta Hannelore.

– Exactement. Et une seule personne savait qu'elle avait tout inventé : sa copine Nathalie !

– Et c'est pour ce fantasme de jeune fille que nous sommes venus à Rome tous les trois ? »

Versavel lança une piécette dans le bassin de la fontaine.

« Fais un vœu ! dit Hannelore.

– J'espère que tu guériras », murmura-t-il.

Van In extirpa cent lires de la poche de son pantalon et les tendit à Hannelore.

« À ton tour, maintenant ! »

Plus troublée qu'elle ne voulait le laisser paraître, Hannelore lança l'argent par-dessus son épaule et demanda en silence à Dieu d'exaucer Guido. Van In imita son geste, mais il émit un autre souhait. À la fin de la conversation, Miriam avait enfin expliqué pourquoi elle avait accusé son père de tentative de meurtre : au dernier moment, il avait mangé sa promesse de lui offrir une BMW en échange de son silence. *Est-ce que c'est parce que je suis devenu père ou parce que je vieillis ? Je l'ignore. Tout ce que je sais, c'est que j'espère bien qu'aucun de mes enfants ne me fera jamais un chantage pareil !*

« Ah ! Je suis content de te voir ! s'exclama Ben à l'arrivée de Roger Daems.

– Elle va bien ?

– Mais oui, ne t'en fais pas ! Elle est en train de siroter un petit whisky bien sagement ! »

Daems fronça les sourcils. Myriam ne buvait jamais d'alcool. Ben passa un bras autour de ses épaules et le guida jusqu'au jardin. Rita entreprit de dresser la table, sortit une bouteille de champagne du frigidaire et glissa un CD de Chopin dans le lecteur. Personne ne dit un mot au sujet de l'esclandre de la veille. Roger serra Myriam dans ses bras et lui chuchota des mots doux à l'oreille.

Deux heures plus tard, ils étaient tous les quatre passablement éméchés.

« Il est temps de rentrer à la maison ! dit Roger.

– Tu ne vas tout de même pas prendre le volant dans un état pareil ? J'appelle un taxi ! dit Ben.

– Je reviendrai prendre les voitures quand j'aurai fait une sieste, approuva Roger.

– Comment ça, les voitures ? »

Ben regarda Myriam. L'étonnement qui se peignait sur son visage lui fit comprendre qu'il y avait un hic.

« Tu n'es pas venue en voiture ?

– Non, répondit Myriam. À pied. »

Après la dispute, Roger était parti se réfugier dans la véranda, en espérant que les choses se tasseraient rapidement. Il n'avait commencé à se faire du mouron qu'une heure et demie plus tard, quand il avait vu les phares de la Saab s'éloigner de la villa.

« Tu as quitté la maison à quelle heure ?

– Mais tout de suite !

– Tu n'as pas laissé la porte du garage ouverte ?

– Je croyais que tu l'avais fermée, mon chéri.

– Non ! Ne me dites pas qu'on vous a piqué la Saab ! intervint Ben.

– Ça m'en a tout l'air, pourtant, dit Roger.

– Quoi ?! » demanda Myriam en riant. C'était le cadet de ses soucis. Même si la compagnie d'assurances ne les dédommageait pas, ce n'était pas ça qui allait les mettre sur la paille. « De toute façon, Roger m'avait promis une Jaguar ! »

« Je voudrais qu'on aille boire un dernier verre à la Piazza Navona avant de reprendre la route de l'aéroport, dit Van In.

– Tu crois vraiment qu'on a le temps ? demanda Versavel en consultant sa montre. Votre avion décolle à sept heures et demie.

– Notre avion ! corrigea Van In.

– Non ! Nous avons échangé nos billets, Hannelore et moi. Je prends l'avion de dix heures et quart. »

On dit que le pélican se donne des coups de bec sur la poitrine et qu'il nourrit ses petits avec le sang qui coule de la plaie. Ce symbole de l'abnégation renvoie à la crucifixion du Christ. Versavel avait sans doute fait preuve d'un moins grand sacrifice, mais quand même, son geste témoignait d'une belle amitié.

« Merci ! Pour fêter ça, je t'offre un campari soda ! » dit Van In.

Ils traversèrent la Via del Corso avant de suivre la Via Seminario jusqu'à la Piazza della Rotonda. De là, ils étaient à deux pas de la Piazza Navona, cette longue place aménagée sur les ruines du stade érigé sous l'empereur Domitien où se pressaient chaque jour des milliers de touristes.

« La première fois que je me suis retrouvé ici, je n'ai pas compris que le Bernin était un sculpteur », dit Van In alors qu'ils longeaient la fontaine des Quatre-Fleuves.

La pensée de rentrer avec Hannelore le mettait en joie. *Tout compte fait, ce voyage était une excellente idée ! Les aveux de Miriam donnent un tour nouveau à l'enquête. Et Hannelore a eu mille fois raison de me rejoindre sur un coup de tête. Le romantisme de Rome lui va à ravir. Et cette chambre d'hôtel...*

« Là ! Une table ! s'exclama Hannelore en montrant du doigt un groupe de touristes allemands qui quittaient leur siège à grand bruit.

– Je te parie qu'ils n'ont pas commandé parce qu'ils trouvent les boissons trop chères ! dit Van In.

– Qu'est-ce qui te fait dire ça ?

– Regarde ! Il n'y a aucun verre sur la table ! Et puis tout le monde sait ça, à part quelques abrutis de Hollandais et d'Allemands. Tout coûte la peau des fesses, ici ! »

Mais les Allemands n'étaient pas les seuls à se lever. Partout, les tables se libéraient. Certains touristes pleuraient.

« Mais que se passe-t-il ? demanda Hannelore.

– *What's the matter* ? renchérit Van In en s'adressant à un Américain.

– Vous n'avez pas entendu les infos ?

– Rome brûle-t-il ?

– Pire que ça ! Le pape vient de mourir !

– Qu'y a-t-il ? répéta Hannelore, qui était restée à l'écart.

– Rien de grave. Un poste qui vient de se libérer au Vatican… »

Le chauffeur de taxi qui ramenait Roger et Myriam Daems chez eux changea de station à la recherche de musique lorsque retentit la voix du journaliste : « Nous apprenons à l'instant que le pape Jean-Paul II est m… »

« Qu'est-ce que tu vas dire à la police ? demanda Myriam alors que le taxi s'arrêtait devant chez eux.

– Je ne crois pas que je vais déclarer le vol. De toute façon, il y a peu de chance qu'ils retrouvent la voiture. Et puis… Mince alors ! J'ai la berlue ?!

– Quoi ? Hé ! Qui était saoul dans cette histoire ? Toi ou moi ?! »

La Saab bleu marine était rangée devant le garage.

« Ce n'est pas possible ! dit-il en sortant du taxi.

– Monsieur ! Monsieur ! Ça fera deux cent cinquante francs pour la course ! » cria le chauffeur.

Roger lui fourra un billet de cinq cents francs dans les mains, mais ce fut Myriam qui conclut en souriant :

« Gardez la monnaie ! » Lorsqu'elle eut rejoint Roger, elle ajouta : « Alors, tous nos problèmes sont résolus ?

– Espérons-le ! »

Mais Roger gardait la mine sombre. *Je n'ai pas rêvé ! On nous a piqué la Saab et puis on nous l'a ramenée. Pourquoi, bon Dieu ? Pourquoi ?!*

« Tu te fais du souci ?

– Allons donc ! Pourquoi voudrais-tu que je me fasse du souci ?

– Tu ne m'as pas encore embrassée », dit Myriam, qui savait très bien qu'il n'y avait qu'une manière de dérider un homme préoccupé.

Elle l'enlaça et se serra contre lui pour ne laisser planer aucune ambiguïté quant aux projets qu'elle nourrissait pour la demi-heure suivante. C'est ce moment que choisit une voiture banalisée de la police judiciaire pour remonter leur allée.

Grâce à l'annonce de la mort du pape, Van In trouva facilement une table ombragée en terrasse. La plupart des clients s'étaient précipités à l'intérieur du café pour suivre les infos à la télé.

« Quoi de plus beau qu'un pape qui clamse en pleine année sainte ? demanda Van In au serveur venu prendre la commande.

– *Prego* ?

– *Tre* campari », répondit Hannelore avec à-propos.

À ce moment même, la sonnerie de son portable retentit.

« Oui... Oui... Oui... Non... Tu as bien fait de me prévenir, Carine ! dit-elle finalement.

– Ne me dis pas que Kétounet est mort ! s'exclama Van In lorsqu'elle eut enfin raccroché.

– Non. Bultinck vient d'arrêter Roger Daems pour le meurtre de Chantal Minne.

– Alléluia ! » dit Van In en levant théâtralement les mains au ciel.

« Si je vous suis bien, vous affirmez qu'on a volé la voiture de votre femme et qu'on vient de vous la rendre bien gentiment ? » demanda Bultinck sur un ton qui ne souffrait pas la contradiction.

Roger Daems était prostré sur sa chaise. *Mes pires cauchemars se réalisent ! Arnould vient de m'entuber. Je suis fichu !*

« Je n'ai pas quitté la maison de toute la soirée !

– Je ne vous crois pas, monsieur Daems ! répondit Bultinck en faisant les cent pas dans la salle d'interrogatoire. Nous avons retrouvé une trace de pneu devant la maison de Chantal Minne qui correspond à la Saab de votre femme, et celle-ci a un alibi. Alors n'essayez pas de me mener en bateau ! Comment voulez-vous que je vous croie ?! On vous aurait piqué votre bagnole pendant que vous étiez au jardin et le voleur aurait poussé la politesse jusqu'à vous la rendre après être allé chez les Minne ! Cette histoire ne tient pas debout ! »

Bultinck se garda bien de dire qu'un témoin avait vu Daems en compagnie de Carlos Minne peu avant sa mort sur la digue de Blankenberge.

« Mais je croyais que c'était ma femme qui avait pris la voiture ! »

Heureusement que je me suis débarrassé de mon petit trafic de balles de ping-pong et que j'ai refilé mon stock à un collègue quand j'ai compris que ça sentait le roussi ! Parce que si les flics avaient mis leur museau dans cette histoire de contrefaçon, j'aurais été dans la panade jusqu'au cou !

« Apparemment, vous me prenez pour un imbécile, monsieur Daems. »

Bultinck pensa à son triomphe prochain, lorsqu'il annoncerait au procureur qu'il avait élucidé les meurtres de Carlos et de Chantal Minne. Tout le monde oublierait les petites entorses qu'il avait faites à la vérité et les deux ou trois bévues dont il s'était rendu coupable. La Belgique sait se montrer indulgente avec les médiocres et les ripoux…

« Je veux parler au commissaire Van In ! exigea Daems subitement.

– Bien sûr ! Et quoi encore ? Une trottinette avec une sonnette ? Je suis désolé de devoir vous décevoir, monsieur Daems. Le commissaire Van In se trouve actuellement en commission rogatoire à l'étranger. Personne ne sait quand il rentrera. »

15

Le vol Rome-Bruxelles se déroula sans encombre, mais Van In et Hannelore ne rentrèrent pas impasse du Poisson-Gras avant minuit et quart.

« C'est une veine que Katrien ait accepté de s'occuper des enfants et du chien ! » dit Van In en se heurtant à la poussette dans l'entrée.

La nounou avait l'habitude de s'occuper des jumeaux le week-end, moyennant un petit supplément. Heureusement, Van In ignorait combien Hannelore avait dû allonger pour qu'elle accepte d'effectuer cette prestation exceptionnelle, sans quoi il n'aurait pas vraiment parlé de « veine ».

« Chut ! ne les réveille pas !

– Chut ! » répondit Van In, docile, en se remémorant la nuit pas si éloignée où il avait joué à la baby-sitter jusqu'à pas d'heure.

« Va les border ! Pendant ce temps, je nous prépare un petit remontant ! »

Après avoir retiré ses chaussures, Van In déboucha une bouteille de châteauneuf-du-pape dans le salon et remplit deux verres. Lorsque, cinq minutes plus tard,

Hannelore apparut dans l'embrasure de la porte et qu'elle dénoua négligemment la ceinture de sa robe de chambre, Van In sut qu'elle avait bien saisi l'allusion lorsqu'il avait évoqué « un petit remontant ».

Ce soir-là, Hannelore fit l'amour avec la passion et l'énergie du désespoir, telle Shéhérazade qui chaque nuit avait cru que c'était la dernière. Quarante minutes plus tard, lorsque, pantelants, ils décidèrent de s'accorder un peu de repos, la pièce était sens dessus dessous. Bob avait profité de l'occasion pour aller se glisser sous leurs draps, à l'étage. Avec un peu de chance, ses maîtres dormiraient dans le canapé, et il ne serait plus dérangé.

« Je suppose que c'est moi qui vais devoir ranger tout ce bordel, dit Van In en regardant Hannelore s'étirer et boire une gorgée de vin, encore toute alanguie.

– Je te signale que c'est ton bordel ! »

Van In ramassa une tasse, redressa une chaise et rangea trois vidéocassettes tombées il ne savait plus trop comment dans le feu de l'action.

« Ces saletés sont encore là ? demanda Hannelore en se souvenant du contenu des bandes vidéo que Van In avait ramenées de chez Carlos Minne et qu'il lui avait offertes quelques jours plus tard en guise de plaisanterie.

« Tu veux qu'on regarde ?

– Tu n'as pas eu ton compte ?

– Après ce que tu m'as fait ce soir, plus rien ne pourrait m'impressionner ! Ce sera le dessert… »

Il glissa une cassette dans le lecteur.

« Pieter ! Non ! Je t'en supplie ! » dit Hannelore, pas vraiment convaincante.

Durant ses études, elle s'était un jour faufilée dans un cinéma porno avec une amie. Elle avaient failli pisser de rire tellement elles avaient trouvé le film ridicule. En la voyant sourire malgré elle, Van In appuya sur la touche lecture.

Il s'installa à côté d'elle sur le canapé et passa un bras autour de ses épaules. La nuit s'annonçait courte, et c'était une très bonne nouvelle.

Une jeune femme était assise au bord d'un lit, la tête penchée, les mains sous le menton, comme si elle réfléchissait. Elle avait le visage tendu et les lèvres serrées. Une fraction de seconde, elle tourna la tête vers la caméra.

« Merde ! »

Van In se précipita vers l'écran. L'image était floue, mais il avait reconnu la femme.

« Myriam Daems !

– Tu es sûr ? »

Hannelore se leva pour rejoindre Van In. Comment pouvait-il reconnaître Myriam sur cette image trouble ?

La femme se déshabilla et s'allongea sur le lit, les jambes écartées. La caméra zooma sur ses seins. Van In s'empara de la télécommande et appuya sur « Pause ».

« Évidemment, que je suis sûr !

– Tu as à peine vu son visage !

– Je sais ce que je dis, Hanne ! »

Van In rembobina la cassette et l'arrêta de nouveau lorsque la femme leva les yeux en direction de la caméra. Gros plan sur un regard d'une tristesse insondable. Il y avait une telle émotion dans ce film d'amateur qu'Hannelore sentit sa colère tomber d'un coup.

« Je comprends ! » finit-elle par dire.

L'avant-veille, Dupont lui avait expliqué que Minne et Arnould se procuraient des esclaves. Le regard de Myriam collait avec ce scénario. Le désespoir qu'il exprimait ne pouvait pas être simulé. Hannelore confia enfin à Van In la teneur de la conversation qu'elle avait eue avec le légiste au Dell'Arte.

« Si Roger Daems a appris ça, on peut comprendre qu'il ait tué Carlos Minne !

– Si, Pieter ! Si ! Mais je crois plutôt que…

– Tu crois comme moi à son innocence ? »

Hannelore hocha la tête. Le droit, ce n'était pas forcément la justice. Elle avait laissé filer Dobbelaere alors qu'il avait reconnu avoir tenté de tuer sa propre fille. Depuis lors, un collègue avait fait incarcérer un homme qui avait pourtant pris fait et cause pour sa femme contre des malfrats. Les hommes qui croyaient encore que le bandeau qui aveuglait les yeux de la Justice était une métaphore se trompaient. Rares étaient ceux qui y voyaient clair. Et si elle et Van In avaient les yeux en face des trous, le meurtrier allait encore frapper.

« Il faut faire quelque chose ! dit Hannelore. Le meurtrier de Carlos et Chantal Minne sait certainement que la police a mis la main sur ces cassettes. »

Van In hocha la tête. Après avoir enfilé ses chaussures, il se mit à arpenter la pièce, du salon à la porte d'entrée. *Hannelore a raison ! Il faut agir !*

Subitement, il aperçut une enveloppe brune dans la boîte aux lettres. Il s'en empara.

« Pour le commissaire Van In. URGENT ! »

Il reconnut l'écriture de Bruynooghe.

« Qu'y a-t-il ?

– Un message urgent de Bruynooghe ! »

Van In s'installa à la table de la cuisine et déchira l'enveloppe. À l'intérieur, il trouva une feuille de papier sur laquelle Bruynooghe avait dressé la liste chronologique de toutes les demandes de libération conditionnelle passées par maître Arnould auprès du ministère de la Justice durant la période où Carlos Minne régnait en maître. Elles avaient toutes été approuvées. Bruynooghe avait fait du zèle. Il avait aussi enquêté sur les affaires qui avaient été confiées à Bultinck à la même époque. Elles étaient au nombre de vingt-quatre, et il n'y avait aucun doute quant à la conclusion à tirer.

« Des acquittements, des acquittements, toujours des acquittements ! Chaque fois pour faute de procédure !

– Arnould, Bultinck et Minne… Ça fait penser à un réseau, non ?

– Tu sais très bien qu'il n'y a pas de réseaux en Belgique, Hanne. »

Van In alluma une cigarette. S'il voyait juste, Roger Daems était en danger.

« Nous devons intervenir tout de suite ! dit Hannelore.

– Et les enfants ? Qu'est-ce qu'on en fait ?

– On les prend ! »

Il était deux heures et quart lorsque Van In et Hannelore sonnèrent chez le procureur Beekman. Il ne fallut pas plus de trente secondes à celui-ci pour leur ouvrir la porte.

« Entrez ! » leur dit-il sans leur poser de question.

Hannelore rangea la poussette dans le couloir de l'entrée. Sarah et Simon dormaient du sommeil du juste. C'était à peine s'ils s'étaient rendu compte que leur mère les avait sortis du lit.

Contrairement à la plupart de ses collègues, Beekman avait une certaine idée du confort. Des livres étaient disposés çà et là dans le salon, et une bouteille de vin ouverte trônait sur une petite table.

« Je suppose qu'il ne s'agit pas d'une visite de courtoisie ? » dit-il avant de sortir deux verres à pied du buffet et de les remplir du liquide rubis.

Van In jeta un coup d'œil à la bouteille. De sa silhouette à l'étiquette, tout indiquait un bourgogne. Il préférait le bordeaux, mais ce n'était pas le moment de faire le difficile.

« En quoi puis-je vous être utile ? » demanda le procureur.

Hannelore trempa ses lèvres dans son verre. Elle et Van In avaient conçu un plan qui sortait des sentiers battus. Le représentant de la justice accepterait-il de leur donner sa bénédiction ?

« Tu es prêt à te mouiller pour nous aider ?

– Ça dépend, répondit Beekman, prudent.

– Ce que nous allons te proposer présente un certain risque, commença Van In.

– Je m'en doutais un peu. »

Beekman s'enfonça dans son fauteuil et écouta ses visiteurs nocturnes sans les interrompre. Hormis un froncement de sourcils, rien ne vint trahir l'agitation qui montait en lui au fil des explications du commissaire.

« J'espère que vous savez ce qui se passera si vous échouez, dit-il enfin.

– Et pourquoi crois-tu que nous sommes venus te déranger au beau milieu de la nuit, Jozef ? Sans ton accord, nous ne pouvons rien tenter ! »

Beekman but une gorgée de bourgogne. Le bon vin lui tirait des larmes, comme la grande musique.

« D'accord, dit-il. Mais à une condition ! Si ça marche, nous irons fêter ça au Karveeltje !

– Un dîner gastronomique ? Génial ! Et c'est moi qui régale ! commenta Van In.

– Avec ton argent ou avec le mien ? » demanda Hannelore.

Le directeur du complexe pénitentiaire de Bruges était un homme qui avait le sens du devoir. Lorsque la sonnerie du téléphone retentit, il quitta les bras de sa maîtresse, une gardienne ambitieuse, et décrocha.

« Allô ! Bonjour, monsieur le procureur ! dit-il en se redressant automatiquement sur son séant et en plaquant le combiné contre son oreille. En quoi puis-je vous être agréable ? »

Certains fonctionnaires sont ainsi constitués que, même s'ils sont indéboulonnables, ils ne peuvent pas s'empêcher de lécher les bottes de leurs supérieurs. Aussi le directeur de la prison ne posa-t-il aucune question et promit-il de faire immédiatement ce qu'on exigeait de lui.

« C'est passé comme une lettre à la poste ! dit Beekman en reposant le combiné. Dans une demi-heure, Roger Daems sera rentré chez lui. »

Un détenu libéré de nuit, c'est aussi rare qu'un écrivain sincère quand il prétend se désintéresser du succès. Le miracle de la libération instantanée de Daems s'expliquait par un petit bout de carton, plus exactement par la carte de parti qui avait permis au directeur de la prison d'accéder à son poste tant convoité, mais qui ne lui serait plus d'aucune utilité si la presse à scandale révélait sa liaison avec une matonne. Beekman n'avait pas eu besoin d'être aussi explicite. Car au lieu d'appeler sur le portable du directeur, il avait composé le numéro de sa maîtresse.

Dans son sommeil, Myriam Daems entendit une voiture remonter l'allée dans un crissement de pneus. La lumière aveuglante d'une paire de phares brilla un moment dans l'interstice entre les rideaux et coupa la chambre en deux triangles grisâtres. Sa réaction aurait plu à Pavlov. Elle repoussa les draps, écarta les jambes et se renfonça dans un vieux cauchemar.

Arnould éteignait la caméra et marchait jusqu'à la ligne de faille entre l'obscurité et la lumière. Si elle le repoussait, Roger mourrait.

« Je suis le seul capable d'empêcher que le contrat soit exécuté, affirmait-il lorsqu'elle lui disait en pleurant ce qui était arrivé en prison.

– Qu'est-ce que je dois faire ?

– Carlos Minne est le seul à pouvoir vous aider, madame Daems. S'il prend contact avec les hommes qui veulent liquider votre mari et s'il leur promet qu'ils bénéficieront d'une libération anticipée à condition de le laisser tranquille, je peux vous garantir qu'il n'arrivera plus rien à votre époux.

– Combien cela va-t-il nous coûter ?

– Ce n'est pas l'argent qui m'intéresse, madame. »

Ensuite il s'était mis à la peloter.

Roger avait survécu à la prison et il avait été libéré après vingt-trois mois de détention. Myriam se souvenait encore très exactement du nombre de rendez-vous que lui avait coûté sa libération. Au début, elle avait seulement dû satisfaire aux exigences d'Arnould, mais, par la suite, d'autres hommes étaient venus. Dans son rêve, Myriam eut des hoquets de dégoût.

À l'instant même, on sonna à la porte. Elle sauta à bas de son lit et enfila sa robe de chambre sur son corps nu en émoi. À travers l'œilleton, Van In avait un visage grotesque qui n'était pas très rassurant. Mais les phares d'une deuxième voiture, une BMW, balayèrent la nuit pour s'arrêter devant la maison. Deux hommes en descendirent. Roger était l'un d'eux. Myriam n'hésita plus une seule seconde. Elle ouvrit la porte et courut, nu-pieds, se jeter dans les bras de son mari.

« Quoi qu'il arrive, tu auras fait deux heureux cette nuit », commenta Versavel.

Van In lui rendit son sourire. Des instants comme celui-là, il en vivait peu dans sa vie de flic. Maintenant, la question était de savoir si son plan peu orthodoxe allait marcher, mais il ne se faisait pas trop de soucis, car Beekman le couvrait, ce qui était rare. En Belgique, les magistrats qui prenaient leurs responsabilités se comptaient sur les doigts de la main.

Après des embrassades qui durèrent une éternité, tout ce petit monde entra dans la villa des Daems. Myriam prépara aussitôt du café dans la cuisine, tandis que les hommes s'installaient au salon. Van In prit la parole, comme convenu.

« Je vais jouer cartes sur table avec vous, monsieur Daems. À condition que vous en fassiez autant. »

J'en ai vu des vertes et des pas mûres, dans ma vie, se dit Roger Daems, *mais là, c'est le pompon ! Qu'est-ce que c'est que cette histoire ! Les flics et le parquet qui me sortent de taule en pleine nuit ?! C'est quoi, ce scénario pourri ?!*

« Je vous écoute, commissaire, répondit-il prudemment.

– C'est très simple ! dit Van In. Dans l'état actuel des choses, il y a de fortes chances pour que vous soyez condamné pour le double assassinat de Carlos et Chantal Minne. Un témoin prétend vous avoir vu le soir du meurtre de Carlos Minne en sa compagnie. Lors d'une perquisition, les services judiciaires – Van In veilla à ne citer aucun nom – ont retrouvé des indices qui semblent étayer cette piste. Et d'après le rapport du labo technique, les traces de pneus retrouvées devant chez les Minne correspondent à celles de votre Saab. »

Van In n'avait jamais dit tant de choses en si peu de mots. Versavel avait presque envie d'applaudir. Roger Daems avait manifestement compris que les apparences étaient contre lui. Il entendait déjà les jurés aux assises. Ils parleraient de récidive et d'amendement impossible. D'une certaine manière, ils auraient raison, car il n'avait fait qu'enfreindre la loi depuis sa libération anticipée.

« Si c'est ce que vous pensez, pourquoi m'avez-vous sorti de prison ?

– Tout le monde veut du café ? demanda Myriam en pénétrant dans le salon, un plateau à la main, convaincue que tous les problèmes étaient résolus.

– Pour vous donner la possibilité de jouer cartes sur table, je viens de vous le dire. »

Van In remercia Myriam d'un sourire pour la tasse de café qu'elle lui tendait.

« On vous a déjà dit que vous étiez adorable ? »

Myriam posa son plateau sur la table du salon et embrassa Van In sur la joue.

Les vrais malfaiteurs sont nocifs pour la société, se dit Van In, riant sous cet assaut de tendresse spontanée. *Myriam et Roger n'ont jamais enfreint la loi que pour survivre.*

« Nous savons que vous avez traficoté dans le domaine de la contrefaçon, dit-il à Roger Daems. Nous sommes sur le point de mettre la filière au jour.

– Dis-lui, Roger ! »

Myriam vivait dans l'angoisse depuis des années. Enfin, cet enfer allait cesser !

« Que veux-tu que je dise, ma chérie ? répondit Roger, qui ne voulait pas renoncer à l'argent facile et au luxe.

– S'il te plaît, Roger !

– Personne ne pourra vous poursuivre si nous parvenons à établir que vous agissiez sous la contrainte », déclara Van In, citant un article du code civil que Beekman lui avait opportunément rappelé quelques minutes auparavant.

Roger Daems fit non de la tête. Cela paraissait trop beau pour être vrai.

« Comment pourrais-je le prouver ? » demanda-t-il.

Van In but une gorgée de café. Tout dépendait de Myriam. Accepterait-elle de parler des enregistrements vidéo ?

« Je peux vous parler entre quat'z'yeux, Myriam ?

– Ma femme n'a rien à voir là-dedans ! hurla Daems.

– Calme-toi ! dit Myriam en posant un baiser chaste sur le front de son mari. Le moment est venu de dire la vérité. Si nous allions faire un tour au jardin, commissaire ? »

Le ciel par-dessus les toits se colorait de rose. Un merle sursauta lorsque Myriam fit coulisser la porte de la terrasse et disparut dans les hautes herbes. Il flottait dans l'air pur et net de cette aube naissante l'innocence du premier jour de la création. On allait vers la lumière.

Un coq chanta au loin. Beekman y vit un signe de bon augure. Il adressa un sourire à Roger Daems.

« Ils étaient quatre, dit Van In lorsqu'il remonta dans la BMW de Beekman. Minne, Arnould, Dobbelaere et Bultinck. Arnould avait fait croire à Myriam que Roger Daems ne courait aucun danger en prison et qu'il bénéficierait d'une libération anticipée si elle obéissait à ses caprices.

– Tu es certain que Bultinck était dans le coup ?

– Absolument ! »

Beekman fronça les sourcils. Alors qu'il s'évertuait à redorer le blason de la justice depuis plusieurs années, il recevait cette nouvelle comme une tuile.

« Je te jure, Pieter, que ce Bultinck ne va pas s'en tirer comme ça !

– Restent Arnould et Dobbelaere.

– On peut prouver qu'ils sont mouillés dans l'affaire Daems ?

– Non.

– Merde ! Qu'est-ce que tu proposes ?

– J'ai abordé la question avec Myriam. Il nous reste une arme. Nous pouvons leur faire peur.

– Tu n'as rien d'autre ?

– Malheureusement, non. »

Même si Van In s'entendait à merveille avec le procureur, il y avait des choses qu'il ne pouvait pas se permettre de lui dire sans le placer dans une situation embarrassante. Il se souvenait mot pour mot de ce que lui avait confié Myriam.

« À un moment, Roger a voulu tout arrêter. Il voulait faire de DIMLI une entreprise respectable.

– Mais les actionnaires ne l'ont pas entendu de cette oreille.

– Dobbelaere, Arnould et Bultinck ont fait semblant de s'incliner, mais Minne m'a menacée de prendre contact avec l'APSD si je n'acceptais pas de faire preuve de "gentillesse" comme par le passé. »

En quête de conseils, Myriam s'était rendue à Rome pour en discuter avec Sofia Dobbelaere.

« Sofia a mis au point un plan ingénieux. Elle a demandé à son frère de prendre contact avec l'APSD en se faisant passer pour Carlos Minne et de tuyauter le colonel Sanders à propos d'un conteneur suspect... Il s'est finalement avéré que celui-ci ne contenait pas des flacons d'imitation de Chanel, mais de fausses balles de ping-pong... »

L'idée était simple : si l'APSD mordait à l'hameçon, il ne se fierait plus aux tuyaux percés du vrai Carlos Minne. Par contre, même s'ils décidaient de continuer à fouiller, ils feraient immanquablement chou blanc, puisque Roger Daems aurait eu le temps d'effacer toute trace compromettante...

« Lorsque je suis retournée à Rome pour fêter la réussite de cette opération, avait poursuivi Myriam, le frère de Sofia a proposé de flanquer une bonne frousse à Arnould, Bultinck et Dobbelaere. L'idée était de leur passer un coup de fil anonyme pour leur annoncer que Minne les avait trahis et qu'ils n'échapperaient pas à la justice. À mon avis, l'un des trois a paniqué. »

Le témoignage de Myriam explique beaucoup de choses, mais pas tout. Il est plausible qu'un des trois comparses ait liquidé Carlos Minne pour le punir d'avoir parlé. Mais pourquoi Chantal Minne est-elle morte aussi, dans ce cas ?

« Un souci ? » demanda Beekman, extirpant Van In de ses réflexions.

La trace de pneu de la Saab, cette histoire de marée, le coup de fil anonyme à la PJ... Il y a encore beaucoup trop de zones d'ombre...

« Je rêve, donc je suis, monsieur le procureur, dit Van In en s'arrachant à ses pensées.

– *Réveillez-vous, commissaire. La patrie a besoin de vous** ! répondit Beekman qui, contrairement à un nombre croissant de Flamands, continuait à aimer manier la langue de Molière.

– Si vous le prenez sur ce ton, monsieur le procureur, commençons par Bultinck ! Pour moi, c'est le maillon faible !

– Allons-y, Pieter ! Tu connais son adresse ?

– Rue de la Barrière. »

C'était un secret de polichinelle : Bultinck avait toujours rêvé de devenir avocat. Habiter rue de la Barrière, à Bruges, c'était comme de s'installer dans Baker Street quand on voulait devenir médecin à Londres. Mais l'habit ne fait pas le moine…

16

Bruges compte un certain nombre de quartiers où il ne fait pas bon vivre. La rue de la Barrière en fait assurément partie. Les façades grisâtres sur lesquelles se profilent des ombres lugubres rappellent l'époque d'avant-guerre. La rue était si étroite que Beekman n'eut pas d'autre choix que de garer sa BMW à cheval sur le trottoir, ce qui, vu sa fonction, faisait quand même mauvais genre.

« Qu'est-ce qui te fait croire qu'il est chez lui ?

– À cette heure-ci, tous les chats sont gris et tous les fonctionnaires sont au lit ! » rétorqua Van In avec un fin sourire.

L'immeuble de Bultinck ne différait en rien des autres ; c'était une triste maison de ville percée de quatre malheureuses fenêtres et d'une porte des plus banales. Van In enfonça le bouton de la sonnette. Cette fois encore, Bultinck mit un temps infini avant d'ouvrir.

« Je t'avais bien dit qu'il pionçait toujours ! commenta Van In alors que Beekman s'impatientait.

– Hé ! Vous là ! Vous ne pouvez pas faire attention ! » s'exclama le procureur à l'intention du facteur qui se faufilait entre les façades et sa BMW en traînant son sac le long de sa portière rutilante.

L'homme ne prit pas la peine de répondre, se contentant de lever un index désabusé vers un panneau bleu cerclé de rouge.

Ce fut l'instant que choisit Bultinck pour enfin apparaître à sa porte. Dans son peignoir élimé et ses pantoufles en similicuir, il n'avait pas vraiment fière allure, surtout qu'il avait les yeux injectés de sang, comme s'il avait passé la nuit à faire la java.

« Bonjour, monsieur le procureur. »

Le facteur fit volte-face, incrédule, et secoua la tête, profondément choqué.

« On peut entrer ?

– Je vous en prie, dit Bultinck en reculant d'un pas. J'espère qu'il ne s'est rien passé de grave.

– Tout dépend de ce que vous aurez à nous dire… » répondit Beekman, énigmatique, en songeant que Van In avait raison : Bultinck était bien le maillon faible.

Les deux hommes suivirent le flic à travers un étroit corridor jusqu'à un bureau garni d'armoires à archives manifestement achetées dans une vente publique. Ils s'assirent sans y avoir été invités, tandis que Bultinck restait debout, comme un suspect face au tribunal. Beekman croisa les jambes et prit une profonde inspiration.

« Je serai clair et concis, Bultinck. Si vous avouez tout maintenant, vous avez de fortes chances de vous en sortir avec un sursis. Je pourrai peut-être même conserver vos droits à la retraite. Sinon, ce sera la prison et le déshonneur, avec toutes les conséquences… »

Bultinck acquiesça d'un signe de tête. Enfin, ce cauchemar allait s'arrêter ! En suggérant qu'il pourrait continuer à percevoir sa retraite, Beekman lui ôtait un grand poids, car, contrairement à Dobbelaere, Arnould et Minne, il n'avait pas reçu beaucoup de dividendes de DIMLI. Et puis, le meurtre de Carlos Minne lui avait vraiment foutu les chocottes. Quand il avait vu Beekman et Van In devant chez lui, il avait pris sa décision. Avant de leur ouvrir, il avait téléphoné à Arnould et lui avait fait un compte rendu fidèle. Et il avait repoussé d'un haussement d'épaules les malédictions dont son interlocuteur l'accablait.

« Je choisis la première solution, monsieur le procureur. »

Beekman n'osa pas regarder Van In, de peur que son sourire de triomphe ne vienne tout gâcher.

« Alors, mettez-vous à table, Bultinck ! Nous vous écoutons.

– C'est vrai, j'ai falsifié des P-V. En échange, j'ai eu recours aux… hum… aux services de Myriam Daems. Minne et Dobbelaere avaient des amis puissants en taule.

– Ce sont eux qui ont organisé l'agression dont Daems a été victime en prison ? demanda Van In pour confirmation.

– C'étaient des pantins au service d'Arnould… C'est lui qui a eu l'idée. Il voulait coucher avec Myriam, tout est parti de là. Il cherchait un moyen de faire pression sur elle. Parce que, vous savez, je n'ai jamais vu des gens qui s'aimaient autant que les Daems ! »

Van In conserverait toujours en mémoire le regard désespéré de Myriam sur la cassette vidéo. Fallait-il que son amour soit fort pour permettre à une femme de supporter seule un tel fardeau ?

« Vous avez accepté tout de suite ? demanda Beekman.

– Arnould est un salopard !

– Il n'est malheureusement pas le seul. Ce qui ne veut pas dire que…

– Il avait des dossiers compromettants sur pas mal de monde…

– Y compris sur vous ?

– Disons qu'il y a quelques années, j'ai fermé les yeux sur un trafic de drogue dans une grande discothèque moyennant une petite compensation… Mais je ne savais pas que le gérant avait fait enregistrer la transaction sur vidéo et qu'il avait envoyé une copie de la cassette à Arnould !

– Et les autres ?

– Minne a été victime de son intérêt pour le SM. Et Dobbelaere avait une peur bleue que ses amis apprennent qu'il avait été interné dans un hôpital psychiatrique… »

Van In alluma une cigarette sans en demander l'autorisation.

« Au sujet de l'agression sur la personne de Roger Daems, il y a quelque chose que je ne comprends pas. Daems a été sauvé *in extremis* par son codétenu. Si celui-ci n'était pas intervenu… »

Bultinck éclata de rire.

« Ne vous faites pas d'illusions, Van In ! Degruyter a été grassement payé pour jouer cette comédie ! Vous n'avez quand même pas cru qu'il y avait réellement des éclats de verre dans les glaçons ?! »

Découvrir qu'un ami vous a menti, c'est comme se tromper de robinet sous la douche. Effet glaçant garanti. Heureusement, Beekman était là, et ce fut lui qui posa la question suivante.

« Savez-vous qui a liquidé Carlos et Chantal Minne ?

– Non. Cela faisait plusieurs semaines que nous recevions tous des appels anonymes.

– De la part d'un homme ou d'une femme ?

– D'un homme.

– Que disait-il ?

– Que nous paierions pour ce que nous avions fait à Myriam.

– Comment réagissait Arnould ?

– Il était persuadé que Daems avait engagé un tueur à gages. »

Si Bultinck lui avait raconté cette histoire cinq ans plus tôt, Van In se serait contenté de hausser les épaules. À l'époque, il y avait en Flandre autant de tueurs à gages que d'enfants surdoués. Mais, depuis peu, le moindre plouc venu pouvait se payer un homme de main pour dix mille balles.

La version de Bultinck se tenait, du moins pour le meurtre de Carlos Minne, mais pourquoi Daems aurait-il fait liquider Chantal Minne ? Et pourquoi aurait-il laissé tant de traces accablantes derrière lui ? Le ticket de caisse, le sable dans ses chaussures, l'empreinte du pneu de la Saab… C'était un peu beaucoup pour un seul homme !

« Arnould avait monté un plan pour porter le discrédit sur Daems, intervint Bultinck, comme s'il avait lu dans les pensées de Van In. En sa qualité d'avocat, il savait parfaitement que le donneur d'ordre d'un tueur à gages n'est pas puni de la même manière que celui-ci. Il m'avait demandé de…

– … faire en sorte que nous trouvions les indices qu'il sèmerait à notre intention chez les Daems, c'est ça ?! »

Bultinck approuva.

« La semaine dernière, je suis entré dans leur villa. J'ai versé du sable dans les chaussures de Roger. Je devais aussi…

– … glisser un ticket de caisse dans la poche de son veston ?

– Un ticket de caisse ? Comment ça ?

– Eh bien ! Le ticket de caisse de la balle en caoutchouc SM ! »

Bultinck se tut. *Il ne sait peut-être pas de quoi je veux parler,* se dit Van In.

« Je parle de la balle en caoutchouc que le médecin légiste a retirée de la bouche de Carlos Minne, Bultinck !

– Je ne suis pas au courant de cette histoire.

– Allez, accouchez ! Vous n'allez pas me dire que vous êtes juste entré chez Daems pour mettre un peu de sable dans ses chaussures !

– J'ai aussi pris la clé de la Saab.

– Comment ça ?

– Oui, la clé de réserve. Elle était rangée dans une petite armoire, dans le garage. »

Van In consulta Beekman du regard. Il avait l'amère impression de voir tout son scénario s'écrouler comme un château de cartes.

« J'espère que vous m'avez bien compris. Ma proposition ne tient que si vous dites toute la vérité ! » dit le procureur, glacial.

Rien n'y fit. Van In et Beekman eurent beau multiplier les arguments, le flic ripou n'en démordit pas.

« Je ne vois absolument pas de quoi vous parlez !

– Dans ce cas, je n'ai pas le choix ! Je vous arrête ! » dit Beekman en désespoir de cause, à l'issue d'un bras de fer qui avait duré un quart d'heure.

Il prit son téléphone portable et appela du renfort.

« Qu'est-ce qu'on fait, maintenant ? » demanda Van In alors que Bruynooghe et Carine poussaient Bultinck dans la fourgonnette.

Beekman sourit.

« Je dois bien admettre que je ne me suis plus autant amusé depuis des années ! Qu'est-ce que tu proposes ?

– Je pense qu'il faut battre le fer tant qu'il est chaud.

– Mais encore ?

– On arrête tout ce beau monde !

– Arnould et Dobbelaere ?

– Et Colombier !

– C'est parti, mon kiki ! »

Cinq minutes plus tard, six voitures de police traversaient la ville, toutes sirènes hurlantes, histoire de démontrer que le commissaire en chef De Kee prenait au sérieux l'ordre du procureur Beekman.

« Arnould est introuvable ! dit Versavel lorsque Van In et Beekman pénétrèrent au commissariat une demi-heure plus tard.

– Combien d'hommes avons-nous mis sur le coup ?

– Dix-huit, monsieur le procureur !

– Je suppose que De Kee est dans son bureau ?

– Je crois qu'il vient d'arriver.

– Appelez-le et demandez-lui de me recevoir.

– Je t'accompagne, Jozef ?

– Non, Pieter. Je préfère le travailler seul… »

Menottes aux poignets, Dobbelaere et Colombier étaient assis côte à côte comme de vieux potes devant la porte du bureau de Van In. Contrairement à toutes les règles de procédure, Van In décida de les auditionner ensemble, dans l'espoir que cela ferait paniquer l'un des deux. Mais comme ni l'un ni l'autre ne desserrait les dents, il les envoya mariner à l'Amigo sur le coup de sept heures.

« Je rentre manger un bout, Guido ! »

Versavel comprit ce que cela voulait dire. Van In avait l'intention d'interroger les suspects au finish à son retour.

« Tu veux casser la croûte avec nous ? Je crois qu'Hannelore devait préparer du rôti pour ce soir. »

Versavel hésita. Il y avait des plats qu'Hannelore réussissait particulièrement bien…

« Une autre fois, Pieter. Frank…

– Ne t'excuse pas, Guido. Rentre chez toi et passez un bon moment ensemble ! Je t'attends ici à neuf heures ! Ciao !

– À tout à l'heure », répondit Guido, pensif.

Van In devait bien admettre qu'il avait négligé une solution, une solution qui, s'il regardait les choses en face, collait avec toutes les découvertes des derniers jours. Il se mit en chemin. *Et si c'était malgré tout Myriam et Roger Daems qui avaient tué Carlos Minne ? Ils avaient un mobile, après tout, non ? Et même deux ! Minne avait violé Myriam, et il était le seul, par-dessus le marché, à s'être opposé à ce que Roger se range des camions. Il n'y aurait donc rien eu d'impensable à ce que Myriam ait attiré Minne sur la plage sous un prétexte ou un autre et à ce que Roger l'ait attendu pour lui régler son compte. À eux deux, les amoureux étaient capables de maîtriser Minne, de le ligoter, de le noyer et de l'enterrer… D'après le rapport d'autopsie, la mort était survenue entre quatre et six heures du matin. Roger Daems avait beau être un marin expérimenté, il avait sans doute complètement oublié cette histoire de mortes-eaux.*

Il était tout à fait possible que les Daems ne se soient rendu compte qu'à la dernière minute que leur plan ne fonctionnerait pas parce que la mer ne montait pas suffisamment haut pour engloutir la tête de Minne. Ils avaient donc été obligés de déplacer son corps…

Telle était la première partie du raisonnement. *Maintenant,* poursuivit Van In en pensée, *imaginons que Myriam et Roger Daems aient préparé le meurtre de Minne jusqu'à surveiller les allées et venues sur la plage de Zeebrugge les jours précédents. Dans ce cas, ils savaient sans aucun doute que Nuytens y promenait son chien tous les matins sur le coup de sept heures et demie et qu'il serait le premier à découvrir le corps. Bon, ensuite… Myriam n'a-t-elle pas avoué que le frère de Sophie Dobbelaere donnait des coups de fil anonymes à Minne, Bultinck et Arnould ?* « Pour leur faire peur », avait-elle dit. *Bultinck prenait son service à huit heures, mais il était de notoriété publique qu'il se pointait au bureau beaucoup plus tôt. Et si les Daems avaient été tentés de lui flanquer la trouille de sa vie en lui annonçant eux-mêmes le sort qu'ils avaient réservé à son vieux pote ?*

Van In sourit. Aucun juge ne croirait à son histoire, sauf s'il produisait le ticket de caisse de la balle de caoutchouc SM. *Oui, mais tout cela n'explique pas le meurtre de Chantal Minne…*

Sans s'en rendre compte, il était arrivé devant la porte de sa maison. Étrange. Quand Hannelore préparait du rôti, la bonne odeur de viande embaumait dans toute l'impasse du Poisson-Gras. Van In pressa le pas. Hannelore tenait toujours ses promesses. On dit que certains savent prédire l'avenir. En réalité, ils sont surtout attentifs aux signes avant-coureurs et capables de les interpréter correctement. Même s'il ne croyait pas trop à ce genre de choses, Van In ne pouvait s'empêcher de trouver inquiétante l'absence d'odeurs de cuisine. Son pouls s'accéléra. Il farfouilla dans sa poche, en sortit sa clé et rentra chez lui, pris d'une angoisse qu'il n'osait pas s'expliquer.

« Hanne ?! »

Pas de réponse.

Van In courut au salon. Hannelore était bien là, assise sur le canapé, couvant du regard Simon et Sarah dans leur parc. Tout paraissait normal. Sauf le flingue qu'Arnould braquait sur la jeune femme.

17

« Entrez donc, commissaire ! Venez par ici, que je vous tienne à l'œil ! dit Arnould, le visage crispé, en faisant un geste de son bras armé pour intimer à Van In de prendre place à côté d'Hannelore.

– Vous vous rendez compte de ce que vous faites, je suppose ?! » dit Van In.

Remarque stupide. Arnould était avocat. Il était donc mieux placé que quiconque pour savoir qu'il risquait gros. Van In se glissa à côté d'Hannelore en essayant de se mettre dans la ligne de mire du flingue.

Mouais, se dit-il. *Un pistolet de petit calibre… Avec un peu de chance, notre homme n'est pas un as du tir. M'étonnerait qu'il soit capable de me mettre hors d'état de nuire à la première balle. Il faut que j'évalue mes chances… Plus j'attends, plus je vais être paralysé par la peur… Compte jusqu'à dix, Pieter ! Et à dix, tu lui sautes dessus ! Un, deux, trois…*

Le silence rendait Arnould nerveux. Un tic faisait tressauter sa paupière. La respiration d'Hannelore s'accéléra, comme si elle sentait que Van In s'apprêtait à passer à l'attaque.

Quatre, cinq, six…

Arnould dirigea son arme vers Sarah.

« Attention, commissaire ! Pas de blague ! »

Van In se raidit. Quelle mouche piquait l'avocat ? La seule chose dont on pouvait accuser Arnould pour le moment, c'étaient le chantage et la corruption, et il fallait encore le prouver ! Même si Van In y parvenait, rien ne disait que l'avocat écoperait d'une lourde peine. Par contre, les juges se montraient nettement moins compréhensifs pour les preneurs d'otages, surtout lorsqu'ils mettaient en joue de jeunes enfants…

« Donnez-moi votre arme et je vous promets que…

– Ne vous fatiguez pas, commissaire ! Madame la juge m'a déjà fait la même proposition il y a une demi-heure. »

Arnould s'appuya contre le dossier de sa chaise. Il continuait à brandir son bras tendu vers la petite Sarah, le doigt sur la détente.

« Vous êtes peut-être curieux de savoir ce qui me motive, dit-il tout à trac.

– C'est lui qui a fait tuer Chantal Minne », dit Hannelore, la voix tremblante.

Les aveux qu'Arnould lui avaient faits dix minutes plus tôt ne présageaient rien de bon. Pourquoi l'avocat s'exposait-il ainsi ? Jusque-là, il n'avait pas risqué beaucoup plus qu'une radiation du Barreau.

« Je suppose que vous avez compris que Daems nous versait une petite mensualité, à mes amis et à moi… Tout allait pour le mieux dans le meilleur des mondes jusqu'à ce que cet imbécile décide de devenir clean et de nous laisser tomber. Moi, je m'en fichais. Cette petite histoire m'avait déjà rapporté pas mal de blé, et il faut bien dire que Myriam commençait à se faner… Cette histoire perdait de son sel… »

Il partit d'un rire sinistre.

« Je disais donc que je m'en fichais, mais notre ami Minne ne l'a pas entendu de cette oreille. Il s'est mis à menacer de tout cracher aux flics si Daems ne continuait pas à s'allonger. Il a envoyé un tuyau à l'APSD, et notre petite Myriam a tout gâché.

– C'est pour ça que vous avez aussi liquidé Chantal Minne ? demanda Van In.

– Vous prenez le problème par le mauvais bout, commissaire. Carlos était mon ami. Vous ne pensez tout de même pas que je l'aurais descendu ? Tout ça, c'est à cause de sa femme ! Elle a découvert sa double comptabilité et elle a exigé de continuer à recevoir les paiements.

– Chantal Minne vous a fait chanter ?

– Exactement, commissaire. Heureusement, Colombier a pu régler ce problème… définitivement.

– Et vous vous êtes arrangé pour que ce soit Daems qui porte le chapeau ?

– Pourquoi pas, commissaire ? C'est bien lui et Myriam qui avaient tué Carlos, alors… ? »

Toutes les pièces du puzzle sont en place ! jubila Van In. *Sous la pression de Myriam, Roger Daems a arrêté son trafic d'articles de contrefaçon. Carlos Minne a exigé de continuer à toucher ses dividendes, même après l'échec de l'intervention de l'APSD. Myriam s'est envolée pour Rome afin de demander conseil à son amie Sofia Dobbelaere, laquelle lui a conseillé de faire peur à toute la clique. Oui, tout concorde ! Sofia a demandé à son frère de menacer Minne et ses complices par téléphone, mais comme cela n'a eu aucun effet, Myriam et Roger sont entrés en action. Ils ont attiré Minne sur la plage et l'ont tué en pleine nuit, mais, comme ils voulaient que Bultinck soit chargé de l'enquête, ils ont attendu sept heures et demie pour l'appeler. C'est ce qui explique le laps de temps entre l'heure de la mort de Minne et celle du coup de téléphone donné à la PJ. Mais il y a une chose que je ne comprends pas…*

« Qu'est-ce que vous êtes venu faire ici ?

– Je vous le dirai quand vous m'aurez donné votre arme de service, commissaire.

– Je l'ai laissée au commissariat.

– Ne mentez pas ! »

Arnould s'agenouilla, glissa le canon de son pistolet entre les barreaux du parc et en posa l'extrémité contre le front de la petite Sarah.

La fillette le fixa de ses grands yeux expressifs.

« Laissez mes enfants tranquilles ! » hurla Van In.

Il se sentait soudain les jambes cotonneuses. Sa vue se brouillait. Il avait souvent froncé les sourcils quand des victimes lui avaient dit que le moment où elles avaient frôlé la mort resterait pour toujours imprimé dans leur mémoire. Maintenant, il comprenait. Il se tourna vers Hannelore, désespéré. *Qu'est-ce qu'on peut faire, Hanne ? Aide-moi !*

« Donne-lui ton arme, Pieter ! dit Hannelore d'une voix blanche.

– D'accord, dit Van In en se dirigeant vers la cuisine.

– Pas si vite, commissaire ! » s'écria Arnould.

Il s'était relevé, mais il tenait toujours Sarah en joue.

« Vous voulez mon flingue, oui ou merde ? Il est dans le premier tiroir du buffet de la cuisine, alors je vais le chercher ! Ce n'est pas ce que vous vouliez ?! »

La cuisine, la salle à manger et le salon communiquaient. Lorsque les portes étaient ouvertes, on avait vue sur l'enfilade des pièces ; seule la partie de la cuisine où se trouvait le buffet était en retrait. Le cœur de Van In se mit à battre à tout rompre. Il tenta d'attirer l'attention d'Hannelore en reniflant deux fois coup sur coup. Elle leva les yeux vers lui. Il renifla une troisième fois en regardant la table du salon. Le meuble massif avait à peu près les dimensions du parc. Si Hannelore parvenait à la mettre sur son flanc pendant qu'Arnould le surveillait, lui, elle pouvait la transformer en bouclier pour se protéger, elle et les enfants.

Hannelore fit un signe de tête presque invisible. Elle avait compris. Mais Arnould n'était pas né de la dernière pluie. Aussitôt, il saisit Sarah dans son parc et la prit dans ses bras, ce qui déplut fort à Simon, jaloux.

Van In lut le désespoir dans les yeux d'Hannelore.

« Ne me sous-estimez pas, commissaire ! dit l'avocat véreux.

– Je ne vous sous-estime pas, maître. »

Les preneurs d'otages aiment qu'on leur témoigne du respect. La soumission était la seule arme dont disposait encore Van In. Il aurait léché les orteils d'Arnould si cela avait pu éloigner le danger des jumeaux.

« Vous allez faire exactement ce que je vous dirai ! »

Ils allèrent ensemble dans la cuisine. Van In ouvrit le premier tiroir du buffet et attendit les instructions.

« Posez votre pistolet sur le plan de travail ! »

Van In saisit l'arme par le canon : c'était selon lui ce qu'il y avait de plus sûr.

« Pas comme ça, commissaire.

– Pourquoi ?

– Parce que vous allez m'obéir. »

Van In tenait maintenant son arme de service par la crosse, mais il n'osait rien entreprendre. Avant qu'il n'ait le temps d'appuyer sur la détente, Arnould aurait déjà tué Sarah.

« Que voulez-vous exactement ? dit le commissaire en posant son arme à contrecœur sur le plan de travail.

– Allez dans l'entrée, les mains dans la nuque, et retournez-vous ! »

C'était la première fois que Van In percevait une émotion dans la voix de l'avocat. Il fit ce qu'on lui ordonnait de faire. Hannelore était toujours assise dans le salon. Arnould posa Sarah sur le carrelage, enfila rapidement des gants et inspecta l'arme de service de Van In.

L'avocat se tenait maintenant face à Van In et Hannelore, dos à la porte ouverte. Il avait déposé Sarah dans son parc.

« Un flic de votre réputation devrait savoir ce qui l'attend, maintenant, commissaire. À moins que vous ne suiviez pas l'actualité ?

– Quelle actualité ? » répondit Van In sans oser regarder Hannelore.

Une goutte de sueur roula le long de sa joue.

« Je vois déjà les gros titres ! Un flic frustré tue sa femme et ses enfants avant de se donner la mort ! C'est encore arrivé pas plus tard qu'il y a trois mois !

– Vous ne pouvez pas faire ça, maître. L'enquête montrera...

– ... que vous ne vous entendiez plus très bien avec madame la juge...

– Tout le monde sait que je ne toucherais pas à un cheveu de mes enfants !

– Ah ! Les drames familiaux ! Qui sait ce qui peut se passer dans la tête d'un homme désespéré ! Les voisins sont toujours très étonnés ! C'est ce qui rend la chose si intéressante. Personne ne me soupçonnera !

– Mes collègues sont à votre recherche dans le cadre de l'enquête sur le meurtre de Chantal Minne. Vous serez de toute façon interrogé. »

Arnould dirigea son flingue vers Simon.

« Je connais au moins trois personnes qui témoigneront sous serment que j'ai passé la soirée avec elles, commissaire.

– Arrêtez ! hurla Hannelore.

– Un souci, madame la juge ?

– Laissez les enfants tranquilles ! Ils ne pourront pas témoigner contre vous !

– Exact ! Un commissaire tue sa compagne avant de se donner la mort... Mmm... Pas mal. C'est possible aussi, après tout, dit-il en éclatant une nouvelle fois de son rire dément. Bien sûr, ce scénario ne sera crédible que si le flic trouve sa nana à poil sur le canapé et qu'il pense que son amant vient de se faire la malle.

– Non ! cria Van In. Hanne, s'il te plaît ! Ne le crois pas ! Il n'épargnera pas les enfants ! »

Les femmes perdent tout sens de la logique lorsque la vie de leurs enfants est en jeu. Hannelore se leva et ôta son T-shirt.

« Approche ! ordonna Arnould. Je veux sentir ton odeur de femelle en chaleur ! »

Hannelore ôta son soutien-gorge avant de marcher vers Arnould. Elle se mit à compter les secondes, exactement comme Van In l'avait fait quelques minutes auparavant. Avec un peu de chance, elle survivrait à la première balle et Van In serait suffisamment rapide pour lui épargner la seconde.

« Plus près ! Je veux palper la marchandise ! » dit Arnould.

Hannelore avança. Le canon de l'arme de service de Van In était maintenant dirigé vers son sein gauche. Arnould lui fit faire un pas de côté, tout en redirigeant le pistolet vers le parc.

« Le reste ! Ordonna-t-il ! Je veux voir ta chatte !

– Non ! » hurla Van In.

Hannelore fit glisser sa jupe.

« Ton slip, maintenant ! »

Van In allait bondir sur Arnould lorsque Bob apparut dans l'embrasure de la porte. Lorsqu'il sentit la peur qui émanait de ses maîtres et que Simon se mit à pleurer, le dogue allemand ne fit ni une ni deux. Il se dressa sur ses pattes arrière et sauta à la gorge d'Arnould. L'avocat perdit l'équilibre. Le pistolet lui échappa et tomba sur le sol. Dans le brouhaha qui s'ensuivit, Hannelore bondit devant le parc pour faire aux jumeaux un rempart de son corps. Van In avait plongé sur son arme et braquait maintenant l'avocat. C'était inutile. Car au moment où il appuyait sur la détente, Bob plantait ses crocs dans la pomme d'Adam du bandit.

« Il est mort, décréta le médecin du SAMU. J'appelle un vétérinaire ?

– Un vétérinaire ? demanda Van In, stupéfait.

– Ce chien est dangereux ! Vous feriez mieux de le faire euthanasier !

– Si vous osez répéter ça, je vous envoie une balle entre les deux yeux.

– Ce n'était qu'une proposition », dit le médecin, pas vraiment conscient de l'intensité du drame qui venait de se dérouler.

Sur le coup de dix heures moins le quart, Versavel sonna à la porte.

« Quelle histoire ! » s'exclama-t-il lorsque Van In lui eut tout raconté par le menu.

Hannelore était au jardin. Elle avait enfilé une robe de chambre et buvait nerveusement un whisky-Coca.

Simon et Sarah jouaient sur une couverture à côté d'elle. Bob montait la garde, revenu à sa position habituelle de sphinx.

« Compte tenu de tout ce que tu m'as raconté, ce ne sera pas difficile de faire avouer à Colombier qu'il a tué Chantal Minne sur ordre d'Arnould, dit Versavel après un moment. Mais, en ce qui concerne l'assassinat de Carlos Minne, nous pataugeons toujours dans la choucroute.

– La nuit tombe, dit Hannelore.

– Tu veux un peu de lumière ? »

Van In extirpa de sa poche le ticket de caisse qu'il avait trouvé chez les Daems, l'enflamma avec son briquet et s'en servit pour allumer une torche.

« Il reste toujours des zones d'ombre, Guido. N'est-ce pas, madame la juge ? »

Hannelore hocha la tête. Après avoir échappé à un tel cauchemar, la ponction mammaire qu'elle devait subir dans quelques jours lui paraissait soudain une simple formalité. Pourquoi Dieu lui aurait-Il sauvé la vie si elle avait un cancer ?

DU MÊME AUTEUR

Aux Éditions Albin Michel

LE CARRÉ DE LA VENGEANCE, 2007

CHAOS SUR BRUGES, 2008

LES MASQUES DE LA NUIT, 2009

LA QUATRIÈME FORME DE SATAN, 2009

LE COLLECTIONNEUR D'ARMES, 2009

DE SANG ROYAL, 2010

Composition Nord Compo
Impression CPI Bussière en octobre 2010
à Saint-Amand-Montrond (Cher)
Éditions Albin Michel
22, rue Huyghens, 75014 Paris
www.albin-michel.fr
ISBN : 978-2-226-21860-5
N° d'édition : 18695/01. – N° d'impression : 102648/4.
Dépôt légal : novembre 2010.
Imprimé en France.